回憶創造社

張資平　原著
曾祥金　主編

新見張資平回憶創造社史料考釋

曾祥金

張資平是創造社「四巨頭」之一，一生留下大量作品，其創作的〈沖積期化石〉是新文學第一部白話長篇小說，早期小說更是以鮮明的個性色彩和人道主義思想為文壇所稱道。作為現代文學史上不能被抹掉的一筆，目前中國國內對於張資平的相關研究卻相對滯後。究其原因，除了意識形態因素，關於張資平的文獻保障體系不夠完善是重要原因。[1]比如關於張資平和前期創造社的關係，目前只有張資平〈曙新期的創造社〉（《現代》一九三三年第三卷第二期）一文比較簡略地提及，很多地方都沒有具體展開。筆者新見到的張資平回憶文章（包括〈胎動期的創造社〉、〈創造季刊時代〉、〈中期創造社〉、〈武漢革命前後〉，約十二萬字）或可補上這一遺憾。[2]

1 目前尚無《張資平文集》和《張資平年譜》出版。

2 學者巫小黎在《新文學史料》上披露過部分文字。另外《胎動期的創造社》和《〈創造季刊〉時代》曾以

一、〈胎動期的創造社〉和〈創造季刊時代〉

〈胎動期的創造社〉和〈創造季刊時代〉這兩篇文章詳細地記錄了張資平在日本留學期間與郭沫若、郁達夫、成仿吾、田漢、陶晶孫、鄭伯奇、王獨清等人的交往，以及創造社從萌芽到誕生、發展的全過程，是一份不可多得的創造社文獻。

首先來看張資平筆下的創造社，關於創造社的萌芽，郭沫若在〈創造十年〉開頭就寫到他和張資平在福岡海岸洗海水澡時討論辦同人雜誌推動中國文藝運動一事，張資平在〈胎動期的創造社〉裡也有記錄：「雖然當時尚未覺得『創造社』的名稱，當時我們想糾合同志，出版同人雜誌的草案，可以說是沫若和我兩人先事發動的。不過，假如我們不能聯絡成仿吾和郁達夫共同努力，恐怕今日也沒有創造社這個名稱。」[3]創造社成立前成員們的私下活動在其中亦有體現：「仿吾在我們寓裡吃過了冷便當，再喝了兩杯熱茶，便和我們談論發表文藝、出版同人雜誌的問題了。我們討論創作題目的命名問題。仿吾認為題目很重要，對讀者有重大的影響，其次談論題材的選擇、結構等問題。達夫所擬的創作題目大都很通俗，例如〈沉淪〉、〈還鄉

《前期創造社》為題在《中華日報》上連載。

[3] 張資平：〈胎動期的創造社〉（一），《大眾夜報》一九四八年五月三十日。

記〉等等，仿吾看見後，盡搖頭，因為他認為題目第一要雅，第二要新鮮。」[4]至於創造社的成立，郭沫若在〈創造十年〉裡記得比較簡略：「就在那天下午，在達夫的房間裡聚談了一次，大家的意思也都贊成用『創造』的名目，暫出季刊，將來能力充足時再用別的形式。出版的時期愈早愈好，創刊號的材料，就在暑假期中準備起來。這個會議或者可以說是創造社的正式成立，時候是在一九二一年七月初旬，日期是哪一天我不記得了。」[5]張資平的回憶文章裡則記錄得頗為詳細，將創造社成立的全過程具體呈現出來了，文字較長，但很有價值，所以把它們錄在這裡：

> 民國十年初夏的一天，上午九點鐘，我在地質學研究室的桌面上，發現了一張明信片，是沫若寫給我的。……我看了沫若的明信片後，又發現達夫留下來的一張條子，囑我於當日上午十一點鐘，務必在研究室等候他，他約好了沫若和田漢到他的宿舍去一同吃午飯，吃了飯好商量進行同人雜誌的事情。那時候，達夫住在附近的第二改盛館三樓。
>
> 等到十一點半鐘，達夫才來。我便跟他到他的宿舍裡來。達夫的住室光線很充足，但

4　張資平：〈胎動期的創造社〉（十），《大眾夜報》一九四八年六月十四—十五日。

5　郭沫若：〈創造十年〉，《郭沫若全集・文學編》第十二卷（北京：人民文學出版社，一九九二年），第一一九頁。

嫌有點悶熱，所以敞開了障子（格子形紙屏，即日本式房門）。不一刻，沫若來了，再過一刻，田漢也來了，他還帶了高等師範的楊正宇君同來參加，大概是先得了達夫的同意。但是沫若好像對楊君有點隔膜。

沫若坐下來，便大談其變態精神分析的研究。他說，他看過了名叫格利格利博士的映片，描寫人類的變態心理，十分深刻，這在醫學上是有可能的。沫若這時候在思想上還是很落後，只注意文藝與精神分析的研究，他的〈棠棣之花〉等初期的創作，即表現這種傾向極濃厚。當時，他也許想做中國的弗洛德呢。

他又談到九州帝國大學醫學院的瘋人院，把他參觀和研究所得說給我們聽。座中，聽得最津津有味的還是我一個人，達夫和田漢都不感興趣，他們到底是沒有自然科學的根柢。我想，沫若一定是想把這些精神分析應用到創作上去，他似乎特別對於變態性欲有研究的興趣。

田漢呢，他所採用的戲劇題材都跳不出「戀愛上之精神與物質（環境）的矛盾」的圈子，他的作品是受《茶花女》、《復活》、《活屍》等歐洲作品的影響極深。

我們漫談了一會後，才知道沫若已經由仿吾的推薦，進了泰東圖書局當編輯，專負責主持新文學的運動。這個編輯原由仿吾擔任，因為仿吾要回長沙兵工廠任職，所以請沫若去主持。至於仿吾之入泰東圖書局是由李鳳亭君的介紹。沫若的《女神》在這時已經編輯好了。達夫的《沉淪》也在集稿，好像是由〈沉淪〉（〈還鄉記〉改題）、〈銀灰色之死〉和〈南遷〉三篇所構成的短篇集，實在缺乏精彩。沫若是剛從上海回來日本，在福岡住了幾天，便趕到東京來向我們集稿，準備出版同人雜誌，定名《創造》。因為怕稿件不夠，書局方面又擔心這些不見經典的新作家的作品不一定有很好的銷路，不願發行月刊，先試出季刊，純係試驗性質。

大家席地而坐，沫若和田漢索性伏臥在土席（疊）上，大家的圓顱也就湊攏在一塊了。若在當時能夠從天花板向下面拍成一幅電影，留作紀念，一定可是看見我們五個人的頭顱都在向著日本土席攢動，這是何等滑稽的情景，觀者恐怕莫名其妙我們在做什麼事情吧。

沫若左手拿著一本小日記簿，右手持一根鉛筆，口裡說著：「來，來，你們先把第一期的文章題目告訴我。」他先問田漢。田漢望了達夫一眼，又望望我，大有目空一切的神氣。結局還是他先把他想寫的創作——也許當時他早寫好了的——題目說了出來，那便是〈咖啡店之一夜〉。沫若把這個題目抄在日記簿上面了。然後，他又以滑稽的態度向我要題目。我不忙發表我的創作題目，先向沫若介紹滕若渠和方光燾。沫若聽見後不開口，田漢對方光燾表示懷疑，說他未必能夠創作。達夫卻露骨地表示不和滕若渠合作，是何理由，我當時殊難捉摸。現在達夫和若渠都成沖積期化石了，回憶舊情，何勝感歎。

我又特別告訴沫若，滕固想和他會面。當時沫若仍然不響，我也難為情了。沫若只管催我把創作題目說出來。我提出〈雁來紅〉和〈蓬島十年〉兩篇。〈雁來紅〉博得了他們的喝彩，特別引起了田漢的注目，因為這個名目頗合他的脾胃。我又說，我還想寫點文藝批評的文章，沫若也把它抄入日記簿裡面了。達夫所提出的創作題目，現在想不起來了，好像是〈茫茫夜〉；他還說要寫一篇悲劇，題目叫做〈信陵君之死〉，那即是醇酒婦人的意思。

隨後又討論文藝叢書的問題，決定第一種是沫若的詩集《女神》，第二種是達夫的《沉淪》，第三種是我的《沖積期化石》。沫若初聽見這個題目也覺得新奇有趣，表示讚許，但尚未明瞭《沖積期化石》的真意，只有彷吾才有點地質學的常識。我當時正忙於日本信州上田地區的地質調查報告，絕無餘暇去創作。《沖積期化石》在當時尚未寫就十分之二三呢。因為脫稿愆期，第三種文藝叢書改為朱謙之的《革命哲學》了，並非文藝。

……大家在達夫寓裡談了兩個多鐘頭。沫若決定當晚或明天就乘火車西下，至京都約穆敬熙、鄭伯奇兩君寫稿。[6]

---

6 張資平：〈創造季刊時代〉（一），《大眾夜報》一九四八年六月十八—十九日。

創造社成員的交往情況是張資平筆下的重點。從〈胎動期的創造社〉中我們可以看到張資平和郭沫若第一次交談的情形：「我和沫若同學了一年，尚未交談過一句話。這次碰見，算互相招呼了一下。看他的態度頗驕傲，對於我並不特別多深談幾句。他只當我是一個領官費過活的平凡的留學生而已。他是志望醫科，所以我也當他是對於文藝毫無理解的人。」[7]由此可知，彼此雙方並沒有留下什麼深刻印象。郭沫若和郁達夫的相知相熟則出於張資平的「牽線搭橋」：「我回來熊本第五高等學校後，一天忽然接到達夫的來信，這使我異常的驚喜。他也在信裡說及必須在國內文化界打開一條出路。我便覆信給他，叫他多多和沫若聯絡。達夫回信說，怕沫若太驕傲，不容易接近，對我之為沫若捧場，未能表示首肯。這是達夫的皮相觀察，尚未深知沫若為人，沫若對知友，態度非常誠懇，絕無絲毫傲氣。達夫果然相信我的忠告，先寄信給沫若，大概是在信裡送了相當優雅的高帽子一頂，沫若當然高興。嗣後他們便互相通信，討論起文學來了。」[8]應該說這些創造社成員在日本留學期間感情是比較深厚的，他們在互相交流中共同進步。郁達夫曾推薦張資平閱讀俄國文學作品，而此前張資平對於俄國作家只知道有托爾斯泰，於是他奮發起來去讀俄國文學史，同時買了陀思妥耶夫斯基的《罪與罰》、《卡拉馬佐夫兄弟》、托爾斯泰的《復活》等英、日兩種譯本來對照著細讀，然後知道俄國的名著比英國作品深刻而沉鬱，對於

7 張資平：〈胎動期的創造社〉（五），《大眾夜報》一九四八年六月四日。
8 張資平：〈胎動期的創造社〉（八），《大眾夜報》一九四八年六月十一—十二日。

英、俄兩國文學有如何之差別，也逐漸有理解。郭沫若和張資平常有通信，有時寄幾首新詩給張資平品評，有時寫信告訴他安娜為家庭勞苦的情形和他倆的「貧賤夫妻百事哀」的生活。甚至有一次，郭沫若致信張資平，說近來患神經衰弱症頗劇，原因是㈠失眠、㈡校課太繁、㈢忙於寫作、㈣思慮過多、㈤性欲過劇。而當張資平經濟困難生活窘迫的時候，竟接到了郭沫若託安娜夫人寄來的一封信和二十元郵局匯票。友朋間的坦然和溫情可見一斑。

創造社作家對各自作品的互相評價也在這兩篇回憶文章裡多有體現。當張資平將他首次見刊的處女作《約檀河之水》寄給郭沫若，郭沫若看後「並沒有怎樣的稱讚」，反而批評文章「最後一段的讚美歌是多餘的蛇足，若刪除了這段宗教的讚美詩，這篇小說便可稱是佳作了」。[9]而郭沫若對張資平首部長篇小說《沖積期化石》的評價則是：「寫得迫真、明朗，此外並沒有何等的讚詞，令我有點感著失望。」[10]郭沫若還曾勸張資平專門寫小說，不要寫戲劇，因為他覺得張資平的表現遠不如描寫。雖然郭沫若對張資平的作品似乎並沒有太高評價，但這並不意味著他輕視張資平的創作，他曾對陶晶孫說過，創造社在初期少不了寫實派的張資平。陶晶孫也認為張資平是「真正的小說家」。[11]同樣地，張資平對郭沫若的作品也有所評論。張資平在讀過郭沫若寫的

9 張資平：〈胎動期的創造社〉（十），《大眾夜報》一九四八年六月十六日。
10 張資平：〈胎動期的創造社〉（九），《大眾夜報》一九四八年六月十四日。
11 陶晶孫：〈記創造社〉，《中國現代文學百家・陶晶孫代表作》（北京：華夏出版社，一九九九年），第二〇四頁。

日後收入《女神》裡的詩歌後，認為「其中一部分確實能夠充分地表示他的天才，一部分卻是比較雕琢，反喪失了詩的性質，另一部分則完全是遊戲文章」；當郭沫若指出一首得意之作給他看時，張資平卻覺得這首詩的表現太抽象、太空泛了，「雖說是近乎浪漫主義，無可非議，但是那種類似超人的神祕語調，實在不合我的脾胃」。[12]這其實是彼時郭沫若和張資平追求的文學風格不一樣帶來的結果，郭沫若這時候受惠特曼等人影響，詩歌風格屬浪漫一派，張資平走的則是寫實主義路線。此外，從張資平的回憶文章裡我們還能看到郭沫若和成仿吾對田漢的評價，郭沫若認為田漢的文筆頗佳，但是文言的濫調子太多了，近似鴛鴦蝴蝶派；而成仿吾則因當時田漢喜歡寫文章捧他的未婚妻，有許多描寫得過分的地方，所以指斥他為無聊。

從〈胎動期的創造社〉和〈創造季刊時代〉裡我們還可以看到不少張資平、郭沫若和郁達夫等人作品從寫作到完成的過程以及他們對自己作品的題解，這些屬文學史前史範疇的文字為學界重新認識和解讀這些作品提供了新的線索。比如〈銀灰色之死〉是郁達夫在東京中國青年會參加留日浙江同鄉會，歡迎胡維德公使大會時，看見一位女學生，發生了好感，由是展開他的幻想寫成的小說。張資平認為郁達夫的這篇小說實在寫得潦草了。又如郭沫若《女神》裡的「女神」形象，學界歷來是眾說紛紜，學者楊勝寬曾指出「女神」作為詩人自我的化身，也作

[12] 張資平：〈胎動期的創造社〉（八），《大眾夜報》一九四八年六月十日。

為人格的象徵，被詩人賦予創造太陽、創造宇宙的能力，在天、地、人的三維結構中居於最為重要的地位。[13]但在張資平看來，「女神」並沒有那麼深層次的意蘊，它就是象徵安娜夫人，一個為丈夫、為兒女而勞苦的偉大女性。張資平初見安娜的場景是這樣的：「安娜夫人在那時候僅二十三、四歲，肩背上垂著束髮，正在忙於操作，洗衣服，掃除房間。經沫若介紹之後，我不免留心細看一下，覺得安娜的態度足稱大家風範，風致嫣然。」[14]彼時郭沫若正處於熱戀期，將對安娜的感情投射到詩歌中也屬自然。再如張資平的《約檀河之水》，它的創作過程是：「費了兩個多月的光陰，易稿四、五次，第一胎的兒女到底難產。我為這篇創作，竟犧牲了地史學三個學分，只好等到第二年再補習這門功課。」[15]它的發表過程則是：「我剛進大學，鄭心南先生就來信，要我寫有關地質礦物學的文稿，以充實《學藝月刊》的內容。但我當時創作的發表欲非常熱烈。在課餘的時候，寫了一篇很幼稚的短篇創作《約檀河之水》，以寫科學文稿為交換條件，託心南兄在《學藝月刊》上發表，他還替我改削了幾個字，就付印了。」[16]而《沖積期化石》原來的名稱叫《化石》，張資平用這個題目的用意在於提醒我們現代人類死後的遺骸便是沖積期的化石，個人的生涯一瞬即逝，區區名利之爭只是以蝸牛的角頂

13 楊勝寬：〈太陽大海女神——《女神》文學意象分析〉，《郭沫若學刊》二〇〇七年第一期。
14 張資平：〈胎動期的創造社〉（八），《大眾夜報》一九四八年六月九日。
15 張資平：〈胎動期的創造社〉（十），《大眾夜報》一九四八年六月十六日。
16 張資平：〈胎動期的創造社〉（十），《大眾夜報》一九四八年六月十五日。

做戰場罷了。今假定以宇宙為一室，恐怕地球還不及蝸牛角之大呢。所以要少一些名利心，認真努力地生活即可。

二、張資平與〈中期創造社〉

〈中期創造社〉連載於《中華日報》，從一九四四年七月十六日開始，到一九四四年九月一日結束，持續了一個半月的時間。[17]〈中期創造社〉是此前未曾披露的張資平自傳文字。它從民國十三年秋張資平辭去蕉嶺礦山經理職務前往武漢任教寫起，一直寫到國民革命軍在廣州誓師北伐，其間舉凡武昌師範大學的派系鬥爭、郁達夫在武昌師大任教及被迫離開的具體情形、郭沫若與武昌師大的關聯、創造社出版部在武漢的募股情況等，都在張資平的筆下一一展開。因而〈中期創造社〉具有不容忽視的史料價值。

首先，文章保存了幾處郭沫若和成仿吾的書信片段。這些沒有收入郭沫若和成仿吾書信集中的片段對於人們全面瞭解郭沫若和成仿吾有一定的價值，所以筆者在這裡略做鉤沉。一九二四年，張資平還在蕉嶺礦山的時候，成仿吾曾多次給他寫信，信的內容是：「第一責備我寫作不起

17 本書〈中期創造社〉部分的識別和校對工作曾得到學者廖久明幫助，謹致謝忱。

勁，第二忠告我不宜自己評價過低，創造社的聲譽已經洋溢乎全國了，因為我僻處山澤中，所以不明瞭外面的情形，應當更加努力圖百尺竿頭的進展，最後還勸我不要再玩什麼地質學、礦物學，還是專心一志做一個作家吧。」[18]由此可知，張資平當時身處偏遠的礦山中，對於寫作不夠有興致，對於自己的寫作能力也有質疑，所以成仿吾才告訴他創造社已經很有聲譽，張資平也應對自己有信心。至於成仿吾給出的「專心一志做一個作家」的建議，張資平並不認可，他是準備從他的專門事業（即地質學、礦物學）尋求事業和生活的出路。不僅如此，張資平認為郭沫若和郁達夫也是抱著和他一樣的想法。「在礦山裡，我接過沫若來一封信，是從日本寄來的，他的意思還是想從醫學方面做點事業，因為重慶的紅十字醫院曾有信來約他去當院長，他正在考慮之中，若不回重慶便想往北京找職業。」[19]原來郭沫若當時還曾有去重慶紅十字醫院當院長的想法，並「想從醫學方面做點事業」，如果他當時真的去了重慶，郭沫若的人生軌跡是否會不一樣呢？後來一次與郭沫若的通信是張資平收到郁達夫要他為《現代評論》撰稿的邀請後，去信郭沫若徵求他的意見，郭沫若回信說：「創造社沒有資格和現代評論派合作，不用創造社的名義，個人投稿，完全自由。」[20]但是字裡行間已經表示出不甚贊同的意思。這裡涉及到一個太平洋學會

18 張資平：〈中期創造社〉（一），《中華日報》一九四四年七月十六日。
19 同上。
20 張資平：〈中期創造社〉（二），《中華日報》一九四四年七月十九日。

和創造社合作的問題，一九二四年，太平洋學會的人與當時身處北京的郁達夫商量，準備和創造社同辦《創造週報》，一期裡面前一半是政治，後一半是文藝，政治部分由太平洋學會的人編輯，文藝方面由創造社的人編輯。郭沫若和成仿吾則主張《創造週報》由兩社的人輪流編輯，一期政治，一期文藝，這樣做的目的是為了避免文藝成為政治的附屬品。這個提議沒有得到太平洋學會中人的認可，合作的事也就擱淺了。後來郭沫若東渡日本，《創造週報》也宣告停刊。少了這個「障礙」，太平洋學會與創造社（主要是郁達夫）的合作再次提上議程，郁達夫在《創造週報》終刊號上發出通告，預告創造社和太平洋學會將要合編一種週刊（即《現代評論》）。郭沫若對於兩社的最終合作顯得無可奈何：「我對他們雖然沒有什麼接觸，但其中主要的角色多是湖南人，與仿吾有同鄉之誼，而與仿吾的長兄劭吾又多是日本留學時代的同學。仿吾隨著他的長兄留學日本時，是和他們之中的一部人同居過的。其在達夫，則因為多是北大的同事，過從當然更加親密。有這種種關係，加上我們自己本已有趨向政治的要求，兩社的合夥，除掉我自己的一點點潔癖和矜持之外，幾乎可以說是等於自然之數。」[21]其實他的內心是無比沉痛的：「我在福岡接著了最終號的《週報》，並同時接著了那張預告的時候，我痛痛快快地把我不值錢的眼淚清算了一場。在這兒我和達夫的感情不能不取著對立的方向。」、「在我這一方面，始終是感覺到：

21 郭沫若：《創造十年》（昆明：雲南人民出版社，二〇一一年），第一五九頁。

那位可憐的姑娘夭折了，還受了一次屍姦。」[22]張資平對於兩社合作的態度與郭沫若是一致的：「弱力的創造社和強力的太平洋學會並肩合作，豈非癡人說夢，結果便是太平洋學會吞沒創造社。」、「至於兩社團的平等合作完全是表面文章，欺騙社會而已。」張資平還對郁達夫力促兩社的合作有所質疑：「主張最力的還是達夫，達夫所以這樣熱心，當然另有動機，雖不敢說他是利用這個機緣去攀龍附鳳，但是藉此媒介，便得附驥尾於北大一派，因為達夫最聰明，他看得清在中國社會，那派是必然成功，那派是必然失敗。當時的沫若與仿吾那裡有胡適和石瑛這批人的氣派！」[23]我們今天回過頭去看，張資平的質疑顯然是沒有道理的，郁達夫只在北大待了一年多，他與胡適等人也並沒有走到一起。一九二六年三月，張資平接到成仿吾由廣州寄來的信，成仿吾在信中告訴他，郭沫若已經到了廣州，任廣東大學文學院院長，郁達夫、王獨清也來了廣州，在文學院任教。成仿吾希望張資平也能到廣州去，和他們「共同努力」。後來郭沫若也寄信給張資平，要他到中山大學去幫忙。張資平回信拒絕了他們，並說明自己不能離開武昌的苦衷：「在那時代的武昌大學頗為零落，但是我若一走，則地學系的幾個學生未免太可憐了，並且也不想受他們的唾罵『無薪可領，便不負責』。」[24]其實這只是張資平的單方面說詞，他之所以不去

22 郭沫若：《創造十年》，第一四二頁。
23 張資平：〈中期創造社〉（二），《中華日報》一九四四年七月十九日。
24 張資平：〈中期創造社〉（十六），《中華日報》一九四四年八月二十七日。

廣州，更大的原因在於當時廣州是革命的策源地，張資平不想去冒這個險。張資平一向注重物質生活的享受，性格又屬優柔寡斷，凡事抱中庸主義和糊塗主義。這樣的性格和處事態度也導致了他最終的「落水」而為後世詬病。

其次，〈中期創造社〉中有許多與創造社有關的信息，這些一手資料值得引起我們的關注。比如文章中寫到張資平與「創造社小夥計」周全平、倪貽德和葉靈鳳的會面過程：「在那時候，我初次會見他們三人。全平一見如故，老氣橫秋。貽德沉默寡言，態度誠摯。靈鳳還是十六、七歲的少年，穿著一件淡藍色的竹布大褂，常向人作傻笑，一副天才藝術家的面孔。看見了這幾位新進，自不免有老朽昏庸，遲早要退避三舍之感。後來達夫告訴我，貽德的創作是脫胎他的筆法，傾向感傷主義（Sentimentalism達夫譯為殉情主義），而全平則完全模仿我的寫實手法。全平在當時也極稱讚我那篇〈耶誕節前夜〉。全平告訴我，沫若有信與他，不久就要攜眷來滬。」[25]「老氣橫秋」的周全平、「態度誠摯」的倪貽德，加上「一副天才藝術家面孔」的葉靈鳳，便是當時創造社十分倚重的新進成員。而郁達夫說到倪貽德的創作脫胎於他的感傷主義，周全平則完全模仿張資平的寫實手法，這一說法對於倪貽德與周全平作品的相關研究有啟示意義。又如創造社出版部招股事件，郁達夫在〈創造社出版部的第一周年〉裡有簡要的回憶：「這一年

[25] 張資平：〈中期創造社〉（一），《中華日報》一九四四年七月十六日。

的夏天，卻逢仿吾也自湖南來武昌，我和資平二人，就竭力慫恿他出來辦出版部。我們三人只在武昌印章程，拉股子，一邊在上海計畫奔走的，卻是沫若和全平。」[26]張資平的記錄就詳細得多了：「武昌的集股由達夫和我負責，但事實上由我一個人在打理，不過事務很簡單，凡有青年交繳股款時便開一張收據給他，由我親筆在經手人項下簽一個字。武昌青年對於創造社出版部的招股比較不踴躍，認股的人數只有四五十人而已。」[27]、「仿吾行時，我把創造社出版部的一部分股款，託他帶往上海交給周全平，為數甚少，不滿百元，因為有些同學雖認了股，但股款尚未交來也。教授中有胡庶華、朱鳳美等數人各購十股，是由達夫拉來的，該款也由達夫直接交予仿吾，帶往上海去了。」[28]我們從這裡可以知道創造社出版部在武昌的集股是張資平一個人在打理，而拉股活動是不成功的。再如郭沫若之所以不赴武昌師範大學任教的原因，據郭沫若自述，是由於早先已允為學藝大學的籌備委員和文學系主任，「怎好見了實利便拋卻了朋友的厚誼」。[29]而張資平這裡卻有另外一種說法：「後來果然看見沫若答覆國文學系諸同學的信，高揭在揭示板上，說明他不能來武昌的原因，並謝諸同學的厚意。因為沫若在上海一方面接到國文學

---

26 郁達夫：〈創造社出版部的第一周年〉，《創造社資料》（下）（福州：福建人民出版社，一九八五年），第六五七—六五八頁。

27 張資平：〈中期創造社〉（十），《中華日報》一九四四年八月十三日。

28 張資平：〈中期創造社〉（十一），《中華日報》一九四四年八月十六日。

29 郭沫若：《創造十年》，第一六九頁。

系同學歡迎他來武昌大學的公函，一方面又接到幾封匿名信，拒絕他來武昌的恐嚇信。所以沫若終於辭謝了石瑛的聘書。」[30]一九二五年二月，郁達夫應國立武昌師範大學校長石瑛的邀請，離京前往武漢任武昌師範大學文科教授。這時候張資平剛好也在該學校，因而〈中期創造社〉裡關於郁達夫的部分占了不小的篇幅，相信這些文字對促進郁達夫研究會有一定的作用。比如郁達夫在張資平面前這樣評價同為新文學作家的楊振聲：「老楊那裡懂得寫小說，對於寫實主義一點都無理解。論創作在中國還是我們創造社的人執牛耳呢。」[31]由此可見郁達夫在創作上的自信，以及他對創造社在中國文壇地位的認可。又如武昌師範大學召開了開除余家菊教授的會議，本應與校長石瑛站在同一戰線的郁達夫卻對余家菊產生了同情：「散會後，我和他一同走出會場，在山徑，燈光之下，達夫對我說：『看大會情形，還不少對余家菊表同情的呢。』他說了後在傾首凝思。」「達夫又申明他對余教授毫無反感，但是因為過去有過一番筆墨官司，擔心大家會誤解他也是主張對余教授落井下石的人。」[32]郁達夫曾與余家菊打過筆墨官司，但他卻對余教授「毫無反感」，這是一種可愛的風度。當然，以上說的兩點都只是細枝末節，更值得關注的是郁達夫與當時武昌師範大學舊派勢力的矛盾。郁達夫在寫於一九二七的〈五六年來創作生活的回顧——

30 張資平：〈中期創造社〉（六），《中華日報》一九四四年七月二十八日。
31 同上。
32 張資平：〈中期創造社〉（八），《中華日報》一九四四年八月六日。

《過去集》代序〉中回憶道：「一九二五年，是不言不語、不做東西的一年。這一年在武昌大學裡教書，看了不少的陰謀詭計，讀了不少的線裝書籍，結果終因為武昌的惡濁空氣壓人太重，就匆匆地走了。自我從事於創作以來，像這一年那麼的心境惡劣的經驗，還沒有過。在這一年中，感到了許多幻滅，引起了許多疑心，我以為以後我的創作力將永久地消失了。」[33]而在另一篇文章裡郁達夫更是直斥守舊派和國家主義派為「狗仔」：「武昌的改設大學，是我們去了以後的事情，當時我和校長石先生，是主張聘沫若去當文科學長的，哪裡知道一位卑污狗賤的李什麼胥和一位同樣的什麼什麼，從中搗鬼，硬想把師大改國立大學的計畫打破，並且因為飯碗問題，就暗中阻止沫若的來武昌就職。我們在武昌，又和這些狗仔苦戰了半載，終於被他們咬走。」[34]當時的武昌師範大學主要存在著四派勢力：以黃侃為代表的守舊派，以余家菊為代表的醒獅派（即國家主義派），以李漢俊為代表的社會主義派和以張資平為代表的超然派。校長石瑛和李四光、郁達夫等人屬於後來者，他們代表的是從國外留學歸來的自由主義知識分子。石瑛和黃侃、余家菊在是否改師範大學為綜合大學以及學校人事變動上都有著不小的摩擦，摩擦的最終結果是石瑛被迫離職。郁達夫在當時的《現代評論》上寫文章嘲罵武昌大學的一批老教授們，他把武昌師範大

33　王自立、陳子善編：《郁達夫研究資料》（北京：智慧財產權出版社，二〇一〇年），第一六七頁。
34　郁達夫：〈創造社出版部的第一周年〉，《創造社資料》（下），第六五七頁。

學比做是「狗洞」，[35]並說武昌師大的一批老教授為群犬，視武昌師大為一塊肥肉，在拚命爭食。類似的文章引起學校師生的反感，再加上郁達夫被他們視為石瑛的同屬，因而遭到驅逐。張資平在〈中期創造社〉中記錄了這次驅郁風潮：「有一天揭示板上貼出了一張漫畫，是狺狺狂吠的狗，在狗身正中寫著『郁達夫』三個字。這時候，達夫回北京去了，學生之驅郁風潮，當然會由楊振聲去信通知他。楊振聲想盡辦法都是無法挽回。反對達夫最力的是國文學系學生，黃季剛的黨徒，有些對達夫抱同情的學生也不敢出來說話，怕受那些反對達夫的學生之攻擊。楊振聲又去運動外國文學系的學生出來挽留達夫，但他們也敬謝不敏。」[36]張資平還分析了郁達夫之所以「失敗」的原因：「其先達夫對於外國文學系的學生亦曾加以苦心之拉攏，譬如胡雲翼、劉大杰輩曾創辦《藝林》，由武昌的時中書局出版，他們要求達夫和我寫稿，達夫也答應了。但是胡、劉兩生是醒獅派的中堅，和國民黨左派青年是勢同水火，因為達夫一方面漫無意義地為現代評論派——一批自由主義者——跑腿，一方面又敷衍醒獅派的國家主義者，所以在左派青年間更失掉了信仰。達夫的最大失敗即在此點。」[37]經過學生的這麼一鬧，郁達夫在武昌待不下去了，就從北京回來收拾行裝往上海去了。郁達夫走後，楊振聲召開了一次教授會議，「報告達夫的生活很

35　郭文友編：《千秋飲恨：郁達夫年譜長編》（成都：四川人民出版社，一九九六年），第五八九頁。

36　張資平：〈中期創造社〉（十四），《中華日報》一九四四年八月二十三日。

37　同上。

困難，擬由學校多致送兩個月薪水與他，要求大家同意。但是生物學系主任薛良叔反對楊振聲的提議，他說，對於友人的困難可由私人捐助，不必動用學校的公款，因為此例一開，將來必多效尤者」。[38]這樣的一齣鬧劇才最終落下帷幕，關於郁達夫的這次驅逐風波，有不少人事後做了回憶，不同的人回憶起來是有出入的。作為親歷者和當事人好友的張資平在〈中期創造社〉中記錄下了這段往事，這是彌足珍貴的。

此外，〈中期創造社〉中保留了不少的歷史細節，可以填補現行文學史和學術史的一些縫隙。比如新舊文學的對立，黃侃就瞧不起身為新文學作家的張資平。有一次武昌師範大學招生委員會開會討論考試題目，大家公推張資平為國文科的試驗委員，國文科考試題目是由文言譯為白話一則，由張資平出題，考卷也由他評閱。黃侃對此大為不滿，在會場上破口大罵：「張資平也配評閱國文的試卷。他懂什麼文學，充其量，一篇〈梅嶺之春〉而已，但還是狗屁不通。國文一科是我的勢力範圍，誰敢來侵犯的！」[39]結果自然是出題和評閱試卷的權利都歸了黃侃。有意思的是，後來有兩個張資平以前的學生來報考武昌師範大學，擔心國文科不及格就託張資平去找黃侃說情。張資平到了黃侃那裡，「送了幾頂高帽子過去，這位驕傲的黃太師立即滿臉含笑，對我轉取拉攏的態度了。他要求我幫忙他評閱白話文那一部分的試卷，同時又稱讚我在《東方雜誌》

38 同上。

39 張資平：〈中期創造社〉（十七），《中華日報》一九四四年八月三十日。

上發表的幾篇小說都寫得生動，文章亦甚流利」。[40]並且爽快地答應了張資平的請求。究其原因，並不是黃侃善於反覆變化，而是黃侃急於拉攏張資平，這也可以見出當時武昌師大派系鬥爭的激烈。又如關於胡適一九二六年在武漢的演講，武昌商科大學校長郭泰祺和武昌師範大學校長石瑛認為華中的學術水準太低，應當把武昌學術界的水準提高，使能望北京的項背，於是商定兩校合作，請北京大學的幾位名教授來武昌講學。於是就請來了胡適之、王世杰、周鯁生、馬寅初等名流，在當時的武昌城引起了一定的轟動。然而張資平對此卻有他自己的看法：「胡適之的講題是〈讀書〉，周鯁生的講題是〈不平等條約〉，及馬寅初的關於經濟問題的演講，都是平平無奇的通俗講演，就中馬寅初的講演算比較有點創見，但亦是關於國際貿易的初梯而已。兩校花了不少錢，但是幾個名流的一星期的講演，終未能提高武昌文化界的學術水平。」[41]他還分析了胡適等人的演講不能起作用的原因：「這批學者都是自由主義、個人主義的末流，在老學究方面例如黃季剛這派人認他們為異端者，在革命派方面例如唯物史觀派之李漢俊一流人物則認他們為思想落伍、資本主義的走狗、買辦階級式的的學者，將由不革命流為反革命。胡適之輩當時尚自詡為是中國文化革命的急先鋒，他們並未看透武昌的青年正在潛行運動，傾向於極左思想的宣傳，

40 張資平：〈中期創造社〉（十八），《中華日報》一九四四年九月一日。
41 張資平：〈中期創造社〉（十二），《中華日報》一九四四年八月十八日。

哪裡會把胡適之輩的陳腐思想置於腦中呢。」[42]張資平的這個分析是有眼光的，以胡適為代表的自由主義知識分子在當時的中國已經被很多年輕人拋棄了。〈中期創造社〉中還有一段寫到五卅慘案後武昌師範大學師生的不同反應：「五卅慘案終於爆發了，刺激了的武昌青年，武昌大學的學生會開了大會，決議無限期罷課，以爭取外交上之最後勝利。學校當局接到這個要求，便開了一個教授會來對付這個問題。不幸的是在教授會中也分了幾派：㈠是醒獅派以李璜（幼椿）為代表；㈡是西山會議派，可說是國民黨的右翼，以石瑛為代表；㈢革命派以李漢俊為代表；㈣頑固派以黃侃、黃際遇為代表。在會場上議論百出，無從折中。李漢俊主張容納學生會的要求，但是石校長卻不贊成這樣的荒功廢業，認為青年更應當加緊研究學問，以圖雪恥，不能專事擾亂社會秩序的行動。李璜氏妙想天開，主張對青年學生要加以軍事訓練，楊振聲便做了李璜的應聲蟲。這種提議真使石校長哭笑不得。李漢俊教授從帝國主義者之經濟侵略說到國民革命，再有國民革命說到民眾運動，主張唯有罷工、罷市、罷課才能促當局的覺悟，才可以做政府對外的後援，但是這樣思想及主張當然為其他三派所反對。結果決議停課三天，讓學生自由參加民（眾）運動，但不得以學習名義做任何活動。」[43]這段文字很有意思，既反映出武昌師大複雜的派系鬥爭，更體現出當時風雲變幻的時代局勢。守舊派、國家主義派、革命派，革命派裡又有國民黨與共產黨

42 同上。

43 同上。

之分，各方勢力彼此糾纏爭鬥不休，你中有我，我中有你。

最後值得一提的是〈中期創造社〉的發表對於研究者全面瞭解張資平，進而推動張資平的相關研究也能起到一定的作用。張資平在他的自傳裡寫到了他的少年求學時光，也寫了他在日本的留學歲月，甚至他後來在上海參加後期創造社的一些活動也有文字紀錄，唯獨他在武昌的這兩年時間缺乏記載。而這兩年又恰好是波譎雲詭的大革命時期，很多事情都值得記錄和言說。我們可以從〈中期創造社〉中看到張資平對大革命的隔膜：「在民國十五年上半年中，在各報章及《東方雜誌》上，常看見『蔣介石』三個字，一般都稱許他辦黃埔軍校的勞苦及東征的功績。我對於『蔣介石』三字頗覺生疏，不知他是如何人物。本來姓蔣的軍人就有許多個，例如蔣百里、蔣伯誠、蔣伯器等等，我當時只以蔣介石就是這些人物中的一個，也不甚加以深究。」[44]這樣的隔膜到後來愈發嚴重了：「鄒校長攜來許多油印印刷品，無非是說明脫離中山大學的經過，及攻訐共產黨的宣言，其中有一篇是〈告孚木〉。我那時候不認識陳孚木兄，並不知『孚木』二字作何解，並且對於當時的思想鬥爭的文章，頗感厭煩，不願卒讀。」[45]文章中張資平對身邊同事的評價也頗有意思，比如他對楊振聲的看法，楊振聲當面稱讚張資平的《末日的受審判者》寫得逼真，好像實有其事一樣；張資平卻覺得楊振聲的創作不能令人佩服，他的《玉君》也一直擺在

44 張資平：〈中期創造社〉（十七），《中華日報》一九四四年八月三十日。
45 張資平：〈中期創造社〉（十三），《中華日報》一九四四年八月二十日。

案頭，始終沒有勇氣念下去。後來楊振聲兼代了武昌師範大學的祕書長，張資平這樣寫道：「楊君少年得志，大有『一朝權在手，便把令來行』之概，態度驕傲遠在校長之上。」[46]可見，張資平對楊振聲並沒有太好的印象。另外一些文字則可以見出張資平的人情味，比如文章裡寫到武昌師範大學在校長石瑛的提議下召開開除余家菊的會議：「一天晚飯後，在蛇山上的大禮堂舉行全校師生聯合大會。雖則是仲春時節，但是雲夢之澤的氣候仍甚寒冷，記得我們都在長袍之上加套馬褂，圍上頭巾。大家坐在淺碧色的電光之下，凝神靜氣等待那些主動人物到來，看他們如何發動。我看見這種情景，不禁悲從中來，同時也感著一種陰慘的氛圍氣，因聯想到某小說中所述，俄國虛無黨人在地下室裡開會，討論對他們黨中的叛逆者，應處以怎樣的刑罰的情景。我想余教授雖有錯誤，但也用不著小題大做，開這樣的不倫不類的師生聯合大會，去欺凌一位文弱書生！」[47]而當石瑛被學生逼迫離職的時候，張資平同樣表示出憤慨：「有一天上午九時前後，我到學校來上課，看見校內黑壓壓的擠滿了人，大概有二三百人吧。又聽見校長室那邊一陣陣的喧嚷，接著又聽見呼打的聲音。到了十點半鐘以後，那些群眾才退了出去，我在教職員宿舍裡，聽見石校長頗受窘辱，被逼簽字辭職了。我聽見後，深為石校長抱不平，我想，青年學子竟如此囂

46 同上。
47 張資平：〈中期創造社〉（七），《中華日報》一九四四年八月四日。

張，藉多數人的野蠻行徑侮辱師長，此風真不可長。」[48]當然，一個作家最重要的還是作品，〈中期創造社〉裡也有不少關於張資平作品的片段。比如一般研究者都知道張資平在武昌時中書局出了《文學史概要》和日本小說集《別宴》，但從〈中期創造社〉中我們才知道這兩本書的出版是由胡雲翼介紹的，校對工作也是由他負責。而與胡雲翼同為武昌師大學生的劉大杰熱心文藝，與張資平過從甚密，經常把作品送去讓張資平指點。劉大杰編選短篇小說集《長湖堤畔》，張資平專門為他寫了小說，還介紹葉靈鳳的〈姊嫁之夜〉給劉大杰。此外還有《飛絮》的「贖回」事件，《飛絮》是現代文學史上的名篇，可是從張資平的文字中我們才知道它的出版過程有過這樣的波折：「這時候教授們的生活都很困難，差不多都是『枵腹從教』。我不能不把那部翻案小說《飛絮》來出賣了。我把原稿寄與上海商務印書館的鄭心南先生，他把這篇小說以二百元的稿費賣給商務印書館，說要在胡懷琛先生主編的小型小說雜誌上發表，稿費也寄來了，但我心裡有點不願意，因為覺得胡先生所主編的小型小說雜誌之藝術水準稍低。後來又接到周全平來信，創造社出版部擬出文藝叢書，第一種是沫若的「落葉」，也要求我寫一部四五萬字的中篇小說，我便匯了二百元給他叫他向鄭心南先生把那篇《飛絮》贖了回來，仍由創造社出版，為文藝叢書第二種。關於這件事，達夫曾有信來告訴我，他曾會見心南兄，心南兄對我之贖稿一事，深

48 張資平：〈中期創造社〉（十五），《中華日報》一九四四年八月二十五日。

表不滿，因為耽擱了他，對不起胡懷琛先生。關於這篇無聊的小說也有過這樣的小小的波折，是世間一般所未知道的。」[49]

三、〈武漢革命前後〉裡的郭沫若及其他

〈武漢革命前後〉[50]寫的則是張資平親歷的大革命，張氏在這一時期擔任國民革命軍總政治部國際編譯局的少校編譯員，與鄧演達、郭沫若、周佛海、高一涵、李漢俊等人交往密切，因而文章中留下了大量和他們有關的文字。從〈武漢革命前後〉中我們可以看到很多郭沫若在武漢大革命時代留下的痕跡，這些史料對於推動郭沫若研究有一定價值。同時，郭沫若與郁達夫、張資平等人的分野在這裡也初現端倪，創造社的分化在所難免。

一九二二年五月下旬，郭沫若和陶晶孫在福岡門司送張資平乘坐「伏見丸號」輪船回國，張資平在〈創造季刊時代〉裡寫道：「我這次和沫若別後，一直到民國十五年冬武漢大革命時代，

49 張資平：〈中期創造社〉（十六），《中華日報》一九四四年八月二十七日。

50 〈武漢革命前後〉，又名〈繞弦風雨〉。文中「章幼嶠」即張資平，郭沫若、鄧演達、周佛海等人都用的是原名，再與張資平〈憶鄧演達將軍〉對讀，可知其可信度較高。之所以使用「章幼嶠」這樣的障眼法，是因為當時張資平身背漢奸罵名，不好直接顯露自己的身份。

才在漢口的後城馬路南洋兄弟煙草公司大樓做再次的會晤。」[51]〈武漢革命前後〉對於兩人的再次會晤有比較詳細的描寫，郭沫若時任國民革命軍總政治部宣傳科長，張資平是去找他要工作的：「郭沫若和章幼嶠[52]談了一回往事之後，便要章幼嶠加入總政治部當一名東文祕書。章幼嶠聽見後，十分不高興，第一因為他誤解郭沫若是看輕了他，以為他除懂得日文之外便一無所成。第二因為聽說進了總政治部之後，一律要穿軍裝，掛精神帶（斜皮帶，郭沫若所謂五皮之一），章幼嶠對穿軍裝，感覺很難為情。……最後，章幼嶠很不客氣地要求郭沫若，遇有機會的時候，介紹他當一名革命的長衫同志，他實在不願意當一個軍裝同志。……他要求郭沫若介紹他到建設廳或教育廳去為革命政府服務。但是郭宣傳科長說，建設廳長是張大慈，他不喜歡張大慈這個人，因為張大慈沒有革命的熱情。教育廳是李人傑，郭沫若答應碰見李人傑的時候，替章幼嶠說說看。」[53]後來郭沫若向李人傑提出委派張資平做高等教育局局長，李人傑卻說高等教育局局長內定了周佛海，等武昌綜合大學要開辦的時候再聘請張資平為籌備委員。張資平的「革命」之路暫時受到了挫折。

兩三個月後，郭沫若把張資平帶到了總政治部主任鄧演達面前，鄧演達表示十分歡迎張資

51　張資平：〈創造季刊時代〉（四），《大眾夜報》一九四八年六月二十八日。

52　即「張資平」。

53　張資平：〈武漢革命前後〉（十一），《大眾夜報》一九四八年七月二十六日。

平參加革命工作，並問張資平，對於經濟學和社會學研究過沒有？是不是對於無政府主義很有研究？當得到的都是否定答案的時候，鄧演達只能請張資平利用日文好的優勢向日本多多宣傳，並有機會處理一些外交上的事務。張資平在〈武漢革命前後〉裡也為當時在場的郭沫若留下了一個剪影：「當時，郭沫若等人以下屬的資格，都挺著腰背，侍立兩側，動也不敢一動，當然更不敢插口。大名鼎鼎的郭沫若對於鄧將軍是那樣地敬仰和尊崇，這完全是鄧將軍的革命的真摯精神所感召！章幼嶠對於郭沫若當時的嚴肅態度也十分的感動。」[54]有了鄧演達的接見，再加上郭沫若的推薦，張資平就任總政治部國際編譯局少校編譯員，領一百四十元大洋的月薪。對此，張資平似乎並不滿意：「章幼嶠聽見是少校編譯員，卻有點失望。他並不是嫌少校的階級太小，使他悲觀的是革命的總政治部仍然是在做搜羅古董的工作，把他送進養老院去罷了。他是希望能做一個一軍的總政治部主任。但是到後來，失業已久的章幼嶠也只好表示屈就了。張其仁也說，外面各軍各師部都常來請求委派政治部主任，進去了之後，很快可以外調，只要自己願意。於是章幼嶠便決意參加革命了。」[55]

關於郭沫若的入黨問題，學界歷來有不一樣的看法，張資平的〈武漢革命前後〉是這樣描述的：在武漢時代，郭沫若曾經三次請求加入中國共產黨，但都被中共黨中央婉拒了，理由是郭沫

54 張資平：〈武漢革命前後〉（十五），《大眾夜報》一九四八年八月四日。

55 張資平：〈武漢革命前後〉（十六），《大眾夜報》一九四八年八月十二日。

若以第三者的意見替共產黨說話，反比當黨員來得有力量。郭沫若於武漢革命失敗後，隨賀龍、葉挺的革命軍由九江南下，經過南昌暴動，而粵北轉東江，直搗潮、汕，到了潮、汕，共產黨黨部因人才缺乏，郭沫若才得加入了黨籍。但是，潮、汕暴動失敗後，革命幹部風流雲散，郭沫若走海陸豐，乘小漁船渡海至香港轉滬，到了上海住了半年多時間，便伴著安娜母子東渡了，於是又和共產黨黨部脫了節。而郭沫若的〈脫離了蔣介石以後〉發表後，張資平卻認為現在雙方的敵對關係已經表面化得很明瞭了，這篇文章不免是畫蛇添足。郭沫若連把蔣介石慰勞他的每月津貼的事情也發表了出來，並且加以曲解，認為有懷柔的意思，則未免是太瑣屑地描寫了。「君子交絕，不出惡聲」，個人間的私情，非萬不得已，以不談為宜。又過了幾天，郭沫若從前方回到武漢來了，總政治部通知在閱馬場聚集聽郭沫若報告重要消息。郭沫若因是從長江下游地方逃回來的，不好穿軍服，所以是一身長袍馬褂商人打扮。會議由鄧演達主持，鄧主任「先行宣布開大會的理由，第一是表示歡迎郭副主任安然地回到武漢的革命根據地來了，第二是聽郭副主任給我們講許多可寶貴的資料，以供我輩革命同志的參考」。[56]〈武漢革命前後〉到這裡就終止了。

此外值得一提的是〈武漢革命前後〉裡體現出來的彼時郭沫若與張資平、郁達夫等人的「隔膜」。郭沫若於一九二四年春在福岡開始翻譯河上肇《社會組織與社會革命》，並對馬克思主義

56 張資平：〈武漢革命前後〉（三十一），《大眾夜報》一九四八年十月八日。

理論做系統瞭解。一九二六年三月，赴廣州就任廣東大學文科學長，結識了一批中國共產黨早期領導人；七月隨國民革命軍北伐，先後任北伐軍總政治部宣傳科長、副主任。此時的郭沫若是作為革命代言人形象出現的，而張資平對於革命以及馬克思主義連一知半解都算不上，他不瞭解蘇俄當時的情形，不知道列寧是什麼樣的人物，史達林和托洛茨基的名字他連聽都沒聽過。於是，〈武漢革命前後〉出現了下面這樣的場景：

他剛踏進思明堂，便看見郭沫若也在書架前物色社會科學一類的書籍。現在他回想起來，在當時郭沫若的革命理論也還貧弱得可憐。章幼嶠指著書架上的一套《社會問題講座》問他：「你讀過了這部講座沒有，內容怎樣？我也想買一部來學習學習。」

「在廣州，我買了全套，大概都翻過了，內容沒有多大的意思。裡面的材料大部分是改良派的理論，多是屬考茨基學派。」郭沫若一面翻書，一面對章幼嶠說。

章幼嶠聽著，一點也不明白。他又想，改良派當然是把壞的理論改良成好的理論，何以又不足取呢？馬克思主義是一種怎樣的主義呢？

章幼嶠便把他所懷疑的問題提出來請教郭沫若了。郭沫若看見他對於社會科學竟那樣的外行，毫無理解，便很感慨地向章幼嶠說：「你們太不注意政治經濟的問題了，對於社會科學的書籍，死不肯讀，達夫不用說了。仿吾現在才開始讀這類理論書籍，也還不行！」[57]

從這段描寫中可以看出，郭沫若和張資平根本就不在一個頻道上了。而令郭沫若和郁達夫關係產生裂縫的「〈廣州事情〉事件」在張資平的筆下也有所描述，郁達夫於一九二七年一月七日在《洪水》雜誌上以「曰歸」筆名發表〈廣州事情〉，把他在廣州的所見、聽聞、所感都尖銳而坦率地寫了出來，從政治、教育和農工階級三個方面深刻分析了作為革命大本營所在地的廣州的污濁現實。此舉引發尚在「革命」陣營中的郭沫若、成仿吾等人的不滿和批駁，創造社同人開始分化。據〈武漢革命前後〉披露，張資平在這時候接到了郁達夫從上海寄來的一封信，信裡請張資平向郭沫若疏通及解釋，對於他批評廣州革命政府的文章，不必過於認真，他只是發發牢騷而已，不要因為這種瑣事傷害了過去的友誼。但這時候郭沫若已經不在武漢了，張資平為此專門寫了一封信寄給郭沫若，並且將郁達夫的信放在裡面。關於這封信，郭沫若並沒有做出回覆。張資平沒有收到郭沫若的覆函，就覺得他和郁達夫在當時還是十足的書呆子，他們不知道無論有多麼深厚的友情，如果思想路線不同，便會送轉至於相對峙的地位。若是思想不同，就是父子也難相容，革命的鐵則是，只有同志，無所謂親戚或友情！接著，張資平用一段話點出了郁達夫和郭沫

57 張資平：〈武漢革命前後〉（十二），《大眾夜報》一九四八年七月二十九日。

若之間的「南轅北轍」：「郁達夫畢竟是感傷主義的文人，一直到抗戰的前夜，依然迷信友情可以左右思想，對於思想和策略也漫無區別。誤認社會主義可與資本主義合流，所以只賺得郭沫若的一笑。聯合甲帝國主義向乙帝國主義作戰，在郭沫若認為只是瞬間的策略；而郁達夫便誤認乙帝國主義是永久的敵人，甲帝國主義是永久的友人。所以在郭沫若和郁達夫中間的鴻溝，是無法填補的。」[58]

＊編輯附註：本書內文□符號係原史料缺字，特此說明。

58 張資平：〈武漢革命前後〉（二十五），《大眾夜報》一九四八年九月十八—十九日。

目次

胎動期的創造社

（一）創造社的淵源在向陵

清末，留學日本的學生，人數突然增加；但是大多數都不想深造，群趨「速成」，希望能早日畢業返國，以圖富貴榮達。

政府為改造這種不良的學風，所以和日本教育當局（文部省）訂立了五校條約，特別收容我國的青年，加以嚴格地教育；並選定五校舉辦特別預科，預科畢業後即編入正式的官立學校，和日本學生受同樣的教育和訓練。凡考入五校的學生都由政府給與官費，學校學費也由我國駐日公使直接繳與日本文部省。經手訂立五校條約的好像是當時的駐日公使李盛鐸氏。

所謂五校，即㈠帝國大學的預科第一高等學校、㈡東京高等師範學校、㈢東京高等工業學校、㈣千葉醫學專門學校、㈤山口高等商業學校。在這五校，特別為我留學生開設特別預科，一年修了，考試及格即升入本科，和日本學生同級受業。

郭沫若、郁達夫和我於民國三年——章秋桐氏的老虎雜誌出現於東京那年，歲此甲寅——偶然一同考進了第一高等學校的預科。前次歐洲大戰即爆發於這年秋季，故在我們，是有很深印象的。成仿吾於前一年（民國二年）已經考進了第一高等的預科。等到我們進第一高等預科時，他已經被派往日本中部岡山縣的第六高等學校肄業去了。

我們三人由民國三年秋至民國四年夏，雖然在同一教室上課，但很少聚首，因為一放學便各回自己的公寓（下宿），不相聞問。所以在當時都夢想不到尚有成灝（仿吾）這位天才和我們有一段姻緣，日後會互相攜手在中國文藝運動上做先遣部隊，做一番篳路藍縷的工作。又若不是民國四年沫若也被派往第六高等學校得和仿吾結交，恐怕今日也不曾有「創造社」這個名稱吧！

第一高等學校的別名是「向陵」，故我說：「創造社的淵源在向陵。」

沫若在他的《創造十年》裡面，最初一段是敘述他和我在日本福岡海岸共同消夏，洗海水澡，每天我倆坐在沙灘上討論如何推動中國文藝運動的計畫。就這一點，雖然當時尚未覺得「創造社」的名稱，當時我們想糾合同志，出版同人雜誌的草案，可以說是沫若和我兩人先事發動的。不過，假如我們不能聯絡成仿吾和郁達夫共同努力，恐怕今日也沒有創造社這個名稱。我們四人是創立了創造社，這是社會一般人所熟知的。

我們四人各有專業，沫若學醫，仿吾造兵，達夫經濟，我學地質，對於文學，都是外行。最初我們竟以「為藝術而藝術」做旗號，所以和標榜「為人生而藝術」的文學研究會在相當的期間內，打過幾場筆墨官司。誰是誰非，今日可置之不論了，總之這些論爭對於中國文學運動是有相當貢獻的。

創造社到了後期，才有新進的一批文學專家加入陣線，又因歷史的進展，故轉向於意識文學了。此是後話。

（二）我和郁達夫

我和達夫，在未入「向陵」之前，已經認識了。我們在那時候對於學習哪一種專門學識，並無定見，只想能夠早日考得官費。我在民國三年春投考東京高等師範失敗了，到了暑假又去投考東京高等工業。我就在這時候認識達夫。因為每天進場考試都會碰頭，達夫的態度頗滑稽，在那時候，他只有十七、八歲，看見人常作傻笑，我倆互相招呼一下，便成知己。

高等工業學校的考試每天舉行，也每天減削人數。第一天是數學、英文，第二天是物理、化學，第三天是圖畫、日文及體格檢查，我和達夫都得保持住第三天的受考權，但是因為圖畫和日文默寫不及格，終於被黜了。在這三天內，我和達夫都相視而笑，但是彼此都不肯道真姓名，理由是擔心一個入線，一個落選，給對方知道了自己的姓名。

考高等工業失敗了後，達夫還有勇氣趕到千葉縣去投考醫科專門學校，但我不願意為此奔波了。等到七月二日投考第一高等學校的時候，在向陵校園中，我又看見達夫手持鉛筆和三角規微笑著走了來。他告訴我，他曾赴千葉投考醫校，又告失敗，並把在千葉旅寓中所做的打油詩念給我聽，我還記得其中的一句是「不為良相當良醫」。我雖不會寫詩，但我覺得達夫那時候的詩才並不見得高明。

我們四個人雖各有專門，但對於外國文學不約而同地特別感覺興趣。我們對於文學的理解都是在日本高等學校受了英、德文教授的暗示和影響。日本文學比較中國進步就是因為他們擔任外國文的教授們不僅把英、德文當做語文教習，並且在語文之外，再提高它的文藝興趣。有名的夏目漱石、芥川龍之介、森鷗外諸大家都是東京赤門（帝國大學別稱）出身的作家。至於對日本文學發生頗大影響的是娶日婦、入日本國籍的英國文士小泉八雲。

（三）最初所受外國文學的影響

我個人最初對於外國文學發生興趣的經過，在這裡有加以一述的必要。

畔柳都太朗是日本有數的英文學者，在第一高等學校，他所教授的課本共有三篇短篇小說，原著者的名字似為法國人。當然，在法國人中也有能直接用英文寫小說的作家。這位作家的名字，而今不復記憶了。我們所讀的三篇小說，第一篇是有一位法國軍官負傷入某醫院。女護士名嘉布利，加以懇切地看護，日久即發生愛情。但是嘉布利是個天主教徒，格於教規，雖對該軍官一往情深，亦無表示。當軍官病癒離院時，嘉布利送行至醫院門首，以手覆額，似畏怯強烈的陽光射眼者，雖不明寫這女護士之盈盈欲涕，然其描寫之巧妙有足令讀者為之惻然。軍官別嘉布利後，亦常思憶其人，但不久聞嘉布利患白喉症死矣。真是情天莫補，恨海難填。

第二篇是法國某村中有一孀婦，膝下僅一獨子，數十年月苦風酸，將此子撫養長成，冀此子一舉成名，故費盡苦心送其愛子至巴黎留學，進有名的藝術學院。畢業後，他的作品在某著名展覽會竟獲得錦標，故一躍為有名的畫家。村中鄰居聞之，亦咸向其母道賀。母親因去信其子，促其一返故鄉。但此新進畫家終無歸省之意，非謂交際過繁，即稱求其揮毫者眾，終日無片刻餘暇。村中鄰居每聞畫家從巴黎有信寄其老母，必咸來問訊，此新進畫家何日言歸，俾鄉人得一睹新藝家的風采。老母無以應，但稱吾兒在巴黎之作品已獲多數富豪高官之賞識，求其揮毫者，門限為穿，必須至耶誕節前夜始能回鄉。其實此青年畫家在巴黎無日不沉醉於燈紅酒綠之中，即母雖再三促其回家，則云近已與某女士訂婚，不久即須結婚，俟結婚後，新夫妻必歸省慈母。老母親心雖不滿，但對鄰人仍為其子飾詞辯護，並稱其子如何賢孝，不久一對璧人即可回家以娛老母之晚景。此畫家在巴黎結婚之報章既抵鄉間，而老母朝夕待閭仍不見佳兒佳婦之蹤影。數日之後忽接其子來信，謂須與新婦赴美國度蜜月，俟由美國回來時再行歸省，並寄來金佛朗二百以供母親之甘旨。老母親至此，始知其子早忘其養育之深恩矣，且亦無顏與鄰人相見。由是抑鬱成疾，彌留之際，遺留一紙，大意謂，誰云烏能反哺，但羽翼豐時，亦唯有高翔遠飛，早忘其養育之恩矣，母親不及見汝夫婦之面矣，所寄金佛朗二百尚貯存篋中，絲毫未動，即留作母親贈兒媳之禮物，並祝佳兒佳婦能組織幸福家庭，則老人雖死，亦可瞑目。此篇描寫母親思憶兒子之情有獨到之處，幾令讀者流淚。

尚有一位英文教授森卷吉先生，他所用的課本是《自然與人》，選集十八、十九兩世紀的英國文豪作品的短篇集，有描寫大自然風景的，有記述人生哲學的，例如鄧尼孫、華慈渥斯等名家的散文均被選集，是一本富於文藝性的散文集。

（四）我初讀的歐洲文藝作品

總而言之，文藝作品信手寫來，也許可能產生傑作。但是對於歐洲文學如果沒有相當的理解，我深信不容易寫出成功的作品來的。這是我的失敗經驗，也許是我的一個武斷。

大家也許讀過戲曲大家宋春舫先生所寫的〈從今不敢小觀京戲了〉這篇文章吧，譬之唱京戲，必須坐科，就是說，凡唱京戲的必須學有師成，縱令嗓子好，若不坐科，其臺步、工架，終究是不行的。老看京戲的人一眼即能明瞭。文藝作家的坐科，必須從歐洲文藝名著著手，且必須有教師指導，對於文藝才能心領神會，才能把握文藝的真髓。

創造社同人的坐科即開始於向陵，其後在各高等學校加以三年的鍛鍊，才略得其門徑而已，尚未能稱為「作家」。若把我們和歐洲作家相比較，不是一隻小鼠和一頭巨牛之差，何啻天壤。

關於英國文藝，經畔柳和森氏兩教授的啟蒙，我便會在課外自動地找英文小說來讀了。每天晚飯後，我們有時散步，有時乘電車，從本鄉區（學校所在地）到神田區神保町一帶巡閱舊書店，在駿何臺下面，有一家專售西洋書籍的書店，叫做中西書店（中西是日本人之姓氏），英、德文的文藝叢書，至為豐富。俄、法兩國的名家小說大都有英文譯本，比英國小說原本更容易讀，英文譯文到底比創作原文文法完備，易於瞭解，比方說斯各脫的《劫後英雄錄》比托爾斯泰的《活著》和陀思妥耶夫斯基的《加拉馬佐夫兄弟》等英譯本難讀得多了。

沫若指摘我的作品過於通俗。的確，最初我是喜歡讀通俗小說，因為我在小學時代，讀冷紅生（林琴南先生）的譯品過多了，頗受他的影響。譬如要我讀伊里奧特的《羅摩拉》，那就不如去讀一本人生哲學。故我寧可讀迭更斯的《塊肉餘生逑》，不願意讀艱澀的《羅摩拉》。我所以愛讀林琴南先生的譯本，因為他的文筆清麗，並且頗多能打動心弦的警句，為中國文學裡面所不能發現的。譬如說「肩博者任始重」不遠勝「能者多勞」數倍麼？當然，林先生的譯本是節譯，並且有許多誤譯。我在未出國之前所愛讀的林先生譯本計有《茶花女史遺事》、《迦茵小傳》、《洪罕女郎》、《橡湖仙影》、《紅礁畫槳錄》、《埃及金塔剖屍記》、《非洲煙水愁城綠》等，有一天，在中西書店的書架上，發現了Rider Haggard的名字，我想一定是哈葛德了。我最注意的是《迦茵小傳》，由是也發現了上述各書的原本。嗣後，每晚上，我丟開學校功課不理，專心翻讀這些小說的英文原本，並取出林譯本來對照，覺得譯本脫漏的地方太多了。在《紅礁畫槳錄》的比亞得利斯女郎深愛喬弗利而不能愛，終以身殉，當她乘畫艇浮出海外自溺之前，曾有「海可枯，石可爛，唯有吾儕愛情與天地相終始」之語。我便想起從前所讀中國某小說中有「何事雲輕散，問今番果然真到海枯石爛」的詞。故知在文藝上以海枯石爛喻愛情，固無分東西洋也。

總之，我的作品不能上進，實在是因為受哈葛德和林琴南兩人的毒太深了。

（五）向陵離散的前夜

日本的學校由九月至十二月為第一學期，由次年一月至三月為第二學期，由四月至六月為第三學期。歲月如流，我們在向陵又匆匆進入第三學期了。在這年的五月，發生「五七事件」，即日本以最後通牒要求二十一條件。留日學生總會借座神田美土代町的日本青年會館開了一次大會，在臺上講演的情摯詞懇，有不少學生為之吞聲噭淚。大家決議致電袁世凱，要求抗日。有許多留學生鬧著說，要回國去當兵。在向陵，我們也罷課了。

五七風波很快就平復了，我們雖然照常上課，但人人都是面有戚容，不能像從前那樣天真的態度有說有笑了。尤其是遇著日本學生，我們便愈覺難堪。

因為第一高等預科快要結束了，我和達夫都穿著第一高等學校的制服，共拍了一張照片，以做離別前的紀念。當時我住在本鄉區的中華聖公寓的寄宿舍裡，達夫住在神田區的一家下宿館。當我們在晚上巡閱舊書店的時候，又常碰頭。達夫不修邊幅，穿著一件襤褸的日本浴衣，拖著木屐，在神保町一帶，匆匆忙忙，跑來跑去。我問他到哪裡去，他說到共和黨支部去看上海《申報》。於是他告訴我，他近來寫了很多首詩，分投到上海各報去發表，聽說有一、二首已經在《申報》上發表了，所以要去查看。達夫從那時候起，文藝發表欲就相當地強烈。

暑假快要過去了。一天下午，沫若穿著日本浴衣式的海水服，手裡拿著一頂草帽。看他的樣子，就知道他剛從房州海岸回來的。他也是邊幅不修，僅披著這件粗白棉布浴衣，從房州海岸搭火車回到兩國車站，再穿過東京市，泰然自若地走到我們的宿舍裡來。我和沫若同學了一年，尚未交談過一句話。這次碰見，算互相招呼了一下。看他的態度頗驕傲，對於我並不特別多深談幾句。他只當我是一個領官費過活的平凡的留學生而已。他是志望醫科，所以我也當他是對於文藝毫無理解的人。當時誰會預料到他是中國未來的數一數二的文豪呢，就是在這時候他和安娜夫人間的戀愛已達到最高潮了，對於其他一切，都是像毫無心緒，並非驕傲。

（六）成灝像彗星般地出現

過了暑假，我接到留學生監督處的通告，被日本文部省派至九州熊本縣的第五高等學校了。熊本四圍環山，氣候近似大陸性質。在九月初旬的開學時期，氣候還是和三伏時節相同。

在第五高等學校，我們的英文課本是密霍女士所著《我們的鄉村》。這本書是一篇散文集，描寫田園生活，農村情調極為濃厚，真是一部藝術作品。

上課一個月之後，接到達夫從名古屋寄來一封信，報告他在第八高等學校所過的生活。他這封信裡的文字，故意多所雕琢，也頗多無病呻吟的詞句。總之，他是想在詞藻上去滿足他的創作和表現的欲望。信裡面一段中文，一段英文。我立即寫了回信，也是和他討論英文學。幸得彼此都是一知半解，不致貽笑大方。

到了民國五年夏天，我們結束了高等學校一年級的功課，英文比較向陵時代更有進步。放了暑假，我和同學便乘車東上，打算先到東京，再赴房州海岸去避暑，洗海水澡。火車經過岡山，便下了車來訪問在第六高等學校的舊日向陵同學，我們先去看屠伯範。伯範告訴我，在二年級有一位天才，為中國留學生掙了不少的面子。我問是哪一位，他說是成灝。最初我誤聽成為陳，後來才知道是姓成。伯範稱讚成灝的英文和德文程度都很優秀，考試起來，常是名列前茅，許多教授都稱讚他。最後，伯範笑著說：「這位天才的面貌，你們想像得出來麼？」在校的岡山醫校學生廖君聽見後，先笑了。我便真覺著這位天才成灝一定是貌似子羽。伯範笑了一會便說：「這位天才的面孔活像一個猢猻。」我想，成灝一定是很像張香濤相國的人物了。於是我很想能有機會認識這位天才，便問伯範，成灝現在岡山麼？他說，早離開了岡山，大概到東京去了，否則回上海去了。

我到了東京，便和幾位同鄉來房州海岸，合租一所房屋，過共同生活，每天入海泅泳。有一天，吃過晚飯，在海岸散步，偶然遇著同鄉蕭君，他是和成灝同年考到向陵的，所以認識成灝。他和我頗談得來，也愛好文藝。因為回國結婚，在向陵和我們再念了一年書。他看見我和達夫談論文學的瘋狂狀態，便戲稱我們為才子。我和蕭君忽然在海岸碰頭，彼此均覺非常高興。他先引我到他的旅舍裡來，他說，和他同住的有成灝，此外還有兩位「外江佬」。到了他的宿舍裡，就看見成灝正打算出門，蕭君趕忙向成灝介紹說：「這位就是張資平。」回頭又笑著對我說：「這位就是你所想見的天才成灝。」蕭君全說日本話。仿吾聽見蕭君稱他為天才，便笑著罵了蕭君一句「馬屁」。

成仿吾的面貌並不怎樣醜，比我還年紀輕，但他的態度極鎮靜，行動也有點遲緩，令人有老氣橫秋之感。不知道是什麼原因，他和我真是一見如故，並且問及郁達夫，他說：「郁文到房州來了麼？」我感覺驚異。大概是屠伯範或蕭君曾向他提及我和達夫的名字。我看見他桌上擺著一本霍勒曼的無機化學英文譯本，這是日本高等學校所常用的教科書。在暑期中，仿吾還在細讀這樣枯澀的科學，由此一點就不難卜知他是具有艱苦卓絕的精神。我問仿吾，屠伯範此人怎樣？仿吾的回答是：「無邪的小孩子，什麼也不懂。」蕭君卻不同意仿吾這句話，便笑著說：「我們又懂得什麼呢？」

我們一同再走向海岸散步，在一家賣刨冰的攤子上遇見沫若了。仿吾指著我問沫若：「你認識這位張資平麼？」沫若和仿吾在岡山同學了一年，但他就一時糊塗沒有留心我和郭開貞是向陵的同期生。過了一會，他才想起來了，便大笑著說：「你們也是老朋友。」我和沫若只是相視而笑。當時的沫若真是春風滿面，因為在這時候，他和安娜夫人間的戀愛已經達到了成熟期，除卻和安娜夫人談戀愛之外，一切都置之腦後了。沫若好像寫過一篇小說，敘述他和安娜夫人的戀愛經過，一個在東京，一個在房州，戀書往來不絕。最後安娜夫人應沫若之約，趕來房州，兩人遂達到了有情人終成眷屬的目的。

這年夏，我們在房州洗海水澡純粹是為避暑及鍛鍊身體而來的。沫若是別有目的的。

安娜（原名佐藤富子）是東京築地區國際病院的女護士。沫若有一位中學時代的同學陳君，後我們一年也考入了向陵，因為患肺病，進國際醫院療養，安娜夫人即是看護陳君的女護士。沫若常常去探望陳君的病狀，認識了安娜夫人，陳君之病終於不起，沫若哭之慟。安娜夫人由是認識沫若為一摯情人，終以身相許。安娜夫人若不遇沫若，在日本像她一類的女護士，真是車載斗量，也許是命運使然吧，巨眼情深，得結識中華上國的當代文豪，也就跟著丈夫在中國文學史上獲得了永生。這不能不說是安娜夫人的厚幸，黎明健哪裡有如此的蜚聲中外呢？

（七）我們反對西原借款的軍事協定

沫若和仿吾在岡山當有很多的機會互相討論文學。我在熊本，達夫在名古屋，各為校課忙不過來，兩年之久不通音信了。這時候，達夫和仿吾尚無一面之緣。在向陵時代，雖和沫若同級，但他倆之間似極隔膜。

這年秋，在東京帝國大學的前輩，例如王兆榮、陳啟修（豹隱）、文元模、周昌壽（頌久）、許崇清、鄭貞文諸兄，組織了「丙辰學社」，徵求各高等學校的同學加入為社員。除達夫之外，沫若、仿吾和我先後加入了丙辰學社。這學社就是中華學藝社的前身。由這幾位學兄籌資出版《學藝季刊》。在那時候，吾們極端崇拜德文和德國學術，故譯《學藝》為Wissenund Wissenchaft。

由民國六年到七年，我是高等學校第三年級了。六年的暑假，我就回家省親，九月再來日本。我回至熊本不及兩月，父親便與世長辭了。我此時始感知有椎心泣血之痛，不孝之心，百死莫贖，精神大受打擊，幾欲自殺。我對數學理化，頭腦本極清晰，成績亦優；但因父親逝後，對於一切計算問題，明知其計算法完全無誤，常不能得正確的答案。又在化學實驗室中，須加硫酸的，常會誤加硝酸或鹽酸。故我自知不能從事化學的研究了。

到了第三學期，即民國七年的六月裡，中、日兩國政府間訂立了一種軍事協約，這就是段祺瑞和寺內正毅所訂的軍事協定，也就是所謂「西原借款」。於是在留日學生界又起了一陣大的波瀾，大家鬧著要罷課返國。在東京開留學生大會時，公推王兆榮為救國團團長，阮湘和張有桐為副團長。這次反對段政府的風潮，也波及到各高等學校來了。

獨清也是為反對軍事協約由日本回國的一個。他後來告訴我，他在那年初赴日本，住在早稻田鶴卷町的下宿館裡，打算學習日文，也被捲入漩渦，跟著大家回上海來了，在新創辦的《救國日報》裡當一名小編輯。但是這個《救國日報》在不久便停刊了，獨清便於這年冬赴法國留學。我這次也因為一時衝動，隨著大眾罷課回國，到了上海，臥病於三洋涇橋泰安棧。我們曾乘電車到徐家滙的李公祠開了一次大會。過了幾天，又說要到盧永祥衙門裡去排隊請願，以後，這個救國團便無聲無息了。我一場熱心，為救國而罷課返國，結果不僅勞神傷財，在精神上也受了重大的打擊。沫若、仿吾和達夫竟能那樣地鎮靜，不為僅五分鐘熱血的淡薄青年所惑而以學業為重。有此比較，我尤覺自慚思想幼稚。

我在上海染了重傷風，即西班牙感冒症，臥病了兩星期，深感這次返國之失策。在上海半個多月，深感無聊，便和沈敦輝君常在棋盤街各書店看書。所看見的出版物，外觀和內容均不能望日本書籍的項背，定價還比日本書籍來得貴，故覺得在上海真是無書可讀。

那時候，中國尚無新文學的出版，有些流行刊物都是屬於鴛鴦蝴蝶派的作品，內容也極幼稚。讀慣了日本的報紙，看見上海報章的印字那樣粗，編排形式也那樣地簡陋，就無勇氣加以細讀，只望望時事的標題後，便不想往下看了。我心中很想快點回日本去，但又不敢說出口，恐怕被救國團中人聽見了後，要受他們的鐵拳制裁呢。

有一天在群益書社，偶然發現了當時轟動新文化界的《青年》雜誌。這《青年》的出現對於我們的發表欲不無相當的刺激。當我們在上海做「救國運動」的尾巴時，這個《青年》雜誌已經出了四、五期了。在這雜誌中，最引起我的注意的文章便是劉半農答覆鍾敬軒的那篇長函。其次是陳獨秀先生的短評，對當時軍閥罵得痛快淋漓，此外還有魯迅的短篇小說〈孔乙己〉和胡適之的提倡白話文的論文。胡適之先生對於文學確是外行。他論小說，頗讚許《儒林外史》，這當然尚有待於嚴格的批判，可暫置不論。至於論小說的結構，胡先生竟以《胡太守亂點鴛鴦譜》為範本，大加歎賞，則未免過當。又胡先生對於陀斯妥伊夫斯基的作品並沒有充分的研究，但從美國雜誌抄譯一些斷片的陀斯妥伊夫斯基的作品的短評發表出來。這是證明胡先生對於歐洲文學之介紹及批評不免有點敷衍塞責。關於新詩，胡先生本人提倡白話，但他並不純用白話文去寫詩。試讀他的婚後度蜜月的詩「初春雨冷，中郵簫鼓，有一人來看女婿，匆匆別後，便輕將愛女相許。可恨我十年作客，歸來遲暮……」裡面，不是尚滿布著文言麼？但是，新詩經胡先生一提倡，天下青年聞風響應，沫若、達夫也是受了《新青年》雜誌的影響，在當時差不多費全部精力去寫新詩。不久之後，中國新詩人之多竟有如糞缸之蛆，氣得一般老前輩詩詞專家，鬍髭為之倒豎。老實說，我對新詩完全不感興趣，也預知道新詩在中國一定有沒落的一天。

在上海住了近二三星期，煩悶無聊，便祕密和敦輝商量，欲同伴潛回日本求學。敦輝果然贊成，他在一個月之前是最熱心於罷課返國的愛國志士，但是經我一勸之後便歎息著說：「中國的愛國運動是不能持久的，僅五分鐘的熱度。」

聽說在滙山碼頭，救國團派有打手去巡查，如果看見有同學乘輪船回日本即將加以鐵拳制裁。因此，我們頗為擔憂。在日本郵船公司打聽得我們所乘的輪船是在次日凌晨啟輪，我們便在前夜十一時前後步行至滙山碼頭，行李簡單，由旅館工友挑送至船上，但是到滙山碼頭一看，哪裡看得見有半個學生的影兒。在三等船室中，旅客真是如晨星之寥寥，三三五五都是寧波商人到長崎去的。我們睡在船中，不免自愧。恐怕罷課的學生最早重返日本的，當係我與敦輝二人。

（八）箱崎海岸

我們在長崎登岸，決定先赴熊本縣屬的日奈久溫泉地去消夏。日奈久是一個寒村，那邊的警察又常來騷擾，並且每日株守旅館中，絕無消遣的地方，因此我們決意遷地為良，遂乘火車到日本九州最大都市的博多市來了。在博多市住了一晚，第二天便在箱崎海岸找著了一家下宿館，搬過去住，每天都入海游泳。

暑假將逝，有一天，約摸是上午十一點鐘，我在箱崎松林中散步，忽然看見沫若抱著一個約二周歲的孩子，從那一頭走來。他的孩子白胖得非常可愛，這就是他和安娜夫人間的愛情結晶，郭和生君。

我和他得在這海邊相遇，彼此都感覺驚奇。我立即感著他既是在第六高等學校畢了業，現在搬家到福岡來，準備下學期在九州帝國大學上課。他也以為我在下學期將在九州帝國大學工學院上課，並不知道我為愛國運動犧牲了一年的光陰，要留級一年。

我問沫若現住何處，他便領我去看他的新居，他所租賃的「貸間」（在普通人家中分租一間房間），是在一家小旅館的後園中，雖甚清淨，但是出入頗不自由。我就是在這時候初次會見安娜夫人。安娜夫人在那時候僅二十三、四歲，肩背上垂著束髮，正在忙於操作，洗衣服，掃除房間。經沫若介紹之後，我不免留心細看一下，覺得安娜的態度足稱大家風範，風致嫣然，只是口腔稍大，有點妨礙整個臉部的美觀，但也無傷大體。

沫若室中僅有一張坐墊，安娜拿來給我坐，因為看見沫若抱著小孩子坐在土席上，實在不過意，何況我也是穿著一件粗質的日本和服，值不得坐在那樣美麗的絹質坐墊上的。

因為我是客，還是讓我坐在那張唯一的坐墊上了。安娜送過了茶，抱著孩子出去了。我便和沫若縱談文藝和上海的文化情形。

和沫若談了一會，我立即自知鳳雛究弱於臥龍一籌，甘拜下風，也自覺對於文藝常識實在太貧乏了。沫若的態度畢竟比達夫長厚得多了，他並不直接指摘我的弱點而用另一方式來啟發我，使我多得點知識。

沫若在那時候的生活狀況頗為窘迫。本來我們的官費僅堪支持個人的生活，因為前次歐戰之後，日本大小商人都發了財，一般生活流於奢侈，物價也隨著高漲，影響到我們留學生的生活。這時沫若很想在國內出版界打開一條出路，第一可以滿足自己的創作欲，第二可以掙些稿費補貼生活。

當時，沫若的創作欲似很熱烈，寫了很多首的新詩和短篇歌劇都拿出來給我看，要我加以批判。我看其中一部分確實能夠充分地表示他的天才，一部分卻是比較雕琢，反喪失了詩的性質，另一部分則完全是遊戲文章，譬如他在農家附近聞著糞香，就以〈糞香〉為題，寫成一首詩，叫我拜讀了後，笑痛肚皮。我對他的詩，不敢完全恭維，怕他說我的態度不誠懇，我也不能完全恭維，因為他的詩也有許多不能令人佩服的；並且我們都是同學老友，對他更不必恭維了。我把他的詩細讀了一過，指出我確實佩服的二、三首，告訴了他。我的鑑賞果然和他的自己批判不謀而合，他也很覺高興。但他告訴我，有一首他認為得意之作的，卻給我忽略了。我便再拿過來細讀，覺得那首詩的表現似乎太抽象、太空泛了；雖說是近乎浪漫主義，無可非議，但是那種類似超人的神祕語調，實在不合我的脾胃。我的批評和觀察當然也未必中肯，因為這是我的主觀，我一向是愛好寫實主義的文藝。對於詩的寫作要求寫實主義，當然是不合理的。日後我曾寫過一篇短的劇本，請沫若批評，沫若回信勸我努力寫小說，不要寫劇本或詩，他說我是拙於表現，長於描寫。這是沫若對我的真摯的批判。總之，我對沫若的詩之批判是不能作準的。那天沫若給我看的詩，日後大部分都集在創造社叢書第一種——《女神》裡面了。「女神」無疑的是象徵安娜夫人，為丈夫、為兒女而勞苦的偉大女性，類似女神的意義。

沫若很贊成白話文的提倡，但不甚佩服胡適之的新詩。我說，劉半農反駁鍾敬軒那篇文章很有趣，沫若說：「濫調子一大篇，沒有意思。」

我們談了一會，安娜背著和生回來了，手裡拿著一個小包裹。她蹲在屏風後好半天，忽然端出一盤桃子來敬客。我不客氣地吃了一、二顆。沫若還要留我吃午飯，我說：「不必，彼此兩便不麻煩。」因為我在附近下宿館是包了伙食的，我們約好了下午或明天再談。

第二天，沫若抱著孩子到我下宿館裡來，我們還是談論寫作的事情，並論及同學中誰會寫文章、寫哪一類的文章、誰不會寫文章。我提出鄭心南（貞文），他不認識，其實我和心南只通過信，也尚未見面。他提出文範村（元模），我是認識的。這兩位先輩都是清末秀才，文章雖好，但不會寫新文藝，這是我們的結論。

沫若笑文範村根據德文的發音，以「鴂鵜」兩字譯德國大文豪「Goethe」，他主張循英文的發音，譯為「歌德」兩字。我把《新青年》和新出版的《學藝季刊》第一號給他看，他便帶了回去。我們相約下午去洗海水澡，但是，下午他沒有來。

過了兩三天，我再去訪沫若。他告訴我：《少年維特之煩惱》是歌德的傑作，他打算翻譯這部小說。他當時還沒有談及《浮士德》。原來他在第六高等學校是採用《少年維特之煩惱》做德文教本。

最先向我介紹《少年維特之煩惱》的不是沫若，而是我的小同鄉李時可君，他是東京高等師範數理科畢業。因為他看見我翻讀《茶花女》的英文，便介紹我讀《少年維特之煩惱》。他說：「讀日本文譯本（森鷗外所譯）也可以，這部小說的藝術實在比《茶花女》高出數倍。」我在東京時，曾在某書店翻看過日文譯本，覺得譯文太瑣碎，又未能讀德文原本，所以對這部原作，不感興趣。

沫若拿了德文原本出來，要和我一同從頭念下去，這卻難為了我，因為我的德文程度僅夠敷衍考試而已，不能自由閱讀小說，不比沫若志望醫科的人，德文鐘點比我們習理工科的多一倍。天氣本來就有點悶熱，他又要我坐近他身旁，一同念那本德文原本的《少年維特之煩惱》，真把我急得滿頭滿臉的汗珠了。

他問我：「近來寫了什麼作品沒有？」我說：「現在只塗些日記，材料太多了，打算寫一篇長篇小說，只是綜合不起來。」沫若卻主張寫短篇，只要有些題材，便不難創作。我又戲問他：

「你和你夫人的戀愛經過，可否告訴我，做我創作的一部分的材料？」

沫若聽見我這樣不客氣地問他，許久不開口。

又過了幾天，我和沫若坐在箱崎海岸大石燈籠的一邊草地上。他告訴我，他在上海《時事新報・學燈欄》，發表了一篇詩劇。沫若的文章最初在國內報章上發表的，大概就是這一篇詩劇了。

第二天，我又去看沫若，他把從上海寄來的《時事新報》給我看。我讀了他那篇詩劇之後，也頗欣羨。當時的學燈主編好像是鄭振鐸的前任，張東蓀、藍公武一派的文人。

以後，沫若又寫了許多首新詩交給我看，但是在我總不喜歡新詩。我認為唐詩太好了，中國絕不能產生像唐代詩人那樣的傑作了。

我們相聚約有兩個多星期，彼此都同意於先行糾合文藝同志。沫若提出仿吾和田壽昌（漢）。田壽昌當時在東京高等師範特別預科，據說他是專研究莎士比亞的戲曲。沫若說：「田壽昌的文筆頗佳，但是文言的濫調子太多了，近似鴛鴦蝴蝶派。」我提出達夫，沫若沉吟了半晌，不表示可否。他似乎覺得達夫這人比我們三人聰明了一點。

我回來熊本第五高等學校後，一天忽然接到達夫的來信，這使我異常地驚喜。他也在信裡說及必須在國內文化界打開一條出路。我便覆信給他，叫他多多和沫若聯絡。達夫回信說，怕沫若太驕傲，不容易接近，對我之為沫若捧場，未能表示首肯。這是達夫的皮相觀察，尚未深知沫若為人，沫若對知友，態度非常誠懇，絕無絲毫傲氣。

達夫果然相信我的忠告，先寄信給沫若，大概是在信裡送了相當優雅的高帽子一頂，沫若當然高興。嗣後他們便互相通信，討論起文學來了。

我回來熊本，改進博物預科，數理功課減少了，比較清閒，有餘暇時便來學習塗寫，開始寫《沖積期化石》的初稿。沫若常有信來，並且寄了許多新詩來給我讀，要我不客氣地加以批評，日積月累，竟有一大卷了。他有一次來信，極力稱讚仿吾為天才詩人，把仿吾寄給他的〈東渡望日出〉那首詩抄來給我讀，此詩也在《創造季刊》發表過。我只記得後兩句是：「我們的前途，晨光彌滿了！」

的確，在我個人的見解，仿吾的詩富於韻律，且多哀傷的詞調，令人愛讀。

在熊本留級一年，得讀薩加黎名著《亨利愛斯豪》。因此對於文藝，獲得更大的啟示。就是從這時候起，我開始讀日本自然主義作家的作品了。在《朝日新聞》上面，發現了島崎藤村的《新生》，在《福岡日報》上看見了田山花袋的《弓子》，都使我讀得津津有味。《弓子》描寫性愛生活太過深刻，趕得上英國羅倫斯的作品了。

沫若雖則也讀日本小說，但對我們絕不談及日本作家。我和達夫卻喜歡批評日本當代的作家。我是畢業回國後才得詳讀歐洲各國的文學史，覺得在過去自己文學程度之膚淺。沫若是專致力於德國文學。我在德文課程上念了好幾篇德國的名作，也念過了俄國諸大家的短篇傑作（德文譯本），但是因為德文程度太淺，不甚感覺興趣。

（九）赤門時代

民國八年夏，適在五四運動之後，我結束了高等學校的功課，即赴東京投考帝國大學，進了理學院的地質系，達夫也進了法學院的經濟系。仿吾是工學部的三年級生了。因此，我們三個人得常相聚首，仿吾和我先在一個第六高等同學蔣君家裡會過面。沫若從福岡來信給仿吾，提及了達夫，仿吾便要我約達夫和他見面。

我們除應付校課而外，都喜歡談論文學，在創作上的用詞和表現方式都成為我們討論的中心問題，日常生活和環境便是藝術的泉源，其中有不少的題材可以供給我們創作。達夫尤多性的孤獨的悲歡和殉情的詞調。老實說，性的孤獨確實是創作的一個原動力。

仿吾每談及同學中有不能理解文藝、學術，只是熱衷於名利的人，便要溜口罵一句「混蛋」。「蛋」字，他發音為tan，不作dan，是新化口音。現在回憶起來，也頗耐人尋味。日後，獨清常引用仿吾的這個音訛為笑談，他常說笑：「仿吾又要來一個混tan了。」

我們常在菊阪上一家中國飯館裡吃飯。這家飯館的老闆是寧波人，娶一個日本女人當掌櫃。其實這家飯館極不衛生，無奈中國留學生總像蒼蠅一樣死盯著油膩的中國「料理」。沈敦輝於這年秋考入了向陵預科，有時也來這家小館裡吃中飯。我們常看見一個矮胖的青年，穿戴著向陵的制服制帽，態度頗為滑稽。由敦輝的介紹，知道這個矮胖的青年就是穆敬熙（木天），他和敦輝同期考入了向陵預科，日後也來參加創造社，譯了一本《新月集》。

這年秋，歐戰算完全結束了，世界恢復了太平。這時正當五四運動之後，國內的新文化運動也日見發展。我們常在報章上和刊物上，得悉國內的文化運動情形，因此更加引起我們的創作欲望。

在大學一年級，有兩個多月的期間，我和達夫同住在趙君的樓上，在一間六疊（六張日本土席大小）的房裡，並排著兩張日本式的矮書桌。在夜間可說是聯枕而睡。達夫學抽香煙，常在咳嗽。他說，恐怕是患了初期的肺結核症，這卻叫我駭了一大跳，深怕從他傳染了這種不治之症，很想叫他搬出去，但是不好意思說出口。

我有一本俄文名家短篇集，是德文譯本。其中有一篇題名《四日》，作家好像是杜格涅夫，因為手邊無書可查，不敢斷言。這篇小說是描寫在戰場上犧牲的兵士，比死在曠野裡的狗還要不值錢。這篇小說只是翻來覆去描寫戰爭的罪惡，讀了令人發悶。教授這本小說的是S教授，日本語又說得飛快，更使我不能完全理解。因此我在日本書上用紅墨水批了「無聊」兩個字。達夫在夜間睡在床上，拿了我這部書去消遣，我就把這本德文小說送給他了。他發現了我在那本書上批了許多不適當的評語，才知道我當時對於俄國文學竟這樣地無理解。他便告訴我，這本小說集裡所有原作者都是俄國有名的文豪。我聽見後，非常慚愧。的確，在當時，我對於俄國的作家只知道有托爾斯泰。經達夫一指摘，我深愧我在文學史上的功夫還不夠，於是我不給達夫知道，自己奮發起來去讀俄國文學史（當然是用日本文），同時買了陀夫妥伊夫斯基的《罪與罰》、《加拉馬佐夫兄弟》，托爾斯泰的《復活》等英、日兩種譯本來對照著細讀，然後知道俄國的名著比英國作品深刻而沉鬱；對於英、俄兩國文學有如何之差別，也逐漸有理解了。今日恐怕很少有像我們那樣刻苦去讀外國名著的傻學生吧。現代的文學青年也許會譏誚著說：「讀了這些外國作品又有什麼用處呢？」

沫若和我們常有通信，有時他寄幾首新詩來給我品評，有時寫信來告訴我，安娜為家庭勞苦的情形和他倆的「貧賤夫妻百事哀」的生活。有一次，他來信告訴我，近來患神經衰弱症頗劇，原因是㈠失眠、㈡校課太繁、㈢忙於寫作、㈣思慮過多、㈤性欲過劇。有一位日本同學上床國夫君在旁看見信裡面「性欲過劇」四個字，不禁大笑了。

我也把《沖積期化石》的前面約三千多字的初稿，寄給沫若，要求他不客氣地批評。沫若的回信只是說寫得迫真、明朗，此外並沒有何等的贊詞，令我有點感著失望。但我也自知我當時的文筆極幼稚，尚不夠資格問世。

（十）我的短篇處女作

民國九年的初春時節，天氣奇冷，有一天吃過了中飯，達夫來地質學研究室找我，要我陪他一同到工學院實驗室去看仿吾。我陪他走到一個地下室裡來，更覺得冷不可耐。仿吾正在一張實驗桌上測驗風的速度，一根長二尺餘的玻璃管，盛著酒精，管面刻有度數，管口向著一架電風扇，由電風扇的速度大小，測驗玻璃管中的液體的伸縮。在樓面上還有一個冷便當（飯盒），仿吾熱心於研究學術的工作，還沒有吃中飯呢。他看見我和達夫來了，便停止了他的實驗工作。他說：「到你們家裡去談談吧，不高興實驗了。我們寫小說去吧。你們近來寫了傑作出來沒有？」仿吾說了後，哈哈地大笑起來。

「笨作也寫不出來，還說什麼傑作？」達夫的假苦笑。

仿吾在我們寓裡吃過了冷便當，再喝了兩杯熱茶，便和我們談論發表文藝、出版同人雜誌的問題了。我們討論創作題目的命名問題。仿吾認為題目很重要，對讀者有重大的影響，其次談論題材的選擇、結構等問題。達夫所擬的創作題目大都很通俗，例如〈沉淪〉、〈還鄉記〉等等，仿吾看見後，盡搖頭，因為他認為題目第一要雅，第二要新鮮。

「你這篇〈還鄉記〉給讀者誤認為〈還魂記〉就糟糕了。」仿吾說了後又不住地大笑，笑得達夫搖著頭，張開口，表示欲笑不能非笑不可的神氣。我想，達夫能寫〈牡丹亭〉那樣的作品，倒又好了。

我的幾篇創作的題目是〈冷麵包〉、〈雁來紅〉、《化石》等等。後來我在《化石》上冠了「沖積期」三個字。達夫不瞭解《沖積期化石》是什麼意思。仿吾在高等學校學過地質學，知道是地質學的名稱。我們現代人類死後的遺骸便是沖積期的化石，這是告訴我們，個人的生涯一瞬即逝，區區名利之爭只是以蝸牛的角頂做戰場罷了。今假定以宇宙為一室，恐怕地球還不及蝸牛角之大呢。

我那篇〈麵包〉後來改題為〈一般冗員的生活〉，〈雁來紅〉即是〈愛之焦點〉的前身，後來在《創造季刊》裡面發表過了，都是幼稚的作品。

有一天，接到沫若寄來一冊《三葉集》，這是他和田漢、宗白華三人的往來書信，大都是敘述他們私人的生活，即是身邊雜記，在當時，總算是新穎的文藝。田漢和宗白華在那時是「少年中國學會」的分子，這個學會即是今日青年黨的前身。沫若在那時代的思想，似乎是傾向於狹隘的愛國主義。

我們談及田漢，仿吾很不客氣地批評他為「無聊」，大概是當時田漢喜歡寫文章捧他的未婚妻（淑瑜？），有許多描寫得過分的地方。他有一冊《薔薇之路》，即是這類的描寫，但在文藝上確較《玉梨魂》、《蘭娘哀史》高出一籌。

仿吾的「風的速度」之研究，終無結果，他便棄了工學士的學位，匆匆回國了。他認為在東京的文藝同志，總算糾集好了，只要有出版的機關，文稿是毫無問題。因為他有一位姓李的朋友和泰東書局的趙南公認識，仿吾就在泰東書局先做成一個基礎。

當時，鄭心南和周頌久兩學兄進了商務印書館當編輯。我們組織的「丙辰學社」，改名為「中華學藝社」，《學藝季刊》也改為月刊，每年刊行十期，七八兩月休刊。我曾向沫若提議，我們文藝同志，可以利用《學藝月刊》的一部分篇幅發表創作。但是沫若、仿吾都不贊成這個寄人籬下的計畫，因為附屬於《學藝月刊》，即等於為他人作嫁衣裳，並且須俯仰隨人。何況《學藝月刊》的幾位先輩，在那時代也還看不起我們這批小子、無名作家呢！鄭心南先生最初對於我們的創作就不十分理解，他寫信給我說：「只是寫到了東京，住在下宿館裡和下女調情，以後便混到了一塊，這就叫做文藝創作麼？」

鄭先生是誤解了我們的創作，和不肖生的《留東外史》差不多的東西。因為他讀了達夫的〈沉淪〉後才寫信來給我，發了許多牢騷，他要求我多多替《學藝月刊》撰科學的文稿。

我剛進大學，鄭心南先生就來信，要我寫有關地質礦物學的文稿，以充實《學藝月刊》的內容。但我當時創作的發表欲非常熱烈。在課餘的時候，寫了一篇很幼稚的短篇創作《約檀河之水》，以寫科學文稿為交換條件，託心南兄在《學藝月刊》上發表，他還替我改削了幾個字，就付印了。他又很能夠理解作者的心理，那篇小說的排版排好了後，就寄了兩份校樣來給我。我接到這篇處女作的校樣——墨筆字變成了鉛字的印刷品，心裡有說不出來的興奮。這是我的創作第一次用鉛字排出來了，似乎比原文更加美麗了。在大學的校園裡，遇著達夫，我便告訴他，我的《約檀河之水》發表出來了。

「在哪裡？在哪裡？」達夫聽見後也有些興奮的樣子，似為我高興，又似有些妒意。

我把校樣給他看，他說：「借我細讀一下，晚上還你。」他拿了《約檀河之水》的校樣就跑了。到了晚上，他把校樣還給我的時候，對我說：「作品不怎樣好，但是排印在刊物上，覺得文章也會變得更美麗了。」他說了後似笑非笑地仰起頭來，睜著他的一雙單眼皮的細眼，像在癡想什麼事。

「資平，你確實有點天才，你寫由汽車前頭兩道燈光，才看見雨絲下得更大了，寫得真好。你要成名了！」

揭載《約檀河之水》的那冊《學藝月刊》出版後，心南兄寄了五冊來給我。我寄了一本給沫若，請他批評。沫若回信卻並沒有怎樣地稱讚，他還批評著說，最後一段的讚美歌是多餘的蛇足，若刪除了這段宗教的讚美詩，這篇小說便可稱是佳作了。

我為這篇處女作《約檀河之水》，費了兩個多月的光陰，易稿四五次，第一胎的兒女到底難產。我為這篇創作，竟犧牲了地史學三個學分，只好等到第二年再補習這門功課。

嗣後，我因為校課太忙，冬假、春假、暑假都要赴各地方去從事地質學的實習，和沫若很罕通信了。達夫和我也各搬了，我住在市外，很少和達夫碰頭了。

（十一）滕固和方光燾

仿吾離開東京是民國九年夏始春餘的時節。自他走後，我老望他有信寄給我，但是消息杳然。後來得沫若來信，仿吾在歸國途中，曾至福岡，勾留了一些時間，便赴上海去了。

我常思念仿吾，每當晚飯後步行至神田區，在舊書店巡禮的時候，更令我憶及仿吾。當他未離東京之前，有一天我們偶然在菊阪上那家小飯館裡一同吃過晚飯之後，仿吾走到本鄉三丁目的一家有名的吃茶店去買了一打的西洋糕餅，兩個人分著吃。一面吃，一面步行到中西書店來，在途中，我們且啖且談，所談的仍然是文藝問題和青年的戀愛問題。

尚憶在向陵時代，修身教授大島正德博士到了第三學期，沒有特別的訓話了，只叫我們向他提出問題，由他一一解答。醫學博士余霖在當時也和我們同級，他便提出一個問題：「我們學生買了食物，隨走隨吃，是不是品行不端？」大島博士解答說：「這問題與修身無關，即無關道德問題，但在行動上不甚雅觀而已。」

當仿吾要我和他分吃那包西洋點心的時候，我便把大島博士的話告訴了他。因為我覺得穿著大學生的制服，在街路上隨行隨吃，確是有點不雅觀。但是仿吾哈哈大笑了：「這是常識問題，用不著哲學博士來說明。」

我在民國九年六月寫好了《約檀河之水》以後，因為校課太忙，已無餘暇和心思去創作。我雖著手寫了《沖積期化石》，但也隨寫隨輟，僅成三五千字。除未定稿〈愛之焦點〉和〈一般冗員的生活〉之外，還著手寫了一篇短篇小說〈火山口上〉，這個題目曾經仿吾指摘，以嫌過於通俗，音調也不甚順耳，故決意取消。這篇題材，後來在武昌擴充為中篇，改名〈苔莉〉。其實〈火山口上〉若譯為英文也頗雅致。我在那時候，總喜歡先用英文寫成題目，然後譯為中文。「她悵望著祖國的天野」，便是沫若替我譯成的。

大概是因為沫若看見我和達夫給他的信總有一部分說及生活的窘迫，那年冬，快要過新年的時候，忽然接到安娜夫人寄來一封信和二十元的郵局匯票，這真令我驚異而感激。但是不知道她也有信寄給達夫麼？我不便告訴達夫，安娜夫人有信寄給我，並且有匯款；也不便問他，安娜夫人有信給他沒有。自去年暑假在箱崎海岸見過安娜夫人後，這是她第一次寫信給我，信末署名「富子」。

在這個期間中，我偶然認識了兩位和創造社有一線之緣的朋友，即是滕固（若渠）和方光燾。方君和達夫同鄉又加入同一的教會——留日中華聖公會，所以彼此認識。我是由達夫的介紹認識方君的，再由方君的介紹，認識滕若渠兄。方兄畢業於東京高等師範，滕固兄是私立東洋大學出身。由滕固兄的介紹又認識了謝六逸兄。不知是何緣故，達夫和滕固彼此無緣，落落不合；

但滕固和我卻有相當的交誼。滕兄託我，沫若如來東京，一定要為他先容。我覺得若以人名做對句，「成仿吾」和「滕若渠」倒是絕妙的對子。

在那時候，因為達夫加入了聖公會，我和屠伯範，還有數位同學也加入了教會，當了信徒。我寫信告訴沫若，給沫若笑了。他說：「信教只是欺騙自己。」滕若渠也和沫若一樣，不勉強敷衍人事而加入教會。其實我們都是偽善者。達夫更是明目張膽對我說：「在教會裡的女信徒中竟沒有一位近似美人的女性，加入教會，總算失敗了。」

《創造季刊》時代

(一)「創造」名稱的決定

民國十年初夏的一天，上午九點鐘，我在地質學研究室的桌面上，發現了一張明信片，是沫若寫給我的。我看郵戳的日期是前一天下午，再看發信地址是在東京，不是福岡。明信片上大意是：「他昨天和達夫曾到地質學教室來看我，未得晤面，他覺得地質學教室是座迷宮。因為正門不開，從側門進去，容易走錯路，跑向地下室裡去，再由地下室跑上三樓我們的研究室。初來的客人，都會感覺著這座教室建築的奇妙。」第二天，他看見我的時候，問我：「怎麼在全教室裡不見一個人影呢？」我看了沫若的明信片後，又發現達夫留下來的一張條子，囑我於當日上午十一點鐘，務必在研究室等候他，他約好了沫若和田漢到他的宿舍去一同吃午飯，吃了飯好商量進行同人雜誌的事情。那時候，達夫住在附近的第二改盛館三樓。

等到十一點半鐘，達夫才來。我便跟他到他的宿舍裡來。達夫的住室光線很充足，但嫌有點悶熱，所以敞開了障子（格子形紙屏，即日本式房門）。不一刻，沫若來了，再過一刻，田漢也來了，他還帶了高等師範的楊正宇君同來參加，大概是先得了達夫的同意。但是沫若好像對楊君有點隔膜。

沫若坐下來，便大談其變態精神分析的研究。他說，他看過了名叫格利格利博士的映片，描寫人類的變態心理，十分深刻，這在醫學上是有可能的。沫若這時候在思想上還是很落後，只注意文藝與精神分析的研究，他的《棠棣之花》等初期的創作，即表現這種傾向極濃厚。當時，他也許想做中國的弗洛德呢。

他又談到九州帝國大學醫學院的瘋人院，把他參觀和研究所得說給我們聽。座中，聽得最津津有味的還是我一個人，達夫和田漢都不感興趣，他們到底是沒有自然科學的根柢。我想，沫若一定是想把這些精神分析應用到創作上去，他似乎特別對於變態性欲有研究的興趣。

田漢呢，他所採用的戲劇題材都跳不出「戀愛上之精神與物質（環境）的矛盾」的圈子，他的作品是受《茶花女》、《復活》、《活屍》等歐洲作品的影響極深。

我們漫談了一會後，才知道沫若已經由仿吾的推薦，進了泰東圖書局當編輯，專負責主持新文學的運動。這個編輯原由仿吾擔任，因為仿吾要回長沙兵工廠任職，所以請沫若去主持。至於仿吾之入泰東圖書局是由李鳳亭君的介紹。沫若的《女神》在這時已經編輯好了。達夫的《沉淪》也在集稿，好像是由〈沉淪〉（〈還鄉記〉改題）、〈銀灰色之死〉和〈南遷〉三篇所構成的短篇集，實在缺乏精彩。沫若是剛從上海回來日本，在福岡住了幾天，便趕到東京來向我們集稿，準備出版同人雜誌，定名《創造》。因為怕稿件不夠，書局方面又擔心這些不見經典的新作家的作品不一定有很好的銷路，不願發行月刊，先試出季刊，純係試驗性質。

大家席地而坐，沫若和田漢索性伏臥在土席（疊）上，大家的圓顱也就湊攏在一塊了。若在當時能夠從天花板向下面拍成一幅電影，留作紀念，一定可是看見我們五個人的頭顱都在向著日本土席攢動，這是何等滑稽的情景，觀者恐怕莫名其妙我們在做什麼事情吧。

沫若左手拿著一本小日記簿，右手持一根鉛筆，口裡說著：「來，來，你們先把第一期的文章題目告訴我。」他先問田漢。田漢望了達夫一眼，又望望我，大有目空一切的神氣。結局還是他先把他想寫的創作——也許當時他早寫好了的——題目說了出來，那便是〈咖啡店之一夜〉。沫若把這個題目抄在日記簿上面了。然後，他又以滑稽的態度向我要題目。我不忙發表我的創作題目，先向沫若介紹滕若渠和方光燾。沫若聽見後不開口，田漢對方光燾表示懷疑，說他未必能夠創作。達夫卻露骨地表示不和滕若渠合作，是何理由，我當時殊難捉摸。現在達夫和若渠都成沖積期化石了，回憶舊情，何勝感歎。

我又特別告訴沫若，滕固想和他會面。當時沫若仍然不響，我也難為情了。沫若只管催我把創作題目說出來。我提出〈雁來紅〉和〈蓬島十年〉兩篇。〈雁來紅〉博得了他們的喝彩，特別引起了田漢的注目，因為這個名目頗合他的脾胃。我又說，我還想寫點文藝批評的文章，沫若也把它抄入日記簿裡面了。達夫所提出的創作題目，現在想不起來了，好像是〈茫茫夜〉；他還說要寫一篇悲劇，題目叫做〈信陵君之死〉，那即是醇酒婦人的意思。

隨後又討論文藝叢書的問題，決定第一種是沫若的詩集《女神》，第二種是達夫的《沉淪》，第三種是我的《沖積期化石》。沫若初聽見這個題目也覺得新奇有趣，表示讚許，但尚未明瞭《沖積期化石》的真意，只有仿吾才有點地質學的常識。我當時正忙於日本信州上田地區的地　調查報告，絕無餘暇去創作。《沖積期化石》在當時尚未寫就十分之二三呢。因為脫稿愆期，第三種文藝叢書改為朱謙之的《革命哲學》了，並非文藝。

沫若後來告訴我，朱君這篇《革命哲學》帶有無政府主義的色彩。至於這篇論文被編入為叢書的經過，我至今仍未明瞭。我的《沖積期化石》便被編為第四種叢書了。最先出版的叢書不是沫若的《女神》，而是達夫的《沉淪》。沫若的新詩差不多是無限量地生產，他當時表示還有一篇詩集，題目《星空》，擬編為第五種叢書。達夫也說還想寫一篇中篇小說，名叫《迷娘》。《星空》日後是以創造叢書名義出版了。《迷娘》似改由北新書局出版。

大家在達夫寓裡談了兩個多鐘頭。沫若決定當晚或明天就乘火車西下，至京都約穆敬熙、鄭伯奇兩君寫稿。在菊阪上小飯館裡我看見過穆木天小胖子，現在他在京都第三高等學校肄業了。至於鄭伯奇為誰，我未見過面。聽說他長於法國文學，在京都大學研究心理學。一直到後期創造社時代，我才在上海會見他。獨清亦是在那時候由仿吾的介紹而認識的。

（二）幾篇創作的解題

沫若寫了一篇短篇創作，現在忘記了它的題目。這短篇是描寫一個患肺病的少女，完全是病態心理的表現。如前所述，沫若當時是傾向於佛來德的變態精神的分析，故有這篇創作。發表了後，國內文藝界曾加批評，毀譽參半。文學研究會的茅盾先生（沈雁冰）對這篇創作當然沒有好評，好像說沫若這篇小說就沒有最高點。仿吾寫了一篇短文為沫若辯護，指出篇中的那一段即是最高點，其實雙方都是受著感情的支配，這種論爭真是浪費筆墨。在中國確是罕有純客觀的文藝批評、自我批判。

因為沫若催稿很急，我便分出我的寶貴光陰，費了三天的工夫，寫成了一篇〈她悵望著祖國的天野〉。我何故寫這篇小說，也是由於我對某種現實的感傷。

說起來，話又有些脫線而累贅了。當民國元年秋，我初抵東京。我是由教育司長（當時不稱廳長）鈕榮光先生派遣來日本留學，匆匆動身，未及回家省親，由廣州轉香港放洋，中經上海、神戶、橫濱，而抵東京。那年堂伯父陶予（淑皋）在橫濱我國總領事館任書記官。我到了東京之後，父親從鄉間每次來信都催促我要快點去拜訪陶予伯父。到了冬初，我才赴橫濱領事館拜見了這位伯父。我早就知道伯父已經娶了日本婦人，並且生了兩個小弟弟，一個叫有光，一個叫有榮。伯父見了我，非常愉快，特別請我到一家中國酒館裡去午飯。我是很想伯父帶我到他家裡去吃一個便飯，看看日本伯母，所以謙辭了一下。伯父說，家裡的日本女人不會燒中國菜，吃了飯再到家裡去坐。我才覺得我自己太小氣了，剛才不應該懷疑伯父會隱瞞我，不讓我知道他已娶日本婦。

在酒樓吃過了午飯，跟伯父到他的住家裡來。日本伯母也正其衣裝，很客氣地出來相見。民國二年，伯父升任神戶副領事，臨時有信通知我，囑我他日至神戶時，必須去看看他。伯父在故鄉也是兒女成群，負擔甚重。家中的兒女因為父親有了庶母，對伯父頗不諒解，總是想出許多題目來向伯父為難，無非是想增加伯父的經濟負擔，把伯父壓迫得喘不過氣來的，死了才願意。故伯父內心甚為悲痛，只向我個人訴苦。民國四年，我赴九州熊本進第五高等學校，經過神戶時也下車到領事館去拜謁伯父。伯父更覺蒼老了。此時日婦已有三男一女，負擔也更重了。他又向我訴苦說，家中的伯母和兒女都不能體諒他，最後，他歎著氣說：「把我逼死了，一切便解決了，只有這口氣沒有斷罷了。」日本伯母因為兒女過多，將第三個兒子託交她的弟弟撫養，送到新潟縣的農村中去了，對於最幼小的女兒卻極鍾愛。

民國五年，伯父果以胃癌在神戶病逝，他的長子已正在北京稅務學校肄業，得訊後即來神戶奔喪，L對於日本庶母，始終懷一偏見，認為係擾亂他們家庭的不祥人。我認為鄉間的伯母，縱有此偏見，兒女尚須加以勸解。世界上從沒有聽見過因父親重婚，便幫著母親，而仇視父親的逆倫兒女。

其實這位日本伯母，是伯父的恩人。當伯父臥病東京鶴卷町的時候，即住於日婦父親的病院中，得日婦的看護周到，病才得痊癒。所以伯父就和她結婚了。

L堂兄不僅仇視日本伯母，對於異母弟妹也視同陌路之人，一任其流落異域。故我認為L堂兄的處置異母弟妹，實無以慰伯父在天之靈，九原回首，寧不傷心？

民國九年初，我赴日本丹後一帶地方考察地質，順道至神戶訪這位日本伯母，她和二子一女，流落於貧民窟中了。她告訴我，現在只靠她個人手工——縫紉，維持一家四口的生活。民國十年，我由日本山口縣於福礦山回東京，經過神戶，再往訪日本伯母，她已改適一個日本洋服商人了。日本伯母，依然垂淚對我說：「實應生活壓迫，出於無奈，回憶你伯父在日，不勝其悲痛而慚愧。只望你能帶這兩個小弟弟回祖國去。最小的女兒，則留在我身邊，學習打字，日後可以謀獨立的生活……」

我問有光兄弟，願意回祖國去麼？他倆異口同聲說願意。當然，他們歲數雖小，也深感著做「拖油瓶」的悲痛。目睹他們的慘痛情景，我也為之灑了數滴同情之淚。

因為我把我在東京的住址告訴了他們，她的兄弟又把她的第三個兒子送到我的寓裡來，他的名字好像叫做有德，好像僅八歲，完全變為一個日本的村童了。有德在我寓中歇了一宵，告訴我他在農村裡舅父家中，怎樣受虐待，怎樣吃苦，每天要汲水、燒飯，舅母患歇斯底里症，又常加鞭打。他且訴且哭，並且把傷痕露出來給我看。我想，假如伯父泉下有知，是如何地痛心啊！他的異母兄弟（堂兄等）聽見後又當做如何的感想啊！

第二天，我帶他到他的長姊家裡來（堂姊即同鄉黃敬夫人，住在東京），問她能不能收容這個可憐的異母弟，但是姊夫表示躊躇，堂姊倒算有幾分摯情，能思念亡父，撫著有德的栗形頭頂，空灑一番痛淚罷了。

因為嫡庶間之爭，便犧牲了異母兄弟間的骨肉之情，這的確是人間一大悲劇。陶予伯父一生辛苦，進棺之後，所獲得的果報便是雙方妻室和兒女的仇視和埋怨，沒有一個能夠思念他的人。

像這類不能回祖國的混血兒，據我所認識的，不知多少。那個混血種的堂妹，年僅五齡，天真活潑，非常美麗，我幻想著她的前途，便寫成了那篇〈她悵望著祖國的天野〉。聽說安娜夫人和她的幾個兒女已經回祖國來了，不至於在異域悵望祖國的天野，比有光兄弟們就幸福得多了。

茅盾先生在《小說月報》裡批評這篇作品「只是一篇流水帳」。的確，我是寫得太急速了，寫成像一篇電影故事。沫若的批評也說，寫得太過緊縮了，其實是長篇的材料。

達夫的〈銀灰色之死〉，是他在東京中國青年會參加留日浙江同鄉會，歡迎胡維德公使大會時，看見一位女學生，發生了好感，由是展開他的幻想，便成了這篇小說。他在未動筆之前，有幾次和我談及他所擬定的內容輪廓，我覺得他這篇小說實在寫得潦草了。

（三）《沖積期化石》和《創造季刊》出版

民國十年的晚秋時節，看見沫若的《女神》和達夫的《沉淪》都出版了，但我尚未結束《沖積期化石》的原稿，到了十一月才脫稿，大部分是在山口縣於福礦山中寫成功的。我還加上一篇紀念老祖母的短篇隨筆，一併寄給沫若。他的回信說，讀了我這篇長篇創作後的感想是「八月湖水平，含虛混太清」，可知沫若對於《沖積期化石》並不感興趣。他又說，他已經把我的稿件寄往上海交給達夫印了。這時候達夫替代了沫若，進了泰東圖書局，主持創造社的出版事情了。我因忙於畢業論文，對創造社文稿總算盡了義務，以後便很少時間去執筆創作了。達夫曾來信要我為季刊再寫一篇更加精彩的創作，但是在時間和創作情緒上都不容許我寫作了。

民國十一年春初，我的畢業論文快要寫成功了。一天上午十點鐘前後，接到上海泰東圖書局寄來的二十冊《沖積期化石》。三年來的苦心，紀念亡父的作品總算排印起來了，心中感著無限地悲楚。只因為當日對於恩深罔極的慈父，竟不能養生送死，抱恨終天，便妄想藉一部作品，從深重的罪孽中解放，希求在末日受審判時，可以獲得上帝的從寬赦免，但是千古罪人依然是千古罪人。這部作品雖則出版了，而我在精神上的痛苦仍然是無法解除。這種痛苦便是理想和行為不能統合的結果。知行不能合一是人生最大的創傷啊。

過了數天，又接到泰東書局寄來日金五十元的一張匯票，據說是預支版稅。嗣後，我並沒有向泰東圖書局拿過一文錢。我在那時候也並沒有打算靠寫文藝去謀生活。我只是以創作為精神的安慰，也想藉寫作多聯絡幾個朋友而已。沫若和仿吾在篳路藍縷，為我們奠定一個文學的基礎，所以他倆來信要我寫，我便動筆，這是我應盡的義務。在當時，我才從大學畢業出來，對於自己的專門，十分留戀，也只想靠自己的專門學術去謀生，絕不願意靠藝術為生活。我剛畢業，商務印書館的鄭心南兄便託我編輯高級中學的地質礦物教科書及其他科學稿件。我也有一個偏見，以科學的譯作為主，以文藝為副。我對文藝就這樣地不忠實，所以在文學上毫無成就，對於科學亦無徹底的研究。仿吾對於我不願放棄科學的偏見，非常地不滿意。

到了二月初旬，許久不見面的達夫忽然走到我的研究室裡來看我，這真叫我異常地驚喜。我們恐怕有半年的睽違了。問他住在何處，是否在暗中活躍，所以住址祕密。他說，剛從上海回來，準備畢業考試。

習文法科的人到底比習理工科的人便宜，平時可以不出席上課，只要參加畢業考試，及格後就可畢業。我習理工醫農的人卻半天也不能離開實驗室。沫若因為創造社就犧牲了一個學年。

我住在東京郊外，居停是一位年紀近三十歲的女性，她的丈夫不在家，和一個內侄女同居，膝下還有一個三歲多的女孩兒。她們姑侄的面貌並不算美，但也會令人發生一種愛好的興趣。有一天下午，達夫忽然走來看我，恰好我不在家，無意中看見了她們，便虛構了許多空中樓閣。

他對異性有飢不擇食的習慣，所以到了第二天便走來慫恿我說：「有這樣好的機會，為什麼這樣笨，不早點下手？」我笑笑，不理他。他紅著臉似笑非笑地對我提出要求了，我只當他說笑。

「替我介紹介紹好嗎？我取其長者，你取其少者，何如？」

「你為什麼不取其少者？」我笑著問他。

「據經驗者談，少者不夠風情。你是外行，夏蟲不可與之語冰！」達夫當時一副正經面孔，但說到後來也失笑了。

他先再三託我為他先容。我問他，要怎樣向她們介紹呢？達夫俯著頭，他的嘴快要切近我耳朵了。

「你對他們說，郁某是一位才子，新從赤門出來的經濟學士，新進作家……」他當然是在說笑，我聽見後，覺得他竟有像張君瑞那樣的傻勁，也不禁大笑了一陣。

「你常到我寓裡來坐，我替你介紹，以後由你自己進攻好了。」

達夫看見我不起勁地為他介紹，便諷刺我說：「我看你已經一箭雙雕了，所以不肯替我介紹。你這個人的桃花運倒不小呢！」

有一天下午，我又和達夫在校園中遇見了。他告訴我，他的考試不十分得意，擔心會留級。達夫總是那種脾氣，不大喜歡說老實話，比方他心裡想進行一件事，但在嘴上總是說有所不屑，一定要等到完全成為事實之後，他才肯認帳。我們且行且談，忽然看見一個近視眼的青年，戴著深度極大的近視眼鏡，匆匆忙忙跑到達夫面前，叫他去上課。達夫忙為我介紹說：「這位是何思敬。」我問他們上什麼功課。達夫說，想學習法文。

我即於此時初次認識何畏（思敬）。他的聲音異常地笨重，大概是由於聲帶特殊的關係，頗刺激聽覺，許多認識他的友人都稱讚他是最嚴肅的人物，道德、學問均極優長。我和他接觸的機會甚少，一直到民國十八年，在上海創造社出版部才看見他，此時，我在他眼中已經是一個十足的落伍者了。今日，只有他和仿吾有那樣堅強的實踐精神，令人欽佩，不管他們的政見之是非曲直，總算是難能可貴的。他在創造社刊物上發表文章是用「何畏」的筆名。

四月初旬，正在春假期中，一天下午，陰雲天氣，穆木天忽然走來看我，送來一冊他所譯的《新月集》，原來他這篇譯稿經沫若校勘之後，也交泰東圖書局出版，和沫若、錢潮（醫學博士）合譯的《茵夢湖》，共編入一套譯品叢書裡面了。繼《新月集》、《茵夢湖》之後出版的是沫若所譯的《少年維特之煩惱》。

（四）箱崎海岸初識晶孫

五月中旬，我準備好了我的行裝，決意離開久住了十年的蓬萊仙島。我在四月二日已經領到了畢業文憑，所以遲遲未能動身是因為書籍太多，不容易整理。我本想把自己的專門學問以外的書籍全部售給舊書店，以減輕我的行旅重荷。但是白經天（鵬飛）兄說，多帶一冊書回國去，便可以使國內多增一點文化。所以，我也把所有的新舊書籍，科學和文學，全部收集起來，大小六箱，其中英文書籍占十分之三、四，日文書籍居十分之六、七。

滕若渠寓於小石川區白山上某下宿館。有一天，我去看他，在他寓裡認識了謝六逸君。謝君是早稻田大學文學系出身，他正在為文學研究會介紹歐洲文學。過了幾天，若渠約我去吃午飯，並交兩篇創作給我，要我代為介紹，在《創造季刊》上發表，一篇是他的〈壁畫〉，一篇是方光燾兄的童話式創作，內容好像是描寫小花貓之死，現在忘記了它的題目了。若渠在〈壁畫〉篇首，加上幾個字「為送資平兄歸國紀念而作」。我和若渠，以後尚常通音訊；但是，民國十一年五月初旬在東京白山上的下宿館裡的聚首，在當時哪裡會想到這次的同餐，就是我們最後的一面。他請我吃一膳的下宿館客飯，他還說笑：「沒有加菜，這就是別宴。」誰知他的這句話竟成了讖語。

五月下旬，我由橫濱搭乘日本郵船「伏見丸」回國。在動身前，曾去信通知京都第三高等的友人沈敦輝，希望他能夠來神戶見面。因為駛往歐洲的「伏見丸」須在神戶停泊三晝夜。我到了神戶，曾陪日本友人赴有馬溫泉遊玩了一天，又在神戶市內的旅館裡住了一宵。第三天，「伏見丸」要啟行的時候，才看見敦輝在碼頭上提著一簍橙子向著「伏見丸」的甲板左張右望。現在敦輝也為研究科學犧牲了，寫到這裡，回憶故人，音容宛在，不禁雙淚落君前也。

他到我們的特別三等艙裡來坐了一忽。他對我說，京都大學有一位鄭伯奇，西安人，也是創造社社員。他又說，伯奇聽見我回國，本想和他一同來神戶看我，後因事未果，託他向我致意。我在那時候尚不認識伯奇，只當他是一位白面書生；日後，我由武昌來上海（民國十七年春），先會見獨清，伯奇因為送他的日本婦人回京都去了，又未得見面。我問獨清，伯奇是怎樣的人模兒？獨清未說先笑，他說：伯奇的面孔像現代的兩大名人。我聽見後，莫名其妙，獨清又呵呵地大笑了一陣，然後說：「伯奇對自己的面貌很自負不凡，因為上部像胡漢民，下部像徐謙。」

後來我見了伯奇，覺得他對於自己的面貌確有自知之明。

「伏見丸」郵輪由神戶出發，翌晨抵門司港，在這港內也須停泊三十餘小時，至次日正午才能開行。我便從門司乘火車至福岡看沫若。在箱崎車站下了車，按著地址找著了沫若的住家，原來是在一條小街道上的一家商店式的住宅，不過沒有敞開全面的門窗，只從小側門出入罷了。我推門進去，有點驚疑自己是找錯了地方，因為裡面寂靜得聽不見一些音響，也看不見半個人影。我一直朝裡面走，看見牆角落裡有一個人。再定睛細看，原來就是沫若，他穿著銅扣子的大學制服，立在爐灶面前生火。

我叫了他一聲，他忙回首來看，認知是我，一點也不驚奇。因為我早有信告訴他，回國途中，定當來訪。我問安娜夫人哪裡去了，他說攜著兒女上街買菜去了。他放下了生火爐的工作，叫我坐下來。我們便在向後園的門內，分坐在兩把矮椅子上，談論起來了。談到創造社今後的問題，沫若的口氣有點消極。我問及達夫，他總沒有明朗的答覆或批評。到後來我才知道，關於創造社，他和達夫之間，見解有些距離。他是以創造社為目的（在當時是如此的），而達夫則似以創造社為手段。他希望我能在上海為創造社出點力，但我無論如何先要回廣東一行，他也不敢要求我怎樣留上海了。平心而論，我和沫若真所謂文字之交，相聚的時期很少。除在箱崎海岸比較有開胸坦腹的議論之後，就是去年春在東京第二改盛館達夫寓裡談過一、二個鐘點。這次算是第三次的聚首了。自從這次見面之後，一直到武漢革命時代才會著面。沫若說，只希望仿吾能夠從長沙出來，創造社的一切，仍請仿吾負責。

等了一會，安娜夫人帶著小孩子們回來了。大家吃了簡單的午餐後，沫若說，下午還有兩小時的臨床實驗，便匆匆上課去了。我一個人出來在海濱散步，因為箱崎是我三年前舊遊之地。在那時候，沫若比我先進大學，現在我卻先畢業了。當我在松林中躑躅時，不禁感慨繫之！

到了下午三點多鐘，沫若帶著兩位同學回來了。一個是大埔彭九生，在九州大學工學院肄業。一個是瘦長的體格，看去是十足的一個日本學生。我想，沫若為什麼和日本同學交往起來了呢？經沫若的介紹，我才知道他是無錫陶熾（晶孫），也在九州大學醫學院肄業。

晶孫和九生都是穿日本和服。沫若也換上了和服。只有我一個人仍然穿著新制的西裝。沫若似為我洗塵，又似為我餞別，買了一隻雞，還有牛肉，特約晶孫和九生來作陪的。

安娜夫人因為有一個在乳期中的嬰兒，躺在土席上授乳。沫若坐在朝後園的門口，背向後園，在親自動手殺雞，一面摘雞皮上的細毛管，一面和我們談天。

我們吃的是雞肉和牛肉一鍋熟的「鋤燒」，史基雅基。大家也喝了些酒，九生喝得滿臉通紅，其次是沫若有幾分酒意。我和晶孫差不多沒有喝，因為不會喝。吃過晚飯，便在前面沫若的書房裡（六疊的一室）坐下來，無所不談，並互詢各同學的消息，也談談各人在學校裡的研究生活。過了一會，沫若掛起了綠蚊帳（日本人所常用的），叫大家都睡進去談天，真是聯枕而臥，賽過李三郎的長枕大被。

九生告訴我，晶孫快要和安娜夫人的妹妹結婚了。我才知道晶孫和他的夫人正在戀愛期中。晶孫也說要到仙臺去研究，仙臺是安娜夫人姊妹的故鄉。

沫若稱晶孫有藝術天才，能音樂，擅文學。他們三個人還組織有日文的同人雜誌。因為九生和晶孫兩人的日本文極流暢而拙於寫中文。他們的雜誌名稱好像是《綠野》（？）。晶孫的〈木樨〉就是在這個日文雜誌上發表的，由沫若翻譯為中文，登載在《創造季刊》裡面了。

我把滕固的〈壁畫〉、方光燾的短篇和我自己的〈愛之焦點〉、〈一般冗員的生活〉拿出來請他們指正。沫若接過去便分給他們去評閱。晶孫的鑑賞力太高，對我幾篇作品不感興趣，沒有半個字的批評。我當時是冷汗流了一陣又一陣，愈想愈覺得自己的作品幼稚。沫若最後說：「都由你帶到上海交給趙南公吧。」

真是愉快的一宵，大約我們談到二、三點鐘才睡。一覺醒來，已經紅日滿窗了。早飯之後，我催著要趕火車出門司，怕一有耽擱，「伏見丸」開走了，我的行李跟書籍更要被運到歐洲去了。沫若他們笑我性急，連說：「來得及，來得及，不要慌。」他們又說要送我一程，我想他們要送我到箱崎車站看我上火車，就讓他們送一程吧。沫若穿著大學制服，但不願意戴四角形的制帽。的確，日本大學生的四角形制帽是世界上最醜陋的帽子。他改戴了一頂淡褐色的鴨舌帽。晶孫是穿著藍色百花點的日本和服，足上拖著兩塊長方形木板。他倆陪我到箱崎車站上來了。我走到賣車票的窗口前，說要買一張到門司的三等車票，但是沫若跑前來搶著買了三張。我問他為什麼，他說：「我們也想出門司去逛逛。」我才知道沫若和晶孫要送我至門司。這時候，我真覺得友人情重，讓人感念難忘。

到了門司，還是十點鐘前後，距「伏見丸」的展輪時刻，相差約二小時的餘裕。我又性急，想立即搭駁艇上「伏見丸」，並向沫若和晶孫道謝。但是他們說，要到下午兩點鐘以後才有火車回福岡，沫若想找一家吃茶店，進去休息一回，以消磨這兩個時辰。我們沿堤岸走了一回，才找著一家小咖啡店，三個人就進去，坐席狹小，實在不舒服。我們一面吃茶，一面談。談了一會，我們也沒有什麼話可談了。

門司到底是鄉村都市，華僑極少，女招待聽見我們一句日本話、一句中國話，都拿驚奇的眼光來看我們。沫若是四川樂山（嘉定府）口音，晶孫是無錫口音，我是廣東客家口音，大家說起話來，不能互相徹底瞭解，非常吃力；到後來，我們只好完全說日本話了。沫若有時注意女招待的態度，好像怕她們聽見了，會暗笑我們。盡坐著無聊，沫若便要我把帶來的幾篇作品再拿出來細讀一番。他先看滕若渠的〈壁畫〉。

在〈壁畫〉裡面，描寫一個留日美術家，因為要和妻離婚，走去和在明治大學研究法律的友人商量。這位法律專家說，關於離婚的法律，要讓他查一查《六法全書》。於是這位法律專家便從衣袋裡檢出一冊《六法全書》。那位美術家看見是日本的《六法全書》，便趕忙攔著他說：「我們是中國人，不能適用日本的《六法全書》。」但是那位法律專家的回答是：「那是一樣的，中國的法律大都是從日本《六法全書》抄來的。」沫若讀到這裡，笑起來了，他指著這一句告訴我：「這就是所謂警句。」他這時候才覺得滕固也能創作，頗具藝術的天才。

我們在咖啡店再坐了一會，等到響過了十一點，我又催著要回「伏見丸」船上去。沫若和晶孫就送我到碼頭邊來。我跳上了郵船公司的駁艇，才安心下來，我向他們致謝，並催促他們早些回去。但是他們不響，也跟著跳進駁艇裡來了。原來沫若和晶孫又要送我到「伏見丸」船上來。尤其是晶孫和我是初交，他的摯情令人感激。我們在「伏見丸」輪船甲板上，望了望港內的風景，然後走進我們的特別三等（等於法國郵船的三等）艙裡轉了一會，再到甲板上來望港內的景色。我現忘了當時我們說了些什麼話，我只記得沫若說：「達夫是不是在上海，不知道。你就把稿件交給泰東書局好了。」

沫若和晶孫在甲板上躑躅著，晶孫腳底下的兩塊長方形木板碰在甲板上特別響亮。我當時替他擔心，怕船上的船員要過來干涉他。等到船上催送客的人的銅鑼響了，他們才搭最後一班的駁艇回門司去。當「伏見丸」蠕動時，也許晶孫和沫若兩聯襟仍佇立在門司的碼頭上望著我呢。我這次和沫若別後，一直到民國十五年冬武漢大革命時代，才在漢口的後城馬路南洋兄弟煙草公司大樓做再次的會晤。我和晶孫第二次見面則在民國十八年，當他由日本回到上海來的時候。我們各自生活，漂泊無定，真所謂「聚首難期」。

「伏見丸」停泊在滙山碼頭，又有四十八小時的耽擱。我在閔行路找了一家日本人的旅館住下來，因為我當時對於上海，真是人地生疏，不知道該住哪一家旅館好，很擔心會給上海的白相人大敲竹槓。當天的上午我就叫了一輛黃包車趕到寶山路的商務印書館編譯所來訪問鄭心南和周頌久兩先生。我不知道這個編譯所距閔行路有多少路程，只講妥了車費小洋四角，就一任黃包車夫拖來拖去，好像兜了很大的圈子才在寶山路的編譯所門首停了下來。

我會見了心南兄。他說，等我等了一個多月了。他馬上為我辦妥編輯高中地質礦物學教科書的契約，半付稿費，每千字二元五角，半支版稅百分之五。商務印書館的代表是王雲五先生（當時的編譯所所長）。我問心南兄，王雲五先生是誰？他說：「是你們廣東人。」然後他再加以說明，即前任所長張菊生先生辭職後，本擬聘請胡適之先生擔任，胡先生就推薦了王雲五先生。據說，王雲五曾在中國公學教書，胡先生是他的門人，胡先生的英文是由王雲五先生啟蒙的。

這次，我和心南兄是第一次會面，在日本只是互通音訊而已。他也是極愛護後進同學的一位溫厚長者。

那天下午，我想在上海的馬路上走走，叫旅館的小茶房領著我到四馬路泰東書局來拜訪趙南公先生。南公不在，只會見了他的公子效良，我說明了姓名後，他殷勤招待。他知道我是未見上海市面的十足鄉下人，便領我去到處遊玩。還有一位谷馨山兄是效良兄的表弟。他們請我吃晚飯之後，回到店裡才會見南公先生。他躺在煙炕上抽大煙，經效良兄說明後，他也很客氣地和我敷衍，問我要不要看大戲、要不要洗澡。他們北方人總以為我們南方人不慣進洗澡堂，何況我又才從船艙裡爬出來。其實我昨天在日本人旅館裡才洗過澡。

在吃晚飯之前，效良兄陪我到馬霍路民厚里的編輯所裡來參觀，那是一幢石庫門的房子，一踏進門是黑昧昧的，還嗅著一陣黴味。從二樓的亭子間裡，走出來一位身體瘦小、臉色蒼白、年約二十餘歲的青年。由效良兄的介紹，知道這位青年就是詩人鄧均吾，他曾寫幾首新詩發表在《創造季刊》第一期上面，所以我記得他的名字。他的態度沉著而冷漠，臉上全無表情。不久，聽說他就回四川去了。

「伏見丸」準於翌晨六時展輪，開往香港。在泰東書局和他們談到十一點鐘，討了數冊《創造季刊》和叢書，便向他們告辭，準備回匯山碼頭。南公先生要他們送我上船，這是他的好意，擔心我在夜間路途不熟，會發生意外。店員叫了三部黃包車，一同趕到匯山碼頭來。他們也走進特別三等艙裡來參觀了一番，問我，船上吃中國菜還是日本菜？我說：「每天吃的是印度飯菜。」他們聽見後很驚奇。我便告訴他們：「頓頓都是咖喱牛肉飯，把舌頭快要吃爛了。」馨山看見我們艙裡還有一位日本女子常來和我說東洋話，便笑著對我說，你這次旅行又多一份創作材料了。

民國二十五年春，我在北平西來順偶然會著了谷馨山，他似在北平辦小報。民國三十二年在南京雞鳴寺又遇見了效良兄，同是淪落天涯，相逢且曾相識，回溯舊情，都有無限感慨。

（五）《創造季刊》的兩場筆墨官司

民國十一年六月初旬，我回到廣州來了，每天都為自己的職業，忙於奔走。不幸的是當時陳烱明的部隊叛變，國父避難於永豐艦上。廣州的秩序動盪不定，我奔走了一個多月，還是毫無結果，很想回到上海去從事寫作，但又無把握。最後才由友人的介紹，找到了中美合辦的蕉嶺鉛礦廠經理一職。從九月初起，我就回到蕉嶺山中，在礦廠裡當起經理來了。蕉嶺礦場是廣東省政府和美國麵粉商輝華洋行所合辦的。楊永泰氏當財政廳長的時代，僅向輝華洋行借款十二萬元（港幣），便把蕉嶺鉛礦山的開礦權讓給輝華洋行了。礦場裡的一切事務都有美商所派的工程師在負責，我只是當一架留聲機器向政府播送而已。所以有空閒來從事寫作，尤是在深山裡面，文思特別發達。

先從科學方面說，我在深山中編好了高中地質礦物學教科書和學藝叢書普通地質學之後，又編了自然地理學、人文地理學及人類進化論三種自然科學小叢書。前二種是以山崎直方博士的《地理學通論》做藍本，後一種是以日本有名的社會學者大松榮的《生物進化論》做參考。

那年冬，忽然接到上海寄來的《創造季刊》第二期，開首的一篇小說便是我的創作〈愛之焦點〉。在編排順序上，我是並不計較的。這期是由仿吾編輯，他似乎要特別為我捧場，想把我捧成為一個小說家。後來晶孫告訴我，沫若也曾向他說，創造社在初期是少不了寫實派的張資平。後來我的〈愛之焦點〉，加上二、三篇短稿，也被編為創造叢書（短篇集）出版了。

好像是在這期的季刊裡面，達夫寫了一篇批評余家菊氏所譯的《教育哲學》的文章。達夫這篇文章在文化界掀動了很大的波瀾，諒一般讀者尚能記憶。簡單地說，達夫先指摘了余家菊的譯文。胡適之先生讀了達夫的這篇文章後，便挺身出來為余家菊氏，在他所主編的《努力》週刊上把達夫教訓了一頓，最後他說，同是剛從外國大學走出來的青年，氣焰何必這樣地高（大意如此，恕未能記憶原文）。

余家菊氏所譯的《教育哲學》原著者是德國有名的人生哲學者歐堅氏，余氏是依據英文譯本。若將德文原本和英譯相對照，英文的說明便有許多曖昧不徹底的地方。沫若讀了胡適之氏的文章，非常生氣，也寫了一篇文章，並從德文原本證明英文譯本之不正確，對胡適之氏的誤譯加以嚴正地批判。因為胡氏罵了達夫的文章為不通，沫若也指出胡適的文章一樣地「通不下去」，好像是罵胡適之氏的文章尚多不合邏輯的文句，對於胡氏的文章裡面的「雖然……但是」（像是這樣的文句，恕未能記憶原文），反覆加以批判。沫若把胡適駁得停鑼息鼓了。這次，吳稚暉老人又出來為胡適之做辯護，並主張今後譯文，疑難之處須特別加以注釋。沫若的答辯是譯文加以注釋，在日本，古既有之，即中學生的英文雜誌及英文讀本都是採用這種譯法，目的是在英文的教學法，並非用此方法去翻譯名著。若用注釋法去譯名作或巨著，恐怕一頁的原文須費數倍頁數的中文（大意如此），不足取法。

總之，達夫初出茅廬，胡適之氏便給了他一個無情的打擊。仿吾也像寫了一篇簡短的文章，為達夫辯解，現在忘記了它的內容大意，恕不贅述。

還有一場有趣的筆墨官司，便是文學研究會的佩韋君（據說是鄭振鐸的筆名）寫了一篇英國詩人雪萊逝世百年紀念的文章，把雪萊所提倡的Atheism誤譯為雅典主義。雅典主義是什麼意思，卻不加說明，好像「雅典」兩字通俗得像連環圖畫，婦孺能解，確是笑話。這就是證明佩韋君不懂英文，其實英文詞典一翻就可以明瞭Atheism的真義。仿吾寫了一篇諷刺「雅典主義」的文章，形容盡致。這篇文章把佩韋君笑得惱羞成怒了。由是又有唐性天君（有人說是醫學博士梁俊青君的假名，未知確否，因為梁君日後也曾指摘郭沫若的《浮士德》譯文）出來批評沫若和錢潮博士所合譯的《茵夢湖》譯文。沫若也寫過一篇長文，把唐君所譯的《意門湖》指摘得體無完膚。《創造季刊》的轟動一時便是在這個時代。

《創造季刊》一直出到第二卷第一期是由仿吾主編，每期都是以我的短篇創作以冠篇首。我在那時候也只好搜索枯腸，應仿吾的催促，忙於寄稿。我尚記得季刊第二卷第一期（即第五期）的首篇創作是我的〈回歸線上〉，但我對這篇創作實在未能表示滿意。此外在季刊上發表過的創作尚有〈一般冗員的生活〉、〈雙曲線與漸進線〉（這是解析幾何學上的名詞）、〈一群鵝〉等。日後我在武昌師範大學執教時，得認識黃侃（季剛）先生，他頗愛讀我的小說，特別稱讚我的〈梅嶺之春〉，提及〈一群鵝〉，他發牢騷說：「師範大學的教授們，一群鵝，尚不如，況鵝乎！」可惜我的〈梅嶺之春〉和〈耶誕節前夜〉兩稿售給《東方雜誌》了，未能在《創造季刊》上發表。

我們僅藉數篇的創作便都成名了，《東方雜誌》主編錢智修先生特別要求我們為該刊的文藝欄撰稿。我們四人，除仿吾外，都曾為《東方雜誌》創作。沫若在《東方雜誌》發表了一篇〈克羅咪爾姑娘〉，達夫的是〈離散之前〉。

當仿吾編輯季刊的時期內，有一個小小的失敗，這是仿吾自己對我說的。那就是急於想拉人才，把新從英國回來的徐志摩的英文詩登在《創造季刊》裡面了。我並非反對徐志摩的詩，我是反對英文詩登載在中文刊物裡面。英文詩可以登，德文詩、法文詩、日文詩也可以登載，不是漫無限制了麼。日後我在武昌會見仿吾，談及此事，他說：「徐志摩是利用《創造季刊》來登龍門，向胡適一派起反射作用罷了。」徐志摩的計策究竟成功了。

在《創造季刊》上發表過新詩的人尚有一位徐祖正君，他是專研究日本文學的，他譯過島崎藤村的《新生》，在北新書局出版。

（六）《創造週刊》和《創造日》

在那時代，我們確是有「為藝術」的消極傾向。我們都是有點怪癖的人。有怪癖的人在中國社會上是頂難立足的，也不會利用文章或學問為敲門磚趨炎附勢，尤缺乏「唾面不拭自乾」的忍辱精神（即耶穌所說的給人家打了左頰，再讓右頰給他打）。沫若也曾寄一封信來忠告我，要有自知之明，中國的現代社會是不需要我們的。仿吾在季刊裡也發表了幾節長詩，表示消極的傾向，我記得裡面有一句是：「我們讓國事丟給惡人罷了。」（指當時的北洋軍閥）那首詩充溢著悲觀的情調。

在這期間內，創造社陸續出版了沫若的《星空》、《魯拜集》、《卷耳集》和我的《愛之焦點》短篇集。

在季刊第三期裡面，仿吾居然也發表了一篇〈灰色的鳥〉，內容很像華盛頓・歐文的〈妻〉。我讀了這篇小說後，忙寫信去問仿吾是不是也結了婚，仿吾回信說：「不錯，只是成仿吾和成灝結了婚。」

發表在季刊上的文章都是義務稿件，縱令是外來投稿，也不發稿酬。但是，民國十七年，他來上海後，仿吾告訴我，登載在季刊上面的小說僅有一篇是以大洋五元代價買來的，那便是黃慎之君的〈他〉，描寫男性的同性戀愛；自這篇文章發表後，黃君常來索稿費，但是創造社卻無發稿費的先例。因為仿吾對於黃君之頻來催討稿費，有點不耐煩了，便將僅存囊中的大洋五元付供黃君了。仿吾告訴了我之後還笑著說：「窮學生，可憐呢。」我說：「你僅存五塊錢，盡數付給了他，你就不可憐麼？」仿吾不禁呵呵地笑了。

我在礦山裡兩年中，和滕若渠通過幾次信，知道他已經畢業回國了。他的通訊處址只是「上海月浦滕固」六個字，可知他在鄉裡是一位聞人了。

後來，我又接到范壽康兄來信說，他們辦了一種雜誌，名叫《孤軍》，要我投稿。沫若和若渠好像也和《孤軍》有關係。《孤軍》是帶點國家主義的色彩。在《孤軍》的集團中，還有一個重要的人物林驥（植夫）。沫若似受了他們的囑託也來信要我寫點文稿，敷衍敷衍，並暗示須向現存的惡勢力（北洋軍閥）鬥爭。因此，我寫了一篇戲劇《軍用票》寄給沫若。沫若即在這時候勸我專寫小說，莫寫戲劇，他指出我的表現，是遠不如描寫。但是仿吾還是把《軍用票》扣留下來，揭載在季刊裡面了。

在季刊裡，初讀了晶孫的〈木樨〉，歎為觀止，幾乎叫我不敢再動筆了。

當時，我伏處在礦山裡，對外面一切情形頗隔膜。文化界對於我們作品究竟有多大的反應也不明瞭，更沒有自信我們能夠成為全國青年所注目的作家。但是，仿吾常來信鼓勵我，並斥責我為自己評價過低，同時告訴我，我們四人的文名已經轟動全國了。因為當時除季刊之外，加發行一種《創造週刊》，也由仿吾主編，更是風行全國。因為稿件不夠，仿吾迭次來信催我寫稿，每次的信都是「火速寄稿」幾句話。仿吾屢次來信催我寫稿，我回信說，在深山裡實在沒有材料，不易創作。仿吾回信來說笑：「假如沒有材料，就把你們礦山裡的鉛搬出來也可以。」

因為《創造週刊》多發表論文，就中有名的是仿吾的〈詩之防禦戰〉（？）。我在《創造週刊》上只寫了一篇〈澄清村〉和討論太陽曆（哥利果民曆）的文章。

林植夫君在《創造週刊》上以「靈光」的筆名，發表了〈致青年〉的第一、第二、第三的三封長信，也頗能把握相當多數的青年讀者。據仿吾後來告訴我，植夫還想繼續發表〈致青年〉的第四封信，但是內容愈寫愈不行了。這裡所謂「不行」並不是指文章的形式而是指其內容。植夫的論文逐漸有傾向褊狹的國家主義的論調，即是想利用創造社來反對當時開始抬頭的社會思想，這種論調當然是一種反動思想，會喪失大多數青年的信仰，沫若在當時開始在思想上轉變了。

泰東書局只顧營利，並不注重文化，同時沫若、仿吾、達夫在上海的生活像很窘迫。不知從什麼時候起，就跟泰東書局斷絕了關係。沫若來信說，他有兩條出路，一條路是到北京去教書，另一條路是回重慶當紅十字病院的院長，但都未見實行。

繼《創造週刊》之後，有所謂《創造日》的發刊。仿吾又來信叫我寫稿。據他來信說，《創造日》是《中華日報》的副刊，每月僅有一百元的編輯費（其實是包辦稿件，不另發稿酬）。由此可以想像到沫若、仿吾當時生活之困難。難怪達夫在《東方雜誌》上發表了一篇〈離散之前〉，這篇小說是描寫他們在上海受生活的壓迫，終於不能不各奔前程。

在《創造日》副刊上，我只發表了一篇批評吳冰心先生所編的中等礦物學教科書。果然這篇文章對商務印書館發生了影響，鄭心南兄寫信來囑我不要繼續批評，並託我代為修訂，致送訂校費一百元，真是受之有愧。我把改正稿寄出去後，許久不見有訂正本的出版。

《創造季刊》停刊後，他們在上海的生活，我不甚詳細，達夫好像是北走胡（意義雙關）到北京去了，仿吾則南遷粵，投奔他哥哥那邊去了。因為他的哥哥成漢在方鼎英部下任職。

沫若寫了一篇小說〈棉被〉，描寫他在上海受不了生活的壓迫，先遣送安娜夫人和子女回日本去，後來他也回到日本去了，在鄉間過著極貧困的生活。在《東方雜誌》上發表的〈行路難〉，大概是描寫他當時的生活的哀歌了。在這個時期中，沫若在《學藝月刊》上，還發表了數篇富於哲學意義的創作，例如描寫萊卜尼滋、康得等的小說。他還有一篇小說，題名〈萬引〉，大概是描寫他在書店裡看書的時候，想偷書的心理過程。我覺得這篇〈萬引〉是很可貴的作品，可惜一般讀者多未注意。最後，在這期的創造社，還出了兩種叢書，一是倪貽德（畫家）的《玄武湖之秋》，一是周全平的《煩惱的網》。周、倪兩君是怎樣和創造社發生了關係，我至今未詳。有人說，全平是沫若的拜門弟子。

由於國民黨的改組，國父發表三大政策（聯俄、容共及農工）及陳仲甫氏（獨秀）主辦的《嚮導》之刊行，在分化思想上真是波濤澎湃，創造社也就轉入洪水時代了。

關於《洪水》週刊的發刊緣起及經過，慚愧得很，我一點也不明瞭。但是，沫若的思想轉變可以說是以《洪水》為契機。我尚能記憶的好像是《洪水》改由光華書局印行，封面圖樣係新進畫家葉靈鳳所繪。在《洪水》裡面，最初有潘漢年、周毓英等新人物的出現。總之，《洪水》是另由一批新進作家在沫若個人指揮之下，所建立的新事業。仿吾、達夫和我均沒有在《洪水》上發表過文章。關於創造社的純文藝的出版就在這時候終結了。

中期創造社

（一）我們完全失了聯絡

在蕉嶺礦山中，曾多次和仿吾通信，仿吾第一責備我寫作不起勁，第二忠告我不宜自己評價過低，創造社的聲譽已經洋溢乎全國了，因為我僻處山澤中，所以不明瞭外面的情形，應當更加努力圖百尺竿頭的進展，最後還勸我不要再玩什麼地質學、礦物學，還是專心一志做一個作家吧。但是我始終無此勇氣，我有一種信念——也可說是一個偏見罷：我只要從我的專門學問尋求我的事業和生活雙方的出路。

不僅是我，沫若、達夫也是抱同樣的志望。在礦山裡，我接過沫若來一封信，是從日本寄來的，他的意思還是想從醫學方面做點事業，因為重慶的紅十字醫院曾有信來約他去當院長，他正在考慮之中，若不回重慶便想往北京找職業。沫若在北京有相當的友好，他十七、八歲從四川嘉定出來即赴北京求學，然後由北京轉赴日本留學的。假如那時代的泰東書局的當局對於文學有正常的理解，也有相當的資本，能使我輩團結在上海，那麼創造社和泰東書局也許另有一種新的發展。不幸的是因為泰東書局當局的短視，並不注意於整個文化的發展及其自身事業的前途，只圖目前的區區的利潤，所以我們便無從集中力量去繼續奮鬥。

我於民國十三年秋，辭去了蕉嶺礦山的職務，應武昌師範大學張繼煦先生之聘，擔任地質學、岩石學、礦物學等學科的講座，這是由同學王謨君介紹的。當要動身之時，便聽見奉直戰爭的消息，吳子玉將軍的隊伍既開出關外，因後方馮玉祥的倒戈，便一蹶不振。大家都說，武漢也一定要受戰事的影響，勸我暫勿赴武昌。本來九月初，就該到校的，但因此關係，令我遲疑莫決，終延期至雙十節後才動身赴滬。

我帶著家人到了上海後，第一件重要的事件便是去拜訪鄭心南先生，打聽我那本高中地質礦物學教科書出版了沒有。因為我想到了武昌師範大學就利用此書為教本，省得再編講義，其不充分之處，可以利用學生的筆記來補充。使我十分高興的便是這部教科書適於我抵滬時前數天出版了。我看見這本書比我初生的小孩子還要高興。我當時寄寓於國民路的泰安棧，坐黃包車赴閘北商務印書館編譯所真不容易，但是車費很廉，只索小洋七、八角。到了商務印書館編譯所，撲了一個空，因為時間太早，心南兄尚未來所，我留了一張名刺寫明了住址，便乘黃包車趕到四馬路的泰東書局來。我當時對於上海地理完全不辨方向，不敢搭乘電車，交通只靠黃包車而已。到了泰東書局，會見了趙效良兄，但是他的態度不像我回國時那樣地熱烈對我表示歡迎了，不過也還相當地客氣。和他談了半個多鐘頭，我才知道，沫若、仿吾、達夫都不在上海了。沫若回日本去了，仿吾在廣州，達夫則在北京大學當講師，教授統計學。這統計學也是先進同學陳啟修（字惺農，後改豹隱）讓給他的，因為陳君於此時不甘落伍，留學莫斯科去了。

陳啟修先生何以能在北京占一重要位置，完全是由於他在《學藝季刊》上發表了一篇論國際勢力的論文，深得蔡孑民先生之賞識，他那篇論文的大意是提醒拜金主義的美國絕不足依恃，到了利害關頭，它還是將以中國為犧牲，這種論調在民國十一、二年確是最新穎的言論。

效良兄問我住在哪家旅館，我告訴了他。他說晚上五、六點鐘當約全平、貽德、靈鳳等新進分子來看我。在那時候，我初次會見他們三人。全平一見如故，老氣橫秋。貽德沉默寡言，態度誠摯。靈鳳還是十六、七歲的少年，穿著一件淡藍色的竹布大褂，常向人作傻笑，一副天才藝術家的面孔。看見了這幾位新進，自不免有老朽昏庸，遲早要退避三舍之感。後來達夫告訴我，貽德的創作是脫胎他的筆法，傾向感傷主義（Sentimentalism達夫譯為殉情主義），而全平則完全模仿我的寫實手法。全平在當時也極稱讚我那篇〈耶誕節前夜〉。全平告訴我，沫若有信與他，不久就要攜眷來滬。那晚上我和抱著才生下來一周年的孩子（續祖）的妻應他們之約，到四馬路同興樓來一同吃北京菜。在那時代，女子剪髮的極少，旗袍亦未流行，妻還穿著短衣裙，在他們眼中當然是一位鄉下大姑娘了。第二天妻打算在上海便購一套冬季的衣裙，約他們做嚮導。當時的鈔票，有地方的限制。在我的鄉間，紙幣全不通行，都用銀幣。在汕頭所通用的鈔票是一種特別紙幣，叫做「七兌」，即替代「七錢銀子」，國幣在六錢八、九分時，「七兌」價格高於國幣，國幣在七錢一、二分之時，則「七兌」價格低於國幣。在汕頭雖有國幣的鈔票，但亦有「汕頭」字樣，不能攜至上海使用；所以我們，雖覺重贅，但不能不帶銀圓旅行。他們領導我倆到永安公司來，我們分帶著二百元的銀圓出門，深覺不便，託貽德代帶五十元，結果沒有用完。累他帶來帶去，此時想來，我們像鄉下人出城的情景，何等可笑。

在永安公司費去百元左右，當付款時，便一五一十地數，各個都是雪白的「袁頭」，公司的店員也以驚奇的眼光來望我們鄉下夫妻。現在回想起來，雖覺滑稽，但亦一件值得紀念的事情。反觀今日的金融狀態，再以之與二十年相較，不勝感慨繫之矣。

在這時候，北京有一批自由主義派的文人在組織太平洋學會。我們創造社同人的文藝運動，完全藉純潔的友情為結合，絕無半點政治意義或功利思想，關於這點，沫若也曾多次向社會申明過。但是創造社的文藝運動在民國十三年至十四年之間已獲得了全部青年的注目，氣勢頗為蓬勃，不幸的是未能得對我們有理解的出版業者為後援，遂致中途停頓。太平洋學會方面便有意拉攏我們，欲以該學會和創造社合併，出版一種週刊（即《現代評論》）。此中經過，我因在武昌，不甚明瞭。達夫在北京和太平洋學會的主持人商量之後，便去信沫若徵求同意。沫若對於達夫此種主張及行動，似乎不甚贊同，但也沒有十分拒絕。因為沫若正在這時候開始研究社會科學，而對於中國今後思想潮流有如何的傾向也無從斷定。我們本來就沒有固定的組織，各人的寫作也極自由，沫若不想以一人的見解去束縛任何一人，仿吾和皮宗石先生既屬同鄉，又有交誼，經皮宗石向仿吾交涉，仿吾的態度也和沫若差不多，無可無不可。主張最力的還是達夫，達夫所以這樣熱心，當然另有動機，雖不敢說他是利用這個機緣去攀龍附鳳，但是藉此媒介，便得附驥尾於北大一派；因為達夫最聰明，他看得清在中國社會，那[1]派是必然成功，那派是必然失敗。當時的沫若與仿吾那裡有胡適和石瑛這批人的氣派！後來在武昌，沫若與我談及此項經過，常歎息不置而對達夫深致不滿也。弱力的創造社和強力的太平洋學會並肩合作，豈非癡人說夢，結果便是太平洋學會吞沒創造社，縱令達夫如何花言巧語，也不能令吾人相信。但是達夫的態度是：縱令我們不為《現代評論》撰稿，他個人亦下了決心獨行其是。達夫的目的也只是在拉我們為《現代評論》寫稿，至於兩社團的平等合作完全是表面文章，欺騙社會而已。因為天各一方，無從商討一致的意見，所以也就給達夫利用友情，化整為零，各人都代《現代評論》寫了一兩篇義務的稿子。

《現代評論》於民國十三年冬出版了，達夫從北京寄了五十冊來，不單要求我們做他的聲援，當義務撰稿員，並且還希望利用我在武昌師範大學的地位，做《現代評論》的推銷員。我和達夫相交本先於沫若及仿吾，而達夫來信又那樣地情詞懇切，我是一個自然科學者，本不明白當

1　「那」當作「哪」，下文不再一一指出。

時文化界的思潮的錯綜及對立，所以也為他向學生宣傳了一番，但尚未撰稿。一方面去信沫若，徵求他的意思，但是沫若回信，還是不出上面所述的意思——創造社沒有資格和現代評論派合作，不用創造社的名義，個人投稿，完全自由；但是字裡行間已表示出不甚贊同之意。

在《現代評論》創刊號，果然有達夫的創作，題名此時不復記憶了。他對那篇創作似乎下了一番的心血，文章故意模擬蒼老；但我拜讀之後，卻吁了一口氣，論文章是無可批評，論文藝則未能令我五體投地也。

（二）煙波江上的流派

在武昌師範大學的國文學系有一位學生洪為法是沫若的信徒，我到武昌後，他便來訪；同來的有日後在上海開辦春野書店的楊其蘇（郵人），也是國文學系學生；還有一位顧仁鑄是外國文學系的學生。他們對我之來武昌極表歡迎。當時，我對於武昌師範大學校內的派別，全不明瞭，對於學生內部的思想分歧更一無所知。幸得是正當思想分化的初期，而我又只擔任自然科學的功課，所以沒有鬧出亂子。《現代評論》的推銷，我便託付給這幾位學生了。其實達夫在當時亦何嘗注意到日後思想問題會急變到那樣地嚴重呢。

武昌大學的教授們大概分為新、舊兩大派，舊派可算為元老派，中心人物是國學大家黃侃

（季剛）、數學系主任黃際遇（任初）、生物學系主任薛德焴（良叔），都是當時錚錚的學者。我們的地學系主任王謨（獻芻）還是第二流的人物。黃、薛兩君是東京高等師範出身，王君和他們有同門之誼，所以自然追隨黃、薛兩先生之後。在數學系有一位日本東北帝國大學出身的理學博士陳建功，極得學生的擁護，黃任初先生的地位得力於此位博士者不少。生物學系也有一位年高德劭、學問淵博的老學者，桐城張珽（鏡澄），薛主任更倚此位老學者如長城。理化系主任陳象岩是日本京都帝國大學的理學士，他因為非東京高等師範出身，便不能與舊派合流。地學系僅有王謨一人唱獨角戲，所以極力拉我來武昌，但我們都是新出大學校門的理學士，在武昌師範大學的歷史也很淺，當然要俯仰隨人。以上是理科方面的人物，大都主張為科學而科學地固守本身的地盤，對於新思潮不僅不欲稍加注意，有時還加以批判及防禦。

國文學系主任當然是音韻學大家黃季剛先生，該系除有一、二講師為老學究外，差不多也是由他唱獨角戲。外國文學系主任是江陰陳某（忘其名，是一位很誠懇的人物），但因不能附和任何一派，處於孤立的地位，他對於上述元老派頗不滿意，因為校政大部分為元老派所左右。歷史社會學系主任是金華王人望，態度似官僚又似老學者。但此系有兩位出色的人物，一位是醒獅派的大將李璜（幼椿）。還有一位社會學教授是李人傑（漢俊）——後期創造社分子李聲華（鐵聲）的叔父，李書城先生（即馮乃超之岳父）之胞弟。某君寫創造社人物時竟稱李書城先生為軍閥，實誤。在北洋軍閥時代曾任陸軍總長，但非軍閥的人物，只有李書城先生一人，因為非軍閥，所以不能得勢。教育學系主任亦是屬醒獅派的余家菊先生，他所譯《教育哲學》曾受達夫的批判，則已如前章所述。但是余先生是一位極誠懇的學者。

就上所舉人物，加以概括，有次列之四派。

一、元老派即守舊派，例如黃季剛先生常對我說，某某是有思想的。其實元老派亦宗孔孟思想，豈可自認為無思想。黃先生之所謂有思想，蓋指社會主義思想也。此派人物已如上述。

二、醒獅派，其代表人物即李幼椿、余家菊諸先生。屬此派的學生為劉大杰、胡雲翼諸人。

三、社會主義派，以李漢俊先生為中心，理化系之陳象岩先生雖非思想關係，但因不滿意元老派，故歸屬此派。此派背景不在校內而在校外之新官僚及革命黨人，前者如耿丹（武漢政府時代為劉佐龍所殺），後者如董必武、錢介盤諸氏。

四、超然派，例如外國文學系陳主任歷史社會學系王主任、生物學系張珽教授、數學系陳建功教授，筆者亦其中之一人也。

去年（民國三十一年）秋，筆者在南京《中報》曾發表一篇中篇創作《煙波江上》，即是描寫當時武昌師範大學的情形。

我初來武昌，未找著房子時寄住於王謨主任家中，當洪為法、楊邨人輩來看我時，王謨教授便向我說：「和此輩學生來往要小心，他們是耿丹派。」我當時覺得王主任未免神經過敏了。我和此等學生來往完全是文藝上的聯絡，當然談不上思想問題，更不會牽連到校政上去。但也難怪王主任會留意於我和洪為法等學生的交際，因為我來武昌時，校長張繼煦氏因學生風潮已辭職赴北京去了，校事無人主持，僅由教授會暫時負責。

據說耿丹曾任本校的教務主任，因學問、資望未孚，為學生所逐，但耿氏與省教育當局有聯絡（當時教育局長好像是程鴻書），擬藉當局力量，來長師大。那年冬便起了一大風潮——拒絕耿丹校長，校課便無形停頓了。學生固然懶於上課，教授們亦因無薪可領，樂得休息。可憐的是我初來武昌上了兩星期的課，遇著一次薪水的配給，按薪類比例，領得十七元。因為生活的關係，我這時候才想寫文稿賣錢了。在從前，我是不想靠賣文為活的。我在這年冬，寫了一篇〈末日的受審判者〉（此篇小說曾由林疑今氏譯為〈The Egoist〉，在美國的《Living Age》發表，一九三六年二月號），但是這篇小說在《東方雜誌》發表後，僅領到五十元的稿費。不過那時代我在武昌所過的生活比今日還要好些，因為那時代的大白米，在武昌每擔僅值五、六元。

（三）達夫來武昌

醞釀了數月，尚未見決定的校長人選問題，到了陰曆歲末，北京教育部發表了石瑛為武昌師範大學校長。石氏為湖北陽新縣人，清末舉人，又曾留學英、法兩國，學貫中西，當然很得學生的歡迎。但是兩位黃老教授（季剛與任初）對他表示不滿意，至於理由如何，卻未明瞭。

洪為法等幾位學生有一天很高興地走來告訴我，郁達夫先生將隨石校長南來，當新文學教授，學生都異常地高興。當然我聽見也很高興。不久又聽見石瑛還準備了一批班底要一同南下，於是舊教授間就發生了動搖。本來武昌師範大學的理科教授幾乎全部是日本留學生，此時聽見石校長所率領的班底都是歐美留學生，老教授們擔心將由派別的關係，不能保持地盤，亦自難怪。

我們先聽見祕書長內定了胡庶華（春藻），後來又聽見名教授李四光先生亦將來武昌任地學系主任，這個消息當然使王讓教授發生了一種不安。當他告訴我這個消息時，我卻很贊成，因為李四光教授如果肯屈就本校的地學系主任，一定可以把地學系大大地加以改進，但對獻翁卻不敢率直地說出口，怕引起他的誤解。

最後聽見石瑛來武昌長校的條件是要改師範大學為一般的綜合大學，命名國立武昌大學，已經獲得了教育部的批准。石瑛的計畫是先辦文學和理學兩院，文學院長擬聘王世杰，理學院長擬聘李四光。這個消息卻引起了教育學系的教授和學生的反感。因為一改為綜合大學，教育學系便失卻其在校中的重要位置了，除非再開辦一教育學院，但是石瑛一批學者認為教育學在大學是無足輕重的，其課程盡可以歸屬之於文學院的哲學系。最反對石瑛這種主張的便是余家菊教授。

達夫果然來了，他一到武昌便戴著一頂蒙古式的皮毛帽子走來看我，他的態度還是那樣地滑稽。他對我甚稱讚石瑛之為人，極力為之捧場。他又問我：「聽說老教授中有許多反對老石的，你知道否？」我說：「不至於吧，我聽不見什麼消息。」

我由達夫的介紹認識了《玉君》的作者楊振聲（山東），他稱讚我的〈末日的受審判者〉，他又說這篇小說寫得太迫真的，好像實有其事一樣的。過後達夫對我說：「老楊那裡懂得寫小說，對於寫實主義一點都無理解。論創作在中國還是我們創造社的人執牛耳呢。」他說了之後，在哈哈大笑。

我在那時候創作欲頗強，寫了不少的短篇小說，在商務印書館出版的《雪的除夕》和《不平衡的偶力》兩書中所載，大部分是在那半年中（民國十四年上半年及暑期中）寫成功的。截止那時代止，我在《東方雜誌》上發表了三篇小說：〈梅嶺之春〉、〈耶誕節前夜〉及〈末日的受審判者〉。

楊振聲的英文學相當高明，但創作卻未能令人佩服，他的《玉君》擺在我的案頭，始終沒有勇氣念下去。

達夫日來逼我為《現代評論》寫義務稿，我不得已寫了一篇〈二人〉交給了達夫，算塞責了。忽然聽見了一個新消息，便是石瑛託達夫約沫若來武昌擔任文學系主任，我尚半信半疑。果然有一天達夫對我說：「蘅青校長想請沫若來當國文學系主任。沫若來後，我們再把仿吾也聘了來，我和沫若在文學院，你和仿吾在理學院，我們會合在武昌，可以重振旗鼓了，你想好麼？」

我聽見當然十分贊成，但知道此事甚難實現。後來果然看見沫若答覆國文學系諸同學的信，高揭在揭示板上，說明他不能來武昌的原因，並謝諸同學的厚意。原來沫若在上海一方面接到國文學系同學歡迎他來武昌大學的公函，一方面又接到幾封匿名信，拒絕他來武昌的恐嚇信。所以沫若終於辭謝了石瑛的聘書。

舉行開學儀式時，石校長說明了改師範大學為綜合大學的理由後，李四光教授又說明大學教育是在研究學術，若無學術資料便談不到教授方法。結論是大學的任務是在研究學術，由專門學者指導，至於師資之養成，目的在為中小學求良師，無須以全大學之力去造成此等師資。但是余家菊教授卻出來加以反駁，從人格教育、精神教育等哲學的理論說明教育學之獨立性及其重要性。最後李漢俊教授又出來從唯物史觀及社會學的立場，發了一通議論去反駁余家菊教授，亦主張應改師範大學為綜合大學。

有一天我去看石瑛校長，楊振聲、胡庶華等教授都在校長室。石瑛很生氣的樣子，在不住地罵人，好像在說：「似此行動卑鄙、毫無人格，哪有資格做青年學生的師表？」我問他們，到底是什麼一回事？石瑛便把一封匿名信給我看，那信亦不過寥寥數句，大意是斥責石瑛任用私人，破壞學校，無資格長校，應早日滾蛋，以謝全校師生。我看了後便說，像這樣不負責任的匿名信，簡直可以置之不理。但是石瑛再拿了一封信來給我看，那是余家菊教授寫給他，和他商量校政的信，筆跡和那封匿名信完全相同。石瑛對於這封信，認為教授中有人和他為難，今後難於合作，表示辭意，要回北京去。但是學生會因過去半年來學校無人主持，陷於無政府狀態，幸石瑛來校，加以整頓，學校秩序也逐漸恢復了，若石瑛再辭職，今後當無適當的人物來長此校，於是開了一次大會，決議支持石校長，驅逐余家菊教授。余教授本來住在校中教職員宿舍裡，因為此次風潮，早避住於校外去了。學生會把議決文抄了一份，貼在余教授的房門首，並要求他，自動早日辭職離校，否則將鳴鼓而攻，勿謂言之不先云云。因為石瑛表示絕不和余家菊兩立，意志堅決。學生會也只好去余留石了。

但是余家菊教授亦是一個勇於鬥爭的人物，雖不到校，亦不表示辭職。教授不辭職，他和學校的契約便依然存在。假如石瑛是一位肚量寬宏的人物，看見余教授不再來校，盡可置之不理，另聘學者代課，便可了事。但是他一點不能妥協，一定要使余教授的去留，有明瞭的解決。經他們的商議後，便開了一次的師生聯合大會，要用全校師生大會的名義，決議驅逐余家菊教授。

一天晚飯後，在蛇山上的大禮堂舉行全校師生聯合大會。雖則是仲春時節，但是雲夢之澤的氣候仍甚寒冷，記得我們都在長袍之上加套馬褂，圍上頭巾。大家坐在淺碧色的電光之下，凝神靜氣等待那些主動人物到來，看他們如何發動。我看見這種情景，不禁悲從中來，同時也感著一種陰慘的氛圍氣，因聯想到某小說中所述，俄國虛無黨人在地下室裡開會，討論對他們黨中的叛逆者，應處以怎樣的刑罰的情景。我想余教授雖有錯誤，但也用不著小題大做，開這樣的不倫不類的師生聯合大會，去欺凌一位文弱書生！

我正在呆坐著癡想，忽然的晴天霹靂，聽見學生會的副會長趙俊德立起身來，在高聲地宣布：「今晚開全校師生聯合大會，公推張資平教授做大會的主席。」

接著便是一陣熱烈的鼓掌。這真是嚇得我心驚膽戰。我想你們要斬余家菊教授，還要利用我來做劊子手麼？其實這個大會的主席人選卻也是成為一個重大的問題，老教授們和余教授有多年同事之誼，誰肯擔此惡名。

若叫石瑛一系的教授去當大會主席，又未免要受輿論的疵議。所以叫我這個超然派的人物上臺當劊子手。我等到掌聲停息之後，便立起身，翻轉首，向全體師生連作三大揖，敬謝不敏，並申明我從無大會主席的經驗，恐怕不能綜合及分析諸位的議論，就連開會詞當如何說法，也毫無準備。他們看見我那種村夫子的態度也很原諒，不再勉強叫我上臺了，改推李漢俊為司會者了。李教授畢竟是老手，態度沉著地走上講壇去了。

李教授上臺宣布了開大會的意義之後，發揮意見的多屬[2]是學生會的幹部，有些是攻擊余教授的，有些是主張萬不能讓石校長離校的，他們都是口若懸河滔滔不絕，令人五體投地。也有學生稱讚余教授之循循善誘，令人依依難捨，不過為學校大局著想，只好像武鄉侯之揮淚斬馬謖了。這種議論，更是娓娓動人。至於教授們，在學校中，平時看見學生會的幹部，有如鼠之遇貓，今晚上更是噤若寒蟬，誰吃過老虎膽敢向學生會作對呢。今晚上能仗義執言的只有黃季剛教

2 「多屬」或作「多數」。

授一人而已。黃先生的意見是校長和教授是同事，並無尊卑之分，縱令教授對校長有失禮之處，盡有調解之可能。校長並非君主，教授對校長亦無皇帝神聖、臣罪當誅那樣地嚴重。若教授之去留必須受到像今晚上的刻毒的裁判，真是斯文掃地，不僅令我輩留校教授有兔死狐悲之感，並且在本校遺留下師道無存的惡影響，言之痛心。最後並告誡學生說：「你們將來出校之後，亦是為人師長，假想日後要受到此種裁判，又當做何感想。」但是黃教授一番□□□的辯論，竟不能挽回由大會開除余教授的決議。的確在教授群中和學生會中尚多對余教授抱同情者。達夫聽了黃教授的議論後，也似乎有些感動，散會後，我和他一同走出會場，在山徑，燈光之下，達夫對我說：

「看大會情形，還不少對余家菊表同情的呢。」他說了後在傾首凝思。

我說：「這大會本來是多餘的，余家菊是不會回來了的，又何必多著這一個痕跡。」我又把這大會情景有些像虛無黨人在地下室開會，處他們的叛逆者於磔刑的樣子。達夫聽了會，苦笑著點了點首。達夫又申明他對余教授毫無反感，但是因為過去有過一番筆墨官司，擔心大家會誤解他也是主張對余教授落井下石的人。我說大家絕不會疑心到這一點的。我也敢代達夫負責說一句話，達夫並不是一位恣睢之徒。

余家菊走了後，學校在石瑛統率之下，可謂平靜無事。

（四）仿吾過武昌

民國十三年冬，石瑛未來武昌之前，一天，我接到仿吾從漢口中國街某商號來一封信給我，約我到漢口去看他。那家商店在沈家廟以上，靠近漢陽了。我到那家商店帳房裡一問，那帳房先生便高聲地向樓上叫了仿吾一聲，並叫我到樓上去坐。在半扶梯，遇見了仿吾，他穿著西裝，臂上纏著黑紗。到了樓上客房裡，仿吾先告訴我：他哥哥在廣州死了，他此次是由廣州取海道，運他哥哥的遺柩回長沙，現在遺柩又由民船取水道由漢江運至長沙，在途中要經長江，進洞庭湖，再轉進湘江。我聽見後便想，這種旅程也算很偉大的了。談了一會，我才知道仿吾在中山大學任教授，所擔的功課是物理學、微積分和德文。我問他：「聽說費鴻年也在中山大學當教授了？」因為費鴻年在那時候尚未畢業於帝國大學。仿吾說：「費鴻年和周佛海現在同是中山大學的名教授呢。」我本來想約仿吾到外面去吃飯，但是他不願意多走路，反留我在這家商店裡和他們同鄉共吃一頓午飯。他們的菜都加辣椒，還有一盤乾炒青椒，這頓飯真是難為了我，只勉強吃了一碗飯，便不能再吃了。

仿吾約我去只是因為久別之後，想見見面而已，並沒有重要的話，他說當晚就要動身回湘；他又說，他今後的責任更加重大了，因為今後許多侄子的教養要歸他負責了。

這年三月，國父逝世於北平。武昌學界聯合起來在公園開了一個盛大的追悼會，軍當局特為之宣布戒嚴，沿途放哨。學生宣傳隊也沿途散發傳單，大意是痛惜國父之逝世及攻擊軍閥之腐敗墮落。當時的軍當局對於這種傳單所取的態度，卻非常寬大，置若罔聞。因為在當時的軍當局認此種民眾運動及宣傳方法不過一種幼稚的行動，無關重要。他們從來是藐視大多數民眾的意識，誤信單藉上層的少量的政治力量，即可統治全民眾，他們並未覺悟他們的勢力是全無基礎，他們也沒有覺悟失卻了民眾的政治力量是隨時可以崩毀的。在革命的策源地廣州，這種民眾運動和宣傳早既盛行而普通了，但在武昌卻以此次的追悼大會為契機才見諸實施，即在我亦是初見。

我的第一個女兒即於此年四月十日，生於武昌的長湖堤南巷寓裡，長女出世後兩星期，我即帶領七個學生，至湖南做休學旅行，目的是至萍鄉參觀煤礦。學校給我們的旅費津貼是教授二十元，學生每人十元，乘四等車。

由通湘門出發先至長沙，由長沙再赴萍鄉一帶踏查位址及地理。那時代的湖南督軍是趙恆惕，湖北督軍是蕭耀南，以岳陽為界，各有駐兵相守望。我們由鄂入湘，就有出一國走入他一國的感覺。兩省間的最大異點可以從人情上觀察出來。當然也未能一律而論，但是就大量觀察，湘人畢竟比鄂人誠樸。比方說，你想和一般的鄂人交涉一些事情，他們大都給你一個不得要領，至於湘人，他們如知道的、做得到的，可以給你一個答覆，他們所不知道的、做不到的，便明白地回絕了你。這是我在那時代到長沙時所獲得的經驗。

有一天，忽然接到廣州中山大學校長鄒海濱先生的一封電報，我很覺驚奇，把電文譯出來後，才知道是他要我轉知仿吾不必再回校了，因為他所擔的功課已經另聘有後任者。仿吾實在缺課太多了，仿吾本來說回長沙一個月後即須返粵，現在已經過了三、四個月了，還不見出來，當然難怪中山大學當局解除了他的聘約。

但是過了兩個多星期，仿吾帶了一挑行李，投到我家中來了，他還帶了許多熏肉送我們吃。我把鄒魯校長的電報給他看了，他笑了一笑，便說，可以不到廣州去了，但是要到上海去看看，不過在未赴上海之前，還要回長沙家中一行。

仿吾在我家中住了一個多星期，達夫差不多天天出來相聚，有時三人同到鬥級營喝酒。我們重新計畫到創造社的重振旗鼓。這時候沫若住在上海，生活甚困難，他的思想也就在此時轉變得很急促，明瞭地傾向於馬克思主義了。

周全平即於此時得沫若、仿吾的同意，開始為創造社出版部招股，每股五元，凡是股東購讀創造社的出版物特別優待。我們真沒有意料到國內青年對於創造社竟如此的熱烈地擁護，願意加股的有如風起雲湧。武昌的集股由達夫和我負責，但事實上由我一個人在打理，不過事務很簡單，凡有青年交繳股款時便開一張收據給他，由我親筆在經手人項下簽一個字。武昌青年對於創造社出版部的招股比較不踴躍，認股的人數只有四、五十人而已。

仿吾回長沙去後，不到兩星期又到武昌來了，行李似乎增加了些，仍然住在我家中。這時候適逢武昌國立商科大學若干周年紀念，舉行一個儀式，有兩位同學陳雪濤和危詒生是商科大學的教授，他們約我們三人去參加該校的儀式，並為向學生說幾句話[3]，仿吾達夫和我三人當然如約參加了。當時的商科大學校長尚屬虛懸，校務由教授會維持。那天的來賓中，有張知本、鄧某（忘其名，日後在武漢時代頗活躍，後來又至上海寫社會學文章，及在各大學擔任一些功課，與熊德山齊名的人物）等投機的新官僚。

仿吾在這時候，尚主張藝術至上，不願涉及政治，他認為政治腐敗，自身又無力改革，多談政治，實是自尋煩惱，不如自己在藝術裡面另開闢一個天地，以寄託吾人之精神。商科大學的教授們對於社會學、經濟學大都有相當的研究，聽見我們三人還在談什麼文學、藝術，對於革命思想仍是那麼冥頑不靈，當然在暗笑我們是思想的落伍分子了。國民黨於民國十三年改組，容許共產黨員跨黨，在廣州的革命思想非常急進，但是仿吾在那邊竟未受此種激進思想的洗禮，我很覺驚異。大概仿吾在廣州只是在大學裡當教授，並未參加社會運動，而且共產黨的勢力在民國十三年冬尚未見有怎樣地發展，中山大學校長鄒魯是反對共產黨思想最激烈的人，倘能安於其位，可見得在學生青年群中，共產思想未見怎樣地普遍。

仿吾在武昌又住了一個多星期，我和達夫很想設法留他在武昌大學教書，但是向石瑛說話則

3 原文為「幾話」。

全賴達夫。達夫雖然向石瑛說了，不過在半學期中校中無適當的課程可以容納仿吾，石瑛只說了一句門面話，等下半年新招預科生時，再為延聘。

仿吾行時，我把創造社出版部的一部分股款，託他帶往上海交給周全平，為數甚少，不滿百元，因為有些同學雖認了股，但股款尚未交來也。教授中有胡庶華、朱鳳美等數人各購十股，是由達夫拉來的，該款也由達夫直接交予仿吾，帶往上海去了。

（五）多事之秋

在四月杪五月初，北京教育部委任郭泰祺為武昌國立商科大學校長。這個校長是一個苦差事，擔任了校長，就得為學校籌款，因為商科大學並無經常費，不像武昌大學每月由政府指定煙酒公稅局負擔一萬三千元，印花稅局負擔五千元，每月計有一萬八千元可靠的經常費。

郭泰祺來武昌後，和石瑛商量，認為華中的學術水準太低，應當把武昌文化界的學術水準提高，使能望北京的項背，於是商定兩校合作，請北京大學的幾位名教授來武昌講學，例如王世杰、周鯁生、馬寅初、胡適之等名流都翩然地到武昌來了。

胡適之的講題是〈讀書〉，周鯁生的講題是〈不平等條約〉，及馬寅初的關於經濟問題的演講，都是平平無奇的通俗講演，就中馬寅初的講演算比較有點創見，但亦是關於國際貿易的初梯而已。兩校花了不少錢，但是幾個名流的一星期的講演，終未能提高武昌文化界的學術水平。其中最大原因是這批學者都是自由主義、個人主義的末流，在老學究方面例如黃季剛這派人認他們為異端者，在革命派方面例如唯物史觀派之李漢俊一流人物則認他們為思想落伍、資本主義的走狗、買辦階級式的學者，將由不革命流為反革命。胡適之輩當時尚自詡為是中國文化革命的急先鋒，他們並未看透武昌的青年正在潛行運動，傾向於極左思想的宣傳，哪裡會把胡適之輩的陳腐思想置於腦中呢。

五卅慘案終於爆發了，刺激了的武昌青年，武昌大學的學生會開了大會，決議無限期罷課，以爭取外交上之最後勝利。學校當局接到這個要求，便開了一個教授會來對付這個問題。不幸的是在教授會中也分了幾派：㈠是醒獅派以李璜（幼椿）為代表；㈡是西山會議派，可說是國民黨的右翼，以石瑛為代表；㈢革命派以李漢俊為代表；㈣頑固派以黃侃、黃際遇為代表。在會場上議論百出，無從折中。李漢俊主張容納學生會的要求，但是石校長卻不贊成這樣的荒功廢業，認為青年更應當加緊研究學問，以圖雪恥，不能專事擾亂社會秩序的行動。李璜氏妙想天開，主張對青年學生要加以軍事訓練，楊振聲便做了李璜的應聲蟲。這種提議真使石校長哭笑不得。李漢俊教授從帝國主義者之經濟侵略說到國民革命，再由國民革命說到民眾運動，主張唯有罷工、罷市、罷課才能促當局的覺悟，才可以做政府對外的後援，但是這樣思想及主張當然為其他三派所反對。結果決議停課三天，讓學生自由參加民眾運動，但不得以學校名義做任何活動。

左派青年從此便對石瑛失了信仰，不再加支持了。頑固派教授所率領的學生又是積極地反對石校長。故石瑛一派的教授也自然地意氣消沉了。到了六月中旬是改換聘書的時期了。石瑛決議辭退數學系主任黃際遇、國文學系主任黃侃、地學系主任王謨的消息早已傳播出來了。這三系的學生便團結起來要求石瑛校長收回成命，他們認為[4]這幾位是有多年勞績的名教授，怎麼可以無故退聘。但是石校長的意志堅決，提著一隻皮夾，過江到大智門乘車赴北京去了，校務又給胡庶華去維持。這三位教授無可奈何也只好各奔前程而已。

好像就是與此時相前後，廣州中山大學也發生了風潮，鄒海濱教授亦不安其位，被排逐出來了，所謂名教授周佛海、費鴻年也和鄒校長同了進退。有一天，我接到一張通告，說鄒海濱先生北上，道出武昌，要來本校講演。那天是郭泰祺校長陪鄒先生來校，石校長已經離校北上了。鄒校長攜來許多油印印刷品，無非是說明脫離中山大學的經過，及攻訐共產黨的宣言，其中有一篇是〈告孚木〉。我那時候不認識陳孚木兄，並不知「孚木」二字作何解，並且對於當時的思想鬥爭的文章，頗感厭煩，不願卒讀，所以對於革命策源地的廣州文化界情形甚為隔膜。

暑期招考新生，由胡庶華任招生委員會委員長，招生時期結束之後，胡庶華曾和我到漢陽兵工廠去參觀，並拜訪該長廠長歐陽煥。歐陽煥是江西人，我的同學，日本東京帝國大學造兵科畢

4 原文無「為」。

業。歸途中，一同在黃鶴樓休息了一二個鐘點，並同用了簡單的午餐。他告訴我：學校內黨同伐異，不易應付，他實在幹不下去了，打算到江蘇去當教育廳長，並囑我暫為他保守祕密。原來北京新任教育部長是章秋桐，內定了胡庶華為江蘇教育廳長。胡庶華離校後，由石瑛聘了一位英國留學生吳小朋為祕書長；吳氏是物理學專家，手段很圓滑，和各派拉攏得很好，尤其是和李漢俊教授很能合作。

石瑛北上之後，不願南返，一切都由吳小朋主持。在十月間忽然傳來了一個消息，便是石瑛派的教授楊振聲和吳小朋鬧翻了，理由是吳小朋和李漢俊等相謀想去石瑛，而以曾任教育部部長有名的張某（亦湖北籍）做掛名校長，而由吳小朋做實際校長。因楊振聲等對吳小朋之聲罪致討，石瑛不得已便南下了，吳小朋便辭了職。石瑛南來後，即任楊振聲兼代祕書長。楊君少年得志，大有「一朝權在手，便把令來行」之慨，態度驕傲遠在校長之上。於是全校師生對石瑛一派更加失望了。

達夫偶然在《現代評論》寫了一篇文章，是有意嘲罵武昌大學的一批老教授們，他以狗洞譬喻武昌的漢陽門，並說武昌大學的一批老教授為群犬，視武昌大學為一塊肥肉，在拚命爭食。特別影射黃季剛，諷刺得特別厲害。他這篇文章真是所謂一條竹竿打了全船人，引起了武昌大學全體師生的反感。有一天揭示板上貼出了一張漫畫，是狺狺狂吠的狗，在狗身正中寫著「郁達夫」三個字。這時候，達夫回北京去了，學生之驅郁風潮，當然會由楊振聲去信通知他。楊振聲想盡方法都是無法挽回。反對達夫最力的是國文學系學生黃季剛的黨徒，有些對達夫抱同情的學生也不敢出來說話，怕受那些反對達夫的學生之攻擊。楊振聲又去運動外國文學系的學生出來挽留達夫，但他們也敬謝不敏。

其先[5]達夫對於國文學系的學生亦曾加以苦心之拉攏，譬如胡雲翼、劉大杰輩曾創辦《藝林》，由武昌的時中書局出版，他們要求達夫和我寫稿，達夫也答應了。但是胡、劉兩生是醒獅派的中堅，和國民黨左派青年是勢同水火，因為達夫一方面漫無意義地為現代評論派——一批自由主義者——跑腿，一方面又敷衍醒獅派的國家主義者，所以在左派青年間更失掉了信仰。達夫的最大失敗即在此點。

我在武昌時中書局出了兩部作品，《文學史概要》和日本小說集《別宴》，即是在這時候由胡雲翼介紹的，校對亦是由胡君負責。劉大杰在這時很熱心創作，常到我家裡來，把他的近作都送來給我批評，他也選集了一部短篇集叫《長湖堤畔》，我和達夫都為之寫了一篇短篇；我介紹《洪水》上所登的葉靈鳳所寫的〈姊嫁之夜〉給他，他也把這篇選進去了，真是十分對不起靈鳳了。

關於《洪水》何時出版，我不甚明瞭，因為《洪水》和我可謂全無關係，我只知道沫若思

5 「其先」或作「起先」。

想轉變後的作品，都在《洪水》裡面發表，例如〈馬克思進文廟〉等作品都是登載在《洪水》裡面。此外還有周毓英、潘漢年、葉靈鳳諸君的作品，仿吾、達夫和我都未曾為《洪水》執筆。

達夫回來武昌，收拾行裝，便往上海去了。有一天，開教授會議，楊振聲報告達夫的生活很困難，擬由學校多致送兩個月薪水與他，要求大家同意。但是生物學系主任薛良叔反對楊振聲的提議，他說，對於友人的困難可由私人捐助，不必動用學校的公款，因為此例一開，將來必多效尤者。達夫走後，至上海如何地生活，他並無來信，我亦無從得悉。我在此時候，和沫若、仿吾、達夫三人均失了聯絡。

在此年暑期中，我寫了一篇〈約伯之淚〉，寄《東方雜誌》發表，又寫了一篇《飛絮》，係中篇翻案小說。上海中華學藝社鄭心南先生擬出文藝叢書，向我徵稿，那年初秋，我就編成了兩本《雪的除夕》和《不平衡的偶力》由學藝社編為文藝叢書第二種和第三種，至於第一種是沫若的《塔》。

到了十月杪，又像是在十一月中，武昌大學的風潮爆發了。黃季剛先生離校之後，據說在外面即專做驅石的潛行工作。在仲春時節，季剛先生曾有一晚來我家中，談了些家庭瑣事之後，便問我願意和他合作否，我問他合作何事，他笑著說：

「我們叫石蘅青開步走，如何？」

他又告訴我，他和黃任初決意驅石，王謨教授亦表同意，要他來徵求我的意見，因為我和王教授同系，我的態度對於他影響至巨。我又問生物學系薛良叔主任之態度如何，季剛先生說，良叔此人頗滑頭，善觀風色，不必理他。最後，我說，俟考慮後再行答覆。季剛先生便不高興地走了。所以有人說此次季剛先生在外面煽動驅石風潮，我倒有點相信。

其次的原因，便是附屬中學和附屬小學的師生全體都反對石瑛。因為石瑛改辦綜合大學，幾次提議取消附屬中學和小學，可以節省一部分的經費，歸大學開銷。學校經費每月僅一萬八千，附中附小就去了八、九千，實際大學經費不滿一萬，這亦難怪石瑛想取消附中附小以節省經費，但是石瑛這個提議終做了自焚其身的導火線。

有一天上午九時前後，我到學校來上課，看見校內黑壓壓地擠滿了人，大概有二、三百人吧。又聽見校長室那邊一陣陣的喧嚷，接著又聽見呼打的聲音。到了十點半鐘以後，那些群眾才退了出去，我在教職員宿舍裡，聽見石校長頗受窘辱，被逼簽字辭職了。我聽見後，深為石校長抱不平，我想，青年學子竟如此囂張，藉多數人的野蠻行徑侮辱師長，此風真不可長，我當時發表幾句所謂公正的言論，但是過後，胡雲翼卻來忠告我說：

「張教授，你的言論是詞嚴義正，但是在當時的群眾是盲目的，不可以理喻。幸得他們未聽見先生的言論，不然將要吃眼前虧的。」

我聽見後，倒出了一身冷汗，原來那些野蠻的學生竟將石校長反手縛在靠椅上，打了他幾個耳光，才逼他簽字辭職的。我和薛良叔等教授，看見群眾散了，才一同到校長室去，表示慰問。

石瑛看見我們，苦笑著歎了口氣說：

「像這樣，還能夠幹下去麼？」

石瑛走後，校務暫由教授維持，輪流辦公，由他們公舉了薛良叔、杜佐周和我三人為常務，每天也只是簽字蓋章而已，度過了殘冬。屢次去電教育部請委派新校長，但是教育部長竟置之不理，因為教育部對於武昌大學鞭長莫及，對於驅石風潮既未能徹底查辦，便不敢即行發表新校長，縱令發表了新校長人選，那個人也未必敢來，所以一直拖延至民國十五年的二、三月，校長問題仍未見解決，後來才由教授會公函呈請教育部暫以植物學教授張珽先生代理校長，教育部便批准了。張珽是位好好先生，對於校政，不敢專擅，仍然一一請示於教授會，經議決後，才敢施行，最大的困難便是學校經費積欠數月，全校師生幾至斷炊，只苦了張代理校長每月東奔西走。我們要他去拜會陳嘉謨督軍，商量辦法。陳督軍以私人的資格捐助了五千元，我們也請了陳督軍到學校裡來吃了一頓西餐。但是陳嘉謨對於西餐似不感興趣，並且不善使用刀叉，結果每碟都不能下咽，臨走時，只把一大盆的花旗橙子要了去了。

這時候教授們的生活都很困難，差不多都是「枵腹從教」。我不能不把那部翻案小說《飛絮》來出賣了。我把原稿寄與上海商務印書館的鄭心南先生，他把這篇小說以二百元的稿費賣給商務印書館，說要在胡懷琛先生主編的小型小說雜誌上發表，稿費也寄來了，但我心裡有點不願意，因為覺得胡先生所主編的小型小說雜誌之藝術水準稍低。後來又接到周全平來信，創造社出版部擬出文藝叢書，第一種是沫若的《落葉》，也要求我寫一部四五萬字的中篇小說，我便匯了二百元給他叫他向鄭心南先生把那篇《飛絮》贖了回來，仍由創造社出版，為文藝叢書第二種。關於這件事，達夫曾有信來告訴我，他曾會見心南兄，心南兄對我之贖稿一事，深表不滿，因為耽擱了他，對不起胡懷琛先生。關於這篇無聊的小說也有過這樣的小小的波折，是世間一般所未知道的。

在四月中，我以十多天的工夫，又寫成了那篇《苔莉》，也寄給了上海的周全平，因為那時候《落葉》和《飛絮》已經出版了，銷行頗廣，全平又專信要求我再寫一篇中篇小說，我便寫了這篇小說。

又在三月中，接到仿吾由廣州寄來一封信，告訴我，沫若既至廣州，任文學院院長，達夫、獨清和他都來了廣州，也在文學院任教，希望我也能回粵，共同努力。在那時代的武昌大學頗為零落，但是我若一走，則地學系的幾個學生未免太可憐了，並且也不想受他們的唾罵「無薪可領，便不負責」。後來沫若又寄了一封信來，仍然是要我到中山大學去幫忙，但是我回信他們，說明我一時不能離開武昌的苦衷。

在民國十五年上半年中，在各報章及《東方雜誌》上，常看見「蔣介石」三個字，一般都稱許他辦黃埔軍校的勞苦及東征的功績。我對於「蔣介石」三字頗覺生疏，不知他是如何人物。本來姓蔣的軍人就有許多個，例如蔣百里、蔣伯誠、蔣伯器等等，我當時只以為蔣介石就是這些人物中的一個，也不甚加以深究。愈近暑期，蔣介石的名字便愈揚溢，同時北伐的呼聲也愈高。我們在學校開會時常常談到北伐問題。我當時直覺著，在下半年在武昌將有發生戰事的可能，所以放了暑假之後，我便搬家到漢口黃陂街的潮嘉會館來了。

當張斑代理校長時，國文學系的學生要求學校重聘黃侃教授回校，張代理校長當然答應了，黃季剛先生就捲土重來，再上了國文學系主任講座。

暑期中招生委員會成立了，第一次開會時，我因為小孩子有病，出席稍遲，到學校來時，已經開過了會，他們正在閒談；黃季剛先生看見我進來便表示一種不快的顏色，我向他點頭，他像沒有看見。同時其他的教授都笑了起來。我當時真莫名其妙，後來，物理學教授沈懋德才告訴我，當開會時，大家公推我兼國文科的試驗委員，由文言譯為白話一則，由我出題，考卷亦由我評閱。他們的決議竟觸怒了黃季剛先生，他在會場上破口大罵：

「張資平也配評閱國文的試卷。他懂什麼文學，充其量，一篇〈梅嶺之春〉而已，但還是狗屁不通。國文一科是我的勢力範圍，誰敢來侵犯的！」

沈懋德教授便向黃教授解釋：

「這是大家的意見，張資平本人毫不知道，何況他已經擔任了地理和博物的一部分，也夠忙了。黃先生不願意他分擔白話文的一部分，他實在是求之不得的。」

但是黃侃教授對我似仍未能瞭解。這次的招生，我有兩個學生，因為我在武昌，竟從故鄉出來投考武昌大學。一個是徐祥霖（後進共產黨改名徐翔），一個是許冠球，他們的各科成績都比較過得去，只有國文一科考得太壞了，託我去向黃季剛太師說人情，這種要求真是難為了我。答應他們，不僅是破壞考試規程，並且於我人格有虧；不答應他們，又覺得他們迢迢數千里來武昌相投，若他們失望回去，又覺得情所難忍。我只歎氣，這兩位學生真是累我不淺。

一天晚上，打聽得黃太師正在學校的祕書室裡評閱國文試卷，因為天氣太熱，所以黃太師喜歡在晚上閱卷。我吃過晚飯，便到學校裡來看他，敲門進去，看見他只穿一件黃麻背心，一條短褲，坐在椅上，隻手抱雙膝，隻手持一根朱筆在評閱試卷。我先向他作了一揖，然後申明自己對於那天白話文考試的問題，毫不知情，最後，送了幾頂高帽子過去，這位驕傲的黃太師立即滿臉含笑，對我轉取拉攏的態度了。他要求我幫忙他評閱白話文那一部分的試卷，同時又稱讚我在《東方雜誌》上發表的幾篇小說都寫得生動，文章亦甚流利。我也只好謙遜一番，過了一會我才說明了我拜訪太師的來意，同時告訴他，這種不光明的行為實在令我內心異常痛苦。但是黃太師卻以黃梨洲先生為他的公子謀一青其襟的故事告訴了我，叫我不必為此小節而芥蒂、煩悶；同時他按著我告訴他的暗號——文章的句——及筆跡，把試卷翻查了一回，發見[6]這兩個學生的國文評點，一個是九點，一個是十三點。黃太師便提起筆來，在「九點」兩字的上面加上一個「十」

6 「發見」應作「發現」。

字，在「十三點」的上面加上一個「二」字。我看見後問他：

「十九點，二十三點，也可以及格麼？」

「我的評點，要十點就不容易，有十點就可及格了。」

當我告辭出來時，我所流的汗水已經濕透了我的夏布大褂兒了。

在這暑期中，我的學藝叢書《普通地質學》、文藝叢書《雪的除夕》及《不平衡的偶力》三書都出版了。

搬過漢口去後，便聽見廣州宣誓北伐了。

武漢革命前後[1]

一

許紹湘在中學畢業了，他想，投考哪一個大學好呢。清華、北大和東南固然好，但對於英文沒有自信的他，深恐徒耗旅費，萬一下第，過了考期不能再投考其他的大學，那才晦氣呢。投考廣州的中山大學吧，又因這個大學是以大而無當出名的，並且「本地極不見得辣」，所以不願意投考。至於他父親，一個廩貢生，卻希望他就近投考這個紀念總理的大學，費用既省，回家也方便。一般做父親的人都是有這種心理，第一是捨不得多耗金錢，能省則省，第二是可能的話，仍要求履行「父母在不遠遊」的古訓。但是在兒子方面，卻認為學業第一，積財在子孫身上本是天經地義，也是父親應盡的責任，至於出外求學明明是「遊必有方」了，若不學，便成廢物了，

1 〈武漢革命前後〉，又名〈繞弦風雨〉，為自傳體小說，文章中「章幼嶠」即張資平。

和廢物的兒女朝夕晤面也是毫無意義的。紹湘為這個問題和父親爭論了幾天。到後來他父親想出一個折中的辦法來了：「你那位中學老師，章幼嶠先生，不是在武昌大學當教授麼？他是你的老師，又是同鄉，一切總有個招呼，你就到武昌去投考武昌大學吧，有章幼嶠先生在那裡，我也放心了。」

紹湘抱有離家鄉愈遠便愈好的偏見，並且也深慕武漢三鎮為華中的重心，辛亥革命的策源地，加以黃鶴樓、鸚鵡洲等名勝對他也具有一種誘惑，所以十二分贊成父親的提議。

「爸爸，你的見解很不錯，實獲我心。」紹湘有一種□氣就是喜歡咬文嚼字，說起話來，□句轟天，就是對父親也是如此。

「不過，我還有放心不下的地方……」父親放下了水煙袋，又微歎了一口氣。

「還有什麼事情不能放心的？」紹湘驚異著問父親。

「當然不能一概而論，說起來，一條竹竿會打著全船人，要給湖北同胞罵我們胡說，那就是俗語說的天上九頭鳥……，武漢的下層社會，聽說十個有九個是刁滑不過的，你一個年輕小子到那邊去，難免常時要吃虧。」

「父親，這倒用不著擔心，我這次出門，準備帶一、二百頂的高帽子到武昌去，逢人便送，那麼，誰都要歡迎我了。就是章幼嶠教授，我也準備送他一頂高帽子，他就一定招呼我，幫忙我的了。對刁滑的人，送高帽子是最好的辦法。」

父親聽見兒子竟有這樣的高見，心裡有說不出的高興，呵呵地笑起來了，笑了後才說：「也不見得人人都會接收你的高帽子吧。章教授這頂高帽子怎樣送去呢？」

「父親，你想，當如何措詞？」

「是不是恭維他是有名的文學家，又是科學家……」

「父親！嗚！是何言也？像這樣的措詞，不單不能成為高帽子，章教授且將掩耳而走。」

「那麼，這頂高帽子要怎樣措詞呢？」父親這趟請教兒子了。

「我打算對章教授說，章先生的著作在鄉間的各校學生，幾乎人手一卷，都是但願一見章教授。到了廣州、香港、上海等地方，在青年間談及章先生，也無不信仰，他們聽見章先生是我的老師，連對我也刮目相待了。你看送這頂新式一點的高帽子給他好不好，父親？」

「……」父親一言不發，只頻頻點首。

「生子當如許紹湘，若鄰家古阿二，豚犬耳。」紹湘問父親，他說這句話會錯麼？但是這趟父親不單無言，也不點首了。

古阿二名顯群和紹湘同級，也中學畢業了，聽見許紹湘決定赴武漢投考武昌大學，他也要跟著去。紹湘料定古阿二一定是考大學不及格的，因為他在中學的成績很壞，紹湘只想讓他來做個伴同到武漢去，也免得一個人旅途寂寞。

村裡老腐敗的先生們看見紹湘和他的父親間，完全沒有的體統，無不搖頭歎息。但是，紹湘的父親卻為兒子辯護說，他們的家底是新式的家庭。

二

到了武漢，許紹湘和古顯群，共兩挑行李，直投黃土坡下的章教授寓裡來。章教授的公館，破爛不堪，也很狹窄，除家人之外，還有幾個學生寄住在他的家裡。紹湘和顯群來了後只好和他們搭鋪位了，這叫紹湘有點失望。

他們拜見了章老師之後，便談起當年在中學時代的事情來了。紹湘開章明義的第一句話便是：「老師往日是中學教員，月薪僅僅小洋三百毫，當不到大洋三十元，現在是大學教授了，月薪大洋二百元，折合小洋在二千五百毫以上，收入八倍於往昔，諒不致有冬暖兒嚎寒、年豐妻啼飢的窘迫了吧。」

章老師暗想，這個門徒怎麼一開口就那樣老三老四的不客氣。當在中學，他教這個學生讀英文文法的時候，他還是一個尚未完全脫乳臭的小孩子。現在居然像一個警察局裡的起碼的司法股員，查問起老師的收入來了。

「近來欠薪欠得一塌糊塗，現在每月拿不到三十元，幸得去年一年間，石蘅青當校長時期中，沒有欠過薪。自石蘅青下臺之後，每個月都是欠薪，七折八扣，到現在更不行了，只能拿一二成的薪水。現在大家都是藉過去的存款來彌補。我們當這個教授，差不多是倒貼了。」迂腐的章教授還在向這個高足訴苦。

「老師，不要客氣，不要客氣，嘻，嘻。」

於是章老師把這位高足的面貌端詳了一下，覺得紹湘確實不失為一個美男子，但是對於長輩的態度竟這樣放肆，可說他的美中不足。

一桌子七個人，老師、師母、原來住在老師家裡的三個學生，加上許紹湘、古阿二，共七個人。紹湘坐下來之後先望望桌上的菜碗，雖則有四盤一湯，但是除一盤醬油燒大魚頭之外，都是素菜。紹湘很想吃飯，這頓飯偏沒有肉。

「聽家嚴說，兩湖豐，天下足，兩湖旱，天下不夠兩湖吃。據說，湖北農產物豐富，肉類也便宜。老師不常吃肉麼？」

「武昌魚好不思家，武昌的魚也不錯，又便宜又好吃。肉已經吃膩了。」

紹湘想：老師這樣地不替我特別多添些菜，為我洗塵，只是家常便飯，那麼本來準備給他的高帽子，看現在情形，也不必奉送了。

「馮驩彈長鋏，對孟嘗君說，食無肉，是不是，老師？」紹湘自誇淵博在背誦《戰國策》，但是章老師笑起來了。

「我記得是食無魚吧，現不是有魚麼，章老師也不是孟嘗君。」一個學生笑著說。

「我記得有不可食無肉的詩，現在想不起來它的出處了。」

「不可居無竹是真的。」另一個學生搶著說。他覺得許紹湘是個妄人。

「老師在武大擔任什麼功課？」紹湘轉了話題。

章老師告訴他，他是擔任文學概論和英國文學史。紹湘又問，在學生裡面有沒有會創作的能手，因為受章老師和名作家的于德芙兩人薰陶之後，必有後起之秀吧。

「沒有什麼大了不起的作家，比較出風頭的有兩個人，一個是洪偉發，一個是劉泰祺。」

章老師又告訴他，劉泰祺急於想在文章上名利雙收，選集了幾篇既成作家的作品，連葉林風的〈姊嫁之夜〉也選進去了，總題名為《黃鶴樓頭》。他在序文中提及了「章教授也贊成」一類的話，葉林風看見後，便從上海來信質問章教授，害得章教授無法答覆。

三

紹湘最後表示，他也是想從事創作，因為聽見郭梅如和于德芙兩人也在武昌大學擔任文學教授，所以來投考武昌大學的。到了武昌，才知道郭梅如根本沒有來過武昌，于德芙又因為在《現代評論》上捧石蘅青，罵了武昌大學全體師生，也給學生轟走了。學生們在壁報上畫了一隻狗，在狗身上寫了「于德芙」三個大字。在那時代，武昌大學學生裡面有不少的革命分子，對於《現代評論》之傾向布爾喬亞，表示非常地不滿意。于德芙沒有看清楚當時的思想潮流，竟跟著《現代評論》當尾巴，所以進步的學生都反對他，並且他還死要擁護西山會議派的石蘅青。

紹湘擔心他的國、英、算成績趕不上兩湖子弟，考不入選，章教授便勸他可以投考三道街的武昌商科大學。武昌有商科大學，紹湘是今天才聽見，問了問校長是誰、教授的陣容如何；章教授告訴他，國立商科大學校長是有名的郭大基，教務長是周弗害。原來周弗害是一個善變的分子，在日本京都大學未畢業便回到國內來出風頭，在中山大學當社會學教授，憑他一把口才，便獲得了學生的歡迎，一躍而為名教授了。因為他加入了西山會議派，鄒亥濱校長下了臺後，陳功坡繼任中山大學校長，周弗害便被開出來了，周弗害失業後，便到北京去求比較憲法專家王斯杰教授，王教授便介紹他給郭大基，所以他在國立武昌商科大學當教務長。

國立武昌商科大學名為國立，實際除了有一座校舍之外，毫無固定的經費，只由校長東拉西扯，暫維持教職員的伙食費，至於薪水權記在帳簿上，容後補發。

國立武昌大學的社會學教授李人傑，是李書城將軍的兄弟，他和周弗害是曙新期共產黨的同志，所以兩人非常要好。李人傑和章幼嶠是日本東京國立大學的先後同學，他告訴章幼嶠他的專門是土木工程，但他是盡棄所學來研究社會學了。由李人傑的介紹，章幼嶠也和周弗害認識了。因為國立武昌商科大學的薪水無著，周弗害的生活頗難支持。李人傑便和章幼嶠商量，共同介紹弗害來武昌大學擔任三個鐘頭的社會學。

「你們歷史社會系的事情，用不著我來出名介紹吧。」章幼嶠不想拒絕李人傑的要求。

「開教務會議的時候，你要出來贊助一下，那批老教授便不會反對了。單我一個人提議，他們和我有惡感，一定難通過。」李人傑將把要章幼嶠幫忙的理由坦直得說出來了。章幼嶠只得答應了。

原來武昌大學的校務都是操於老派教授的手裡，老派的首領是大名鼎鼎的黃季剛。李人傑是新派，老派的教授們當他是一個危險人物。在那時代認為有「社會」兩個字的就是危險的思想。黃季剛說，有主義的人物就是危險的人物，不管他是主張三民主義或共產主義。當時老派教授們的思想是這樣落伍的。章幼嶠因為發表了幾部著作，老派不能不拉攏他，所以要買他的帳。周弗害能夠進武昌大學當一名講師，雖說是由李人傑提出，但如果沒有章幼嶠的支持，周弗害便不容易在武昌大學每月拿大洋四十八元的薪水。

章教授又告訴許紹湘與古顯群，考試的各科題目並不頂難，唯一的難關是國學大師黃季剛的國文，他所出的題目都是不知出自何典，並且他的脾氣又刁鑽古怪，投考學生多數是交白卷的，能夠得他批給十分的成績實在是鳳毛麟角。

國文、英文、數學三場考過了後，紹湘和顯群都覺得章教授所預言的一點也不錯。

「老師，英文和數學，我們自信還不十分離題，只有國文可以說差不多等於交白卷，老師有補救的辦法沒有？」紹湘哭喪臉地告訴章教授。

「有什麼補救辦法呢？」章教授歪著頭想。

紹湘要章教授去和黃季剛教授說情，多給一些點數他們。這個辦法真是難為了章幼嶠。因為黃季剛對章幼嶠的感情還沒有恢復。

四

民國十四年暑假，石蘅青校長把黃季剛教授退了聘。黃教授是湖北唯一的名士，在文化界的潛勢力甚大，他宣言，外省人想在湖北教育界吃飯，必須知道有黃季剛這個人不能得罪。在民國十四年的上半年，黃季剛要求章幼嶠加入他們的戰線，好叫石蘅青開步走。但是章幼嶠拒絕了，表示不偏袒任何方面，取超然的態度。因此，黃季剛生氣了，恨章幼嶠恨得入骨髓，他叫和章幼嶠同系的教授來警告章幼嶠。

「問章幼嶠是不是還想在武昌吃飯！」

「欠薪欠得一塌糊塗的這個窮教員飯碗早就不想吃了，由漢口每天有輪船開往上海，鄙人行李簡單，想來去飄然；所不即脫離武大者，因本系只有我一人唱獨角戲，若我再擺脫，這一系的學生未免太可憐了。」

果然，黃季剛也奈何章幼嶠不得。

但是到了去年冬，黃季剛在校外驅逐石蘅青校長的運動竟成功了。石蘅青被附中學生縛在椅子上打了耳光還不算，並且被逼當場簽字自願辭去校長的職務。

石蘅青去後，教育部看見武昌大學的學風囂張，也不敢另發表校長了。武大校長便虛懸起來，奉部令由教授會暫時維持，當開教授會議的時候，由黃季剛系的某教授提議須復聘黃季剛教授回校，在座的教授哪一個敢反對。第二天國學大師黃季剛就呷著香煙，肩胛下挾著兩部線裝書，搖搖擺擺回來武大上課了。

在校中，他每看見章幼嶠，便遠遠地預先仰頭天外，不和章幼嶠招呼，兩個人一個臉向左，一個臉朝右，失之交臂地走過去。學生看見了，都在哈哈地笑他倆的名士派表演。

到了六月杪，放暑假了，因為招考新生，組織了招生委員會。第一次開會，黃季剛和章幼嶠都遲到。黃季剛還算趕上了會議，等到章幼嶠到來的時候已經散會了，但是各教授還坐在會議室裡談笑。當時幼嶠踏進會議室裡來時，生物學教授費鴻年先哈哈地大笑起來，其次是物理學教授沈懋德也跟著大笑，他看看黃季剛坐在一把椅子上，右腿架在左腿上，臉朝天花板在不住地吸香煙，他像不屑看章幼嶠一眼。

「你們笑什麼！開過了會嗎？」章幼嶠問他們。大家更哄笑起來。黃季剛便站了起來，從几上拿了他所帶來的兩本線裝書，挾在肩脅下，搖搖擺擺地走出去了。

黃教授走了後，他們才告訴章幼嶠。剛才開會的時候，因為他，鬧了一個笑話。當他們討論到國文題目的出題和國文卷的評閱的人選問題，因為黃季剛還沒有來便決議了一個議案：國文考試，文言由黃季剛教授擔任，白話由章幼嶠擔任。後來黃季剛來了，看了這個決議案便大發雷霆，大罵章幼嶠了。

「我是國文學系的主任，誰敢來侵犯我的許可權，章幼嶠也有資格評閱國文的試卷？他寫的幾篇小說，簡直是爛屎不通！充其量，一篇〈梅嶺之春〉而已。」

大家便把這個議案取消了，沈懋德教授也向黃季剛解釋，這個議案並沒有徵得章幼嶠的同意，實在他們決議的，章教授並沒有侵犯國文學系許可權的野心，也並不是自動地想去盡這個義務。經沈教授解釋之後，黃季剛還是氣憤憤地滿臉地不高興，但是他不再吵了。

章幼嶠把當日開教授會的情形告訴了紹湘和顯群之後，便說：「你們想，我就去向黃大教授作揖鞠躬，他也未必答應我的要求吧。萬一，他不單不答應，並且把我私託的事情傳揚出去，我的名譽便送終了，更給黃大教授以攻擊的機會了。」

「那麼，我們只好捲被包回家去看牛了。可憐父親異常心痛地賣了他的十五擔的稻穀。老師，我真是無顏見江東父老啊！」

「我哥哥也因為我典了一畝田呀！」古顯群也快要流淚般地說。

看著他們的窘狀，章幼嶠沉吟了一會，便想為這個中學時代的門生，我就背上這個十字架呢。

五

他知道黃季剛的脾氣，今晚上一定在學校裡批閱國文試卷，非到十二點鐘不回去。吃過了晚飯，章幼嶠便到學校裡去。問了茶房，他知道了黃季剛在總務長的辦公室裡，門起房門，在批閱國文試卷。

「我進去和他說兩句話好麼？」幼嶠笑著說。

「黃教授關照過了，任何人來看他都要回掉，關防嚴密。」茶房笑著說。

「讓我進去望一望吧。」

對於章教授，總辦公廳的茶房也不敢十分擋駕，他只說：「黃教授脾氣大，如果他罵我們茶房的時候，章教授要替我們說個情。」

「那當然！這是我的責任。」

茶房又跑到章幼嶠身邊，低聲地告訴章幼嶠說：「曾教授也關照了我們，不可以讓黃教授會客，如果由外賓來看黃教授要去報告他。」

曾教授是由教授會公推的考試委員會的主任委員，他對於黃教授總有點不放心。因為這次考試，考生們還沒有進場，外面的一部分考生早知道國文的試題了。曾教授忙跑去會黃教授，質問他這次的國文試題何以會洩露出去。黃教授半晌沒有話說，馬上改變了題目當面交給曾教授，並且說：「我的兒子在附中畢業了，本來想叫他投考大學部的，現在不讓他升學了。」黃教授歎了口氣。

「這是曾教授不能信任黃教授的理由。按從前的慣例，考試委員都要齊集在大辦公廳裡，上午由九點至十二點，下午由二點至五點，共同閱卷。黃教授卻反對這種規定，他說，第一因許多人齊集在一起，他不能靜心閱卷，第二，因為天氣這麼熱，他不能衣裝整齊地做這個工作，他要打赤膊，不穿鞋襪，才更夠運用他腦力。他要求由下午三四點鐘至晚上十二點，讓他一個人關在一間房裡批閱試卷。曾教授也只好答應他的要求，叫了兩個茶房伺候他。」

章幼嶠走到總務長的辦公室門首，弓著半身從門縫裡向裡面望了望。他看見黃季剛穿著一件黃麻背心和僅遮著大腿部的白竹布短褲，雙足蹲在椅子上，一面在抽香煙，一面批閱試卷。章幼嶠想敲門，但又沉吟著，他只感著胸口在拍拍地跳動。

最後，他決意敲門了。輕輕地敲了兩響，他再從門縫裡望了望黃教授的態度，黃教授在裡面，滿面怒容地翻過頭來望著房門。章幼嶠看見他的黃黑色的臉，尖削的下巴，微向外露的兩顆門牙，陷進眼眶裡的雙睛。章教授看見他的那副尊容之後，又有些膽怯起來。

「哪個？」黃教授的怒吼。

「我！」

「你姓什麼？」黃教授尚未聽清楚是章幼嶠的聲音。

「我姓章……」

這趟，黃教授聽明白了立在門外的是章幼嶠，他雖則滿臉的不高興，但還是走過來把門閂一拉，房門便開了。

章幼嶠向黃教授作了一個揖，便先開口：「季剛先生，很久以前就想來拜候……」

「用不著多禮，我已經搬了家，靠近曇華林那頭，太遠了。的確我們難得一個機會來詳細談一談。」

黃教授的臉色和緩得多了。章幼嶠除下白夏布大褂，坐下來，茶房跟著進來送了一玻璃杯的龍井茶。

六

黃教授最先就問起章幼嶠的生活近狀。章幼嶠回答他，現在是靠稿費來維持生活，學校方面三四個月發不出一個月的薪水，等於完全盡義務了。

「學校前途大概沒有什麼希望了，我想辭職回廣東或上海去賣文章過日子……」

「不好，不好。你辭職不得，你一走，你那系就垮臺了，也害了學校。欠薪遲早是要發的，政府不能置之不理。換句話說就是把錢存在政府金庫，日後整批地發還我們。」黃教授對於學校的前途是抱樂觀主義。

「不過，聽說廣東的新政府就要誓師北伐了。」

「那是謠言。就算是真的事實也是烏合之眾，何況岳陽天險，哪一次的北伐能夠攻陷岳州！並且還有賀勝橋、汀泗橋，都是一夫當關，萬夫莫開！那些所謂北伐軍都是赤色主義的軍隊，不會得我們兩湖人民歡迎的。」黃季剛先生思想上是這樣落伍的。對於總理的三大政策，他還不甚了了。我想說，共產黨如果不違反三民主義，是應該共同協力革命的。所謂「外抗強權，內除國賊」的口號已經是十二分落伍了，拉這些伴食中書，有什麼意義！但是我又忙忍住了，恐怕傷害了黃教授的感情。

「幼嶠，以後關於學校的一切問題，你跟我商量好了。我們合作，任何人都反對不了我們。我們要和武大同生死！」

「是的，是的！」章幼嶠想，原來黃季剛教授是一位知己，他是需要他做群眾。

章幼嶠向他表白，那天招生委員會的決議案，實在沒有預先徵求他的同意。

「不要說了，不要說了！我本來很高興你來幫我的忙。你看，試卷還有一大堆，我實在精神有限，恐怕來不及了。真的，你來幫我評閱文言翻譯白話那一部分好麼？」

章幼嶠笑著向他作了一揖，敬謝不敏。他們再談了一些有關學校的事情之後，章幼嶠想，現在該轉入正題上去做文章了。

「季剛先生，我有一件事情，想請你幫忙。但我又是考試委員之一，在良心上實在難於啟齒。」

黃教授的直覺力很強，知道章幼嶠的來意了。他指著既閱和未閱的幾堆試卷對章幼嶠說：「你試找找看，把你的學生的試卷找出來給我看看，如果是交白卷，那就沒有法子可想。」

章幼嶠再三表示他在良心上的難堪。

「不要緊！由另一方面說，這也是我們文人的美德。我可以告訴你一件故事，你聽了之後，就不會感覺慚愧了。黃梨洲晚年就為他的兒子有過這樣的事情。清初某學使來到浙江黃梨洲的故鄉，再三去拜訪梨洲，梨洲都是擋駕。但是有一天，梨洲卻在夜間扶杖來回拜這位學使，並且以他的兒子入庠的事情，要託這位學使特別照拂，欲為其子一青其衾以延續書香，這就是梨洲老先生的苦心。以理學聞名的黃梨洲先生為其子，尚如此。你為門人，更無問題了。」

聽了黃季剛先生所說的故事之後，章幼嶠的胸口就輕鬆得多了。他流著汗水把幾堆卷子翻了半天，心裡愈急，便愈不容易找著那兩本卷子。最後他找著紹湘的試卷評點是九分，古顯群的試卷評點是十三分，他拿了這兩本卷子過來給黃教授看。黃教授再把這兩本卷子的內容再翻閱了一下，他說古顯群的作文比許紹湘還要老練，說著在古顯群試卷面的「十三」之上加上一個「二」字，在紹湘試卷面的「九」字之上再加上一個「十」字。

章幼嶠一面流汗，一面向黃教授再三作揖。黃教授也表示十分地高興，因為他相信今後在教授會議上，章幼嶠一定是擁護他，做他的得力的援兵了。他並沒有預料到當時的武漢三鎮完全給低氣壓籠罩著，暴風雨快來臨了。

七

第二天，開最後一次的考試委員會，關於所錄取的新生做最後的決定，以便揭曉。各委員都先後到齊了。只差黃季剛教授尚未到來。經過了兩點鐘，曾教授便立起身來宣布開會。費鴻年坐在章幼嶠旁邊，咬著章幼嶠的耳朵低聲地告訴他：「在這裡開會就簡便多了。若是在廣州，開會之前，必須全體肅立，聽主席恭讀總理遺囑。久了之後，便流為形式了。」

「什麼叫做總理遺囑？」章幼嶠對於總理遺囑，真是從沒有聽見過的新奇的名詞。

「你這個人真是落伍，連中山先生臨終時的遺囑都不知道。」

「啊！」章幼嶠臉一紅，便問費教授，「遺囑的內容是怎樣的？」

「我背也背得爛熟了，等散會之後抄出來給你看吧。」費教授說著，臉上表示著有點得意之色。

原來費鴻年和周弗害都是因為鄒亥賓校長下臺，給左派驅逐出來的，由章幼嶠的介紹，武大便聘他為生物系的教授。他攜著一位日本夫人和全房家私由五羊城搬到武昌的蛇山之巔來了。這是章幼嶠害了他，因為他來武昌不滿兩個月，北伐軍就進逼武昌城了。他是驚弓之鳥，丟了一切家私，攜著日本太太，再由武昌逃往上海去了。此是後話。

曾教授立起來剛說了幾句話，就看見黃季剛教授匆匆忙忙地跑了進來，口裡連叫「昭安！昭安！」昭安是曾教授的名字。

「昭安，且慢開會！我有一個要求。」

大家看見黃季剛的臉色蒼黑，緊鎖眉根，好像有一件了不起的重大心事，也都在注意聽他到底提出一個怎樣的要求。

「什麼事？」曾教授態度嚴肅地警戒著，臉色沒有絲毫的笑容。

「昨夜更深回去，我的太太向我說，要我答應她一個要求，不然她就要對我怠工了。」

大家聽到黃教授說到這裡，不僅轟然起來了。只有黃教授和曾教授兩個人臉上毫無笑容。

「昨天下午，我在學校裡閱卷沒有回去，有一個省立女師畢業生走來看我的太太，因為我的太太也是省立女師畢業的，那個女師以後輩同學的資格託我的太太向我通關節，她說國文的成績最壞，要求我多幫點忙。我說試卷是密封的，怎麼能夠查出她的真姓名呢。我的太太說，她的作文第一句是『我自女師畢業後入社會以來……』，並問我看過了這本試卷沒有。我說，的確有這本不通的卷子。我的太太說，雖然不通，但是給了她多少點數。我說，給了她一個大鵝蛋！我的太太聽見後，不依，要求我定要給她一個面子，因為她已經答應了那個女生的要求了。我說試卷都交上去，給大主考了……」

他說到這裡，拍了拍曾教授的肩膀：「沒有通融的辦法了。我那個黃臉婆才厲害，她竟和我大吵起來，說這樣小的事情，都不能替她做一個場面，太豈有此理了！若不答應她的要求，她就不許我上床！所以請諸位原諒，讓我給那個女生十點的成績。」

「那怎麼行？這完全是兒戲了！」曾教授表示堅決地反對。

他們便激烈地爭論起來了，各教授都感覺著這個問題的不容易解決，揚著首發癡。

「那麼，我這個教授也不要當了。及格新生的國文試卷讓我拿回去吧。」黃教授說著伸出手來，從臺上抓了一大疊試卷，夾在肩脅下，立起身來，要走了。

最後由各教授商議了一個解決的辦法，即先查那個女生的其他學科的成績及平均點數，有沒有入選的希望。如果成績優良，就讓黃教授給她十點的國文成績，如果沒有及格的希望，就給二十點也是枉然。黃教授也表示服從這個聰明的折中案。

「這種學生當然不會有好成績的！」曾教授這時候才笑起來了，他立即著手去查這個女生的成績。結果，查得這個女生的平均點數的順序在二百名以外。錄取新生的額數僅一百二十名，那個女生當然無入選的希望了。

此時黃季剛教授也不響了，他只在抄這位女生的其他各科的績點，因為他要向他的太太銷差。

八

國民政府的北伐軍已經從革命策源地的廣州出發了。在蔣總司令指揮之下，以破竹之勢，長驅入湘。由湘南的第八軍軍長唐生智的回應，不久便攻陷了長沙，趙恆惕督軍逃往上海去了，部隊交給賀耀祖統率，也敗退至鄂贛邊境，武穴附近一帶地方了。攻陷長沙的是第八軍的師長劉興和李品仙。至於當時最得力的北伐部隊還是第四軍（軍長李濟深）的第十師（師長陳銘樞）和第十二師（師長張發奎）。黃季剛教授所謂岳州天險，也因第十二師的第三十六團（團長黃琪翔）先攻陷了平江，就很快地被陷落了。

當時的湖北督軍是陳嘉謨，當北伐軍進展至湖北境內的時候，曾通電全國，文中有「大軍一至，不難靖彼赤氛」的句子。所謂「大軍」是指吳佩孚大帥即將轉旌南征，因為他當時尚在北方，聯合張作霖大帥的奉軍，與馮二將軍鏖戰於古北口。他們雖則把馮二將軍的勢力從北京驅逐出去了，但是北方的權力全落於奉軍掌中，吳佩孚一無所得，又因陳嘉謨告急的電報如雪片地飛來，他只得南下。

原來吳佩孚認為北伐軍只是烏合之眾，而蔣介石在當時又是一個未見經典的人物，故始終抱有一個偏見，以北伐軍為不值一擊。等到平江陷落，岳州又告失守的消息傳來，吳大帥才著急起來，星夜乘京漢車趕回湖北。豈知，當吳大帥高臥在京漢路的臥車裡面的兩晝夜間，北伐軍已經衝入賀勝橋來了。吳大帥剛從大智門下車，立即過江至武昌，率陳嘉謨的第二十五師趕赴賀勝橋督師，在後方排列機關槍，以示濟河焚舟，有進無退的決心，吳大帥正在和前面的北伐軍三十六團酣戰，料不到葉挺的部隊忽然從後面掩殺過來。賀勝橋一役，吳大帥幾乎陷於割鬚棄袍的窘境了。賀勝橋失守後，其間無險可守，國民革命軍長驅直進，抵達武昌城下，駐紮南湖。吳佩孚在漢口設總司令部於後城馬路的南洋煙草公司大樓，下令陳嘉謨、劉玉春死守武昌城。從八月三十日起，武昌遂陷於籠城的狀態中了。

九

章幼嶠從報章上看見這次的北伐軍新設有兩個機關，一個是「國民革命軍戰地財政委員會」。前者的主任是鄧演達，後者的委員長是陳功坡。章幼嶠便想，軍隊機關裡怎麼又設有政治機關，到底軍管政，還是政管軍呢？他對於鄧演達這個未見經典的人物也極生疏，不知道他有怎樣的經歷。許紹湘平時喜歡談政治的時事，他看輕章老師是一個埋頭書堆裡的學究，便常常編出許多新奇的故事來告訴章幼嶠。他告訴章老師，國民黨已經改組了，開過了第一次全國代表大會，也發表了宣言；他又告訴章老師，現在是國共合作，秦晉一家，實行總理的三大政策，農工商學兵，聯合起來，同立在一條革命的戰線上了。許紹湘說得津津有味，章老師也聽得津津有味，所以又多買些肉來請這個學生吃個痛快。

「軍隊裡的政治部管理什麼事情的？」章教授很想從這位高足這裡獲取一些革命常識。

「比方說，北伐軍占領了的縣份，必須委派縣長和處理其他有關政治的事情，都歸政治部辦理。」其實許紹湘對於政治部的性質，還是半通不通的。因為章幼嶠對於這一套更外行，所以相信許紹湘的解釋，點了點首。

「那個鄧演達是哪一省人，有什麼經歷？你知道麼？」

「蔣總司令是浙江人，鄧演達當然也是浙江人，他是留學莫斯科中山大學的畢業生。」

這是許紹湘的彌天大謊了。

十

章幼嶠和其他教師大都搬到對岸的漢口來了。從漢口看北伐軍前仆後繼，激烈地攻擊武昌城，由夜晚六七點起至黎明之間，手榴彈和大炮的音響終宵不絕。居住在漢口的人們哪裡知道關在武漢城中的同胞的痛苦，真可以說是「隔岸觀火」。

章幼嶠在這時候，第一次看見北伐軍有投彈和發散傳單的飛機，英帝國主義也對北洋軍閥供給了高射炮，不過飛機投彈和高射炮的轟射飛機罕得表演，在圍攻武昌城的四十天當中，不過表演了二三次，都是在下午三四點鐘的時候。

武昌城尚未陷落，國民革命軍先占據了漢陽兵工廠，當晚便駐進了漢口。吳佩孚臨逃的時候，仍下令劉玉春和陳嘉謨必須死守武昌城以待他的援兵。

全漢口市，遍貼著革命軍的標語了。「打倒禍國殃民的北洋軍閥！」、「打倒英帝國主義！」、「完成國民革命！」、「打倒土豪劣紳、買辦階級！」、「農工商學兵聯合起來！」就中有一個標語是「打倒投機分子」，它對於章幼嶠的影響是十分深刻。

有許多同事和學生都來看章幼嶠，告訴他，鄧演達是他的同鄉，把握著湖北的軍政大權，問他和鄧演達認識不認識。因為當時蔣總司令又發表了鄧演達為湖北政務委員會的主席、陳功坡為江漢關監督。所謂政務委員會的主席等於今日的省府主席，同時又發表鄧演達為總司令武昌行營主任。在當時年僅三十歲的鄧將軍真是聲勢赫赫，炙手可熱，其地位之尊幾可以與總司令比肩了。所以同事和學生都勸章幼嶠要去拜訪鄧演達。

過了幾天又有學生來報告，郭沫若是現任總司令部的宣傳科長，住在後城馬路南洋兄弟煙草公司的五層樓上。他說，不能拜訪鄧演達，像郭沫若這位朋友，總該去拜望拜望吧。

「你不看見滿街貼著打倒投機分子的標語麼？」章幼嶠躊躇著，他實在不想去拜訪這些新人物，他直覺著這樣的革命未必能夠成功。因為他們革命黨人來了一個多月了，還是到處亂糟糟的，除到處開民眾大會，遊行示威和貼標語、呼口號之外，並不看見他們做出半點切實的事情來。

「你第一次只是去拜訪拜訪他，又不是向他求職，怎麼可說是投機分子呢？說老實話像政治部的宣傳工作，對於先生這樣的人才，真是求之不得。就由先生方面說，也是自動參加革命，為國效力，怎麼能說是投機？」

但是，章幼嶠是深知他自己之無能，他除教書和寫文章之外，確實是等於廢物。所以，始終提不起勇氣去拜訪那批新人物。

在那時候，章幼嶠又看見有蔣作賓和田桐出任湖北正負宣撫使節的布告。他真不明白宣撫使和湖北政務委員會又有怎樣的區別。後來問總政治部裡的人，才知道蔣作賓和田桐是有名無實的宣撫使，因為他們是屬於西山會議派。

到後來章幼嶠又發現有奇怪的標語了，那就是：「革命的向左邊來，不革命的滾開去！」、「不革命即是反革命！」——章幼嶠便想，這個標語倒是投機分子的救星了。不革命即是反革命，那麼，當然是要求人人自動地參加革命了。他想，與其被指為反革命，毋寧被誤解為投機分子還上算一點。於是章幼嶠便決意參加革命了，但又擔心找不到門路，所以還是暫時不動以待機會。他又想，有許多知識分子，每天留著臭汗，浴著烈日，老遠地從廣東跑到武漢來，他們的目的是什麼呢，無非是想做官和發財吧。「革命者驅逐舊的官僚，取其地位而代之之謂也。」他是安坐在漢口，連一句口號也沒有喊過，一張標語沒有貼過，一張傳單沒有散過，等他們打到武漢來了，便想國民革命！豈不慚愧？

其次，他非常膽小，擔心北洋軍閥會捲土重來；他的真的膽小至於神經過敏的程度，他想還是暫時取旁觀的態度的好。因為張作霖的軍隊正結集在河南的京漢路上。加以長江下游，尚有孫聯帥的勁旅，在取黃雀的態度。國民革命軍勞師遠襲，能否再接再厲，逐個擊破孫聯帥和張大帥的大軍，頗屬疑問。北洋軍閥對於革命黨的處置是非常殘酷的，而武漢一般的守舊分子和安分守己的商人，都在做惡意的宣傳，國民革命軍完全是共產黨。若問他們，共產黨到底是什麼，他們又莫名其妙。他們聽見「共產黨」三個字，只是談虎色變。這也是延遲了他投機參加國民革命的一個原因。

十一

在當時，的確難怪一般人士不能明瞭共產黨和改組過了的國民黨的區別。在那時候，一樣的薄薄的冊子，裡面所載盡是孫中山先生前前後後寫給蔣介石先生的信，其中有一項，孫總理明明寫著「民生主義即是共產主義」。其實這兩種主義都是主張平均分配財富，沒有太了不起的差別，主要的關鍵還是在執政當局的實行決心和實行方針的程度了吧。

章幼嶠逐漸認識了幾個新從廣州穿草鞋走到武漢來的同鄉青年了。這批青年無疑的是「向左邊來」的分子。

「鄧演達是不是共產黨？」章幼嶠曾問過這些左傾的青年。

「……」他們只是笑笑。但是有一個口直心快的卻率直地回答章幼嶠說：「鄧主任的思想，還差得遠呢！章教授，你如果急起直追，不單可以趕得上鄧主任，也可以趕得上郭宣傳科長！」

這位青年的論調卻把章幼嶠嚇了一跳，雖則承這位青年給了他一頂高帽子，但是他始終不相信他會有資格趕得上鄧、郭兩位政治部裡數一數二的要人。他想，除非把他的姓氏旁邊也加上一個左耳朵，或許可以被編為和他們同類吧。

這批「向左邊來」的青年對於鄧、郭兩要人的觀察雖然不怎樣地離題，但是對於章幼嶠的觀察卻有點脫軌了，難怪他們後來又從左邊向右邊「滾開去了」。

有一天，章幼嶠到一位同鄉家裡去閒談。這位同鄉姓劉名學真，是一位專門皮膚花柳科的醫生。章幼嶠會著了劉醫生後，才知道他正在新政界中活動得很起勁。他本來是迷信吳大帥，反對赤氛北侵的一人，但是看見青天白日滿地紅的國旗掛滿了全武漢市街之後，便也赤白不分地，每天都向南洋大樓跑了。他是想運動當特區的醫生。

「老章！你這個笨鳥！你還沒有弄到一個革命官來做做麼？在革命軍裡面，那些巨頭個個都問及你。你怎麼還死在家裡幹什麼？」

「想翻譯一篇小說寄到上海去，換點稿費來維持生活。」

「有做官的機會，不出去做，寫什麼小說，簡直是一個大傻瓜。郭沫若天天在打聽你的行蹤，不是想叫你做官，還打聽你的消息麼？」

「我真想去看看他，他住什麼地方？」章幼嶠聽見郭沫若打聽過他的消息，心裡又有點活動起來了。

「走，走，走！」劉醫生便催章幼嶠一同走，是很熱心在希望著章幼嶠能夠在新政府裡找得一官半職。

「到什麼地方去？」章幼嶠低下頭來看了看自己身上的一件嗶嘰袍子，似乎褪了色，有點貧相。

「總政治部去！你可以找郭沫若做後臺，馬上可以進總政治部。郭冠杰、梁伯涵都在裡面當少校編譯，一個是法文，一個是德文，你也可以去幹一個日文的！」劉醫生說起話來，無論什麼時候都是這樣亂糟糟的。

「我哪裡夠資格呢？」

「大學教授還不夠資格？有郭沫若做後臺，在總政部裡面，同鄉人又那麼多，將來你一定是個紅人！以後大家要互相幫忙啊……」

劉醫生不倫不類地說了一大篇，章幼嶠也沒有心思去聽，他只跟著劉醫生從法租界的巴黎街，走出後城馬路，便一直朝西跑。在途中章幼嶠一面走，一面感著一種不能言喻的痛苦，因為他想，此行目的到底是什麼呢？深想一番，動機實在不堪告人。真的參加國民革命麼？自問是毫無這種熱情。那麼，為的是什麼？不是求職業、討飯吃麼？此行很明瞭的是跡近鑽營了。他把心裡想的告訴了劉醫生，並且表示他深感慚怍。

「你真是個腐儒！總政部裡的人哪一個不是想升官發財的呢。說鑽營，哪個不鑽營！你想今日有人對你三顧草廬嗎？休想！我們要學伊尹，治亦進，亂亦前，左亦進，右亦進，不久便可以成為國民革命的老前輩！」

「但是，北伐的兵士，埋骨在武昌城下的就不少，我們沒有流過半點汗血，只是坐享其成，這是不免令人感著慚愧的。」

「迂腐之極！古代的英雄豪傑，如像越王勾踐、劉邦一類的偉人，哪一個不是先要叫一批兵士去送命，把他們的屍體鋪好了坦蕩的大道，然後讓這位英雄踏著這堆如山積的死屍上面威威武武地走過去。我們的心沒那麼黑，所以不能成為偉人！」

章幼嶠覺得劉醫生的論調真有點駭人，不禁又自慚起來，因為他覺得他自己在某一點確是近於淺薄的人道主義者了。現在他承認了不會叫他人為自己犧牲的人，絕不能在中國政治上有所成就的。

章幼嶠跟著劉醫生到了南洋大樓五層樓上，先找同鄉郭冠杰。這位郭少校是有點神經變態的人物，但是為人卻很爽直。他剛從午睡中醒過來，揉著眼睛，他一看見章幼嶠，倒表示十分地驚喜。

「你在做什麼？」劉醫生看見郭冠杰剛從行軍床上爬起來，睡態正濃，就驚疑他們革命的同志何以在這樣緊張的時候，還是那樣逍遙自在。

「做什麼？革命哦！」

「革命？快四點鐘了，你還在睡中覺！」劉醫生嘲笑他。

「革命就是吃飯睡覺，吃飯睡覺就是革命！這個道理，你明白了沒有？」郭冠杰說了後，他自己先笑了。

最後，他告訴我們，他們都是從事編譯工作的人，要從外國的書籍、報章把革命理論和世界革命的情報翻譯出來供大家參考。「現在是軍事時期，外國書報從哪裡來？就是來了，我們也還沒有工作的地方和一切設備。要等到攻進了武昌城之後，搬了過去才有辦法。當局叫我們暫時住在這裡吃飯睡覺，所以我們只好吃飯睡覺！我們的功勞值得稱讚的是雖則是一介文弱書生但總算跟在軍隊的屁股後面，從廣州出發，翻過大庾嶺徒步跑到武漢來了。幼嶠，你看，不容易吧！哈，哈，哈！你這位土豪劣紳，躲在武漢，此刻才鑽出來！」

因為章幼嶠穿著褪了色的灰嗶嘰袍子，臉又黑，身又矮，所以郭冠杰嘲笑他是一個土豪劣紳。當時的革命口號是以土豪劣紳為革命對象的。章幼嶠聽見了後，不覺臉上一紅。他直覺著這位老朋友是在罵他為投機分子，只好一言不發，笑罵由他。

「你不該再裝出那副土豪劣紳的樣子！快出來參加革命嘛。沫若向我打聽你好幾次了，問你還在武昌麼，你到底躲在什麼地方？」

章幼嶠想，原來他們革命先覺者也有意思請他去一同吃飯睡覺呢。

劉醫生很坦直而公開地問郭冠杰替他運動特區醫官的經過如何。因為當著章幼嶠的面，詢及這件私事，郭冠杰有點不願意，便說：「鄧主任飛往武關去了，等他回來了再說吧。」其實誰都知道，鄧演達飛回廣州去了，郭冠杰只是騙騙劉醫生而已。

他們談了一會，劉醫生先走了。郭冠杰便領著章幼嶠到樓下辦公室裡去拜訪郭沫若宣傳科長。

「報告！」郭冠杰走到祕書室門首，忽然發神經病一樣地向著室內，行著舉手禮，吼了一聲。他這一吼，差不多把章幼嶠嚇得要跳了起來。

「進來！」

聽見裡面有「進來」的命令，郭冠杰便向立在他身後的章幼嶠招了招手，章幼嶠便跟了他進去。

郭冠杰看見郭沫若坐在一張沙發上，解去了他的皮綁腿和皮鞋，雙腳架在沙發面前的一張木凳上。

「沫若，我給你介紹一個土豪劣紳！」他指著章幼嶠笑著說。

在祕書室裡有三個祕書，朱代傑、李民治（一氓）和李鶴林。郭冠杰一一替章幼嶠介紹過了。章幼嶠看他們也無甚工作，同樣是吃飯睡覺而已，郭沫若這時是代拆代行總政部的一切公事，所以也坐到祕書室和三位祕書說說笑笑。

十二

章幼嶠這時候，便直覺著革命宣傳工作是可以打一個折扣的，也有一定限度的。宣傳工作達到了某一個階段，必然地會感著疲勞。

郭沫若看見章幼嶠後，覺得他的裝束實在趕不上土豪劣紳，最多算是一個擺拆字攤的先生罷了。

郭沫若和章幼嶠談了一回往事之後，便要章幼嶠加入總政治部當一名東文祕書。章幼嶠聽見後，十分不高興，第一因為他誤解郭沫若是看輕了他，以為他除懂得日文之外便一無所成。第二因為聽說進了總政治部之後，一律要穿軍裝，掛精神帶（斜皮帶，郭沫若所謂五皮之一），章幼嶠對穿軍裝，感覺很難為情。並非他敢輕視戎服，他實在覺得太不夠資格了。

「因為想討兩個吃飯錢，便機械地把猴子服穿上身麼？這在精神上是一件極其難堪的生活！」章幼嶠到底尚是一個迂腐的唯心論者。他始終主張，人生在生活物質之外，還有精神生活。為生活而穿上不願意穿的猴子服，這未免太難堪了。

最後，章幼嶠很不客氣地要求郭沫若，遇有機會的時候，介紹他當一名革命的長衫同志，他實在不願意當一個軍裝同志。

在那時代，誰也沒有預料到當時就是中國將有一大變革的胎動期，這個變革的完成須經過二、三十年乃至半世紀以上也難說。但是這個革命開始動盪之後，絕不會後退，也不會停止，不過偶然難免取曲折的路線罷了。中國歷史正在開始變化，揚棄了舊的歷史，重新來寫新的歷史，用許多青年所流的血液去寫新的歷史——一頁一頁地，不，一行一行、一字一字地寫下去——這個過程是相當緩慢的，但是我們也用不著心焦，忍耐著等吧，遲早總有天亮的一天！等不到天亮的人，也只好自恨命鄙而已。

當時的章幼嶠，當然更看不透這個歷史轉變的過程，他還十二分迂腐地想在大革命胎動期中的極短的微分曲線上找一個安身立命的據點，真可說是癡人說夢。但是像章幼嶠這一類人物在一九二六年前後實不知其恆河沙數。可憐得很，他們哪裡會預覺到他們是正在開始沒落！

他要求郭沫若介紹他到建設廳或教育廳去為革命政府服務。但是郭宣傳科長說，建設廳長是張大慈，他不喜歡張大慈這個人，因為張大慈沒有革命的熱情。教育廳是李人傑，郭沫若答應碰見李人傑的時候，替章幼嶠說說看。

郭沫若認為李人傑對於革命比較有深切的理解，而張大慈則沒有革命的熱情。至於這個區別的標準，只是對於共產黨表示合作與否而已。

有一天，章幼嶠接到郭沫若的一封信，他說，他已經向李人傑提出過章幼嶠的名字，要求他委派章幼嶠做高等教育局局長。但是李人傑回信說高等教育局局長內定了周弗害，等到武昌綜合大學要開辦的時候一定聘請章幼嶠為一名籌備委員。

章幼嶠到了這時候才感覺著「朝裡有人難做官」了。他索性死了這條心，願意當落伍分子，不再想去參加革命了。

「但是，生活呢？」已經失業半年以上的他，對於生活確是感著焦頭爛額了。

有一天，在劉醫生家裡，章幼嶠又碰見郭冠杰，他埋怨章幼嶠不該辭掉那個日文祕書，因為政治部除掉想找一位日文祕書之外，已經有人滿之患了，再沒有空位置可以安插他了，除非改組。

「旱田沒人耕，耕了有人爭！那個日文祕書已經由何健介紹給殷達揚搶去了。」

章幼嶠想，原來在新成立的革命軍政府裡面也這樣的難找工作麼？他很想唯有回廣東去，再想辦法。

章幼嶠有時也去跑跑南洋大樓，但都沒有找著郭沫若，只找郭冠杰和其他幾位同鄉談談天而已。有一次他跑到五樓上，看見周弗害正在跟郭冠杰對坐著談話，他看見章幼嶠似乎有點不好意思。章幼嶠倒不覺得怎樣，只坐在旁邊。

「鄧主任對於我的意見，怎麼樣了？」周弗害問郭冠杰。

「大概沒有什麼不好吧。不過，吳大帥的餘孽還沒有完全打倒，張大帥的大軍又想南下了，並且長江下游還有孫聯帥。鄧主任對於軍事已經忙得睡覺的時候都沒有，總政治部的事，他也無暇兼顧，完全交給郭沫若了。對於閣下的出處問題恐怕根本上沒有想到吧。」

周弗害聽見了郭冠杰這幾句話，雙頰微紅，表示著尷尬的神氣，只望著章幼嶠笑笑。

章幼嶠觀察他們的談話，知道周弗害想從郭冠杰打通鄧主任這條路線，周弗害到底比章幼嶠有本領，他明瞭在總政治部裡面，誰是共產黨系的人物，誰不屬共產黨系的人物，活動能力也大得多了。

最後，周弗害不得要領地先走了。不知是什麼道理，郭冠杰對章幼嶠的態度也忽然冷淡了下來。因為他看見郭沫若不著急為章幼嶠找工作，所以也覺得章幼嶠這個人並沒有多大的用處了。

雖則是仲秋天氣，但是時晴時雨，總是不十分明朗化。這種天氣更增加了章幼嶠的懊惱。他從總政部出來，天氣又陰沉下來了。一陣陣的涼風，掠在他的臉上，他感著衣裳的單薄了。

他在後城馬路上，漫無目的地躑躅著。他想，革命快成功了，他卻無處吃飯了。

「幼嶠老師！」

聽見有人在後面叫他，章幼嶠快回頭一看，原來是許紹湘，在他後面還有一個男學生和兩個女學生。章幼嶠認得男學生是張濱洲，那兩個女學生，章幼嶠卻不認識。張濱洲從前也是常到章幼嶠家裡來吃飯，但是近來有一個多月不來了，今天看見章幼嶠，不免有點難為情。那兩個女學生，經許紹湘介紹之後，只向章幼嶠點點首，似乎很看不起章幼嶠，態度十分驕傲，只因她們認識章幼嶠是在北洋軍閥底下的教書匠。

「章先生是鄙人中學時代的老師，當代文豪！嘻，嘻，嘻！」許紹湘的態度，對章幼嶠也帶幾分揶揄的成分了。章幼嶠便想，一個人一倒楣下來，狗也會加以欺侮的。

「你們到哪裡去？」章幼嶠隨便問了一問。

「現在正是持螯賞菊的時候，我們想到交通路廣東酒家去吃醉蟹，老師今年還沒有嘗螃蟹的滋味吧。嘻，嘻！」

章幼嶠很驚奇，覺得許紹湘對他何以忽然這樣放肆了，也有點刻薄，他竟不說一句，請老師也一同去吃螃蟹。

他們別了章幼嶠，便嘻嘻哈哈地，趕在章幼嶠前面朝東走去了。

「沒落了的知識階級！」一個女生姓林名毓華的笑著說。

「不能就這樣說，章教授不參加革命便罷，參加了之後，也許比我們更努力、更有成績呢！」另一個比較漂亮的姓金單名雯的女生，對於章教授的批判卻不像他們那樣地刻薄。

「不行了！章教授是不行了，快交四十歲的人，已經近老年了。現代革命的責任全在我們二十五歲以下的青年肩膀上，像章教授那樣的老人是不會革命了的。按照不革命即是反革命的理論，章教授必然地要流入反動的陣營裡去的！」

「許同志的理論絕對正確。我們的革命陣營裡絕對不能容納中年以上的反革命的人物。」林毓華也在指手劃腳地發揮她的高見。

章幼嶠在回家途中，意外地受了那些學生的奚落，也不擺在心上，一個人獨自回到家裡，吃過了貧弱的晚餐之後，仍然在繼續寫他的一篇文藝創作〈冰河時代〉，打算脫稿之後投到《東方雜誌》上去發表，想換點稿費來維持失業期中的生活。

第二天下午，章幼嶠覺得悶坐在家裡，十分無聊，便又想出來走走。他住在龍門廟附近的會館裡，沿著前花樓大街一直朝東走，到了歆生路，便是英租界了。他走到一家日本人開的藥房兼書店的思明堂裡來，看看有什麼新出版的日文書籍可做參考的沒有，他特別想找點社會主義的理論書籍來研究研究，免得給那批思想前進的青年罵他是反革命。無疑地，章幼嶠是落伍分子，因為在那時代，他還不甚明瞭蘇俄的情形，列寧是怎樣偉大的人物，他一點也不知道，更不認識所謂史大林和托洛茨基兩個人的名字。在他眼中，蘇聯好像不是在地球上的一個國家。

他剛踏進思明堂，便看見郭沫若也在書架前物色社會科學一類的書籍。現在他回想起來，在當時郭沫若的革命理論也還貧弱得可憐。章幼嶠指著書架上的一套《社會問題講座》問他：「你讀過了這部講座沒有，內容怎樣？我也想買一部來學習學習。」

「在廣州，我買了全套，大概都翻過了，內容沒有多大的意思。裡面的材料大部分是改良派的理論，多是屬考茨基學派。」郭沫若一面翻書，一面對章幼嶠說。

章幼嶠聽著，一點也不明白。他又想，改良派當然是把壞的理論改良成好的理論，何以又不足取呢？馬克思主義是一種怎樣的主義呢？

章幼嶠便把他所懷疑的問題提出來請教郭沫若了。郭沫若看見他對於社會科學竟那樣地外行，毫無理解，便很感慨地向章幼嶠說：「你們太不注意政治經濟的問題了，對於社會科學的書籍，死不肯讀，達夫不用說了。仿吾現在才開始讀這類理論書籍，也還不行！」

聽郭沫若的口氣，他似以先覺者自居。章幼嶠便想，以先覺覺後覺，是郭沫若應做的工作，怎麼可以這樣不耐煩的，對於後覺者，只有批判，沒有啟導。當時的CG（一九二六－一九三〇年）確實患了這種幼稚病，只會罵人家落伍、不革命，對於本身的工作毫無反省。郭沫若在當時雖未加入共產黨，但也患了這個毛病，以為人人都是和他一樣的天才，無須導師便可以完全瞭解馬克思主義的理論。章幼嶠在當時對於社會學史還是十分外行，他連馬克思和馬爾薩斯也分別不清爽。他只在迷信達爾文主義。日後在上海創造社的時候，他還提出達爾文主義來和成仿吾討論，給成仿吾和一批新進革命理論者斥駁得體無完膚。嗣後，章幼嶠對於積極革命理論，才逐漸理解了。

章幼嶠在思明堂想和郭沫若談談如何解決他的失業問題的，但是反給他教訓了一頓，便不好意思再向他提出職業問題了。他覺得奇怪，既然郭沫若批評他落伍，當時就應該介紹些革命理論的書籍給他讀，最少第一次全國代表大會宣言，總該叫章幼嶠拜讀拜讀，然後介紹布哈林的共產主義ABC及其他革命理論。至於《三民主義》和《建國方略》在總政治部卻不怎樣地流行。

十三

到了雙十節，武昌城居然給革命軍攻陷了。恰好這天早上，章幼嶠和劉醫生又走到南洋大樓來看政治部的同鄉。據他們說郭沫若一早出去了，大概是到南湖看鄧主任去了。他們在郭冠杰那裡坐了一會，看見一個人匆匆忙忙地跑進來，嘴裡連說：「武昌打下來了，武昌城打下來了！」

郭冠杰才向他們介紹說：「這位是專門寫宣傳大綱的裘學訓，現在是《革命軍日報》的主編。」

裘學訓雖然忙，但是聽見章幼嶠的名字，少不得要敷衍一下，拉了把手。他們主張分乘幾輛汽車，高舉青天白日滿地紅的大旗，出馬路上去遊行，發散傳單，慶祝國慶和攻破武昌城。他們要求章幼嶠也同去，章幼嶠看著身上的舊嗶嘰袍子，便拒絕了。他想，他尚未加入新革命政府，實在不敢冒牌去充當小卒，搖旗吶喊。

章幼嶠別了劉醫生，一個人出了南洋大樓，把從他們那裡領來的幾張宣傳品貼在馬路上，因為他覺得那些文章幼稚極了，實在沒有一讀的價值。他一個人任寒風捲起他的嗶嘰長衫的後幅，悵惘地往家裡奔。秋風秋雨也一陣緊似一陣了。

他想，因為參加革命與不參加革命的界線，那些同鄉和友人便和他疏離起來，對於他的貧窮，也不表示一點同情了。啊！不參加革命的悲哀呦！

「還是自己的一支禿筆比較靠得住。」

章幼嶠就在這兩三個月的期間中，寫好了〈冰河時代〉，譯好了日本志賀直哉的〈和解〉，都是投到《東方雜誌》上去發表，換得了大洋一百十餘元。他想也不必著急去找職業了，坐著吃完了再說。他的生活有點像南洋各島的小黑人種了。

有一天晚上，正下秋雨，約摸是八點多鐘，郭沫若派他的勤務兵送了一封短簡到章幼嶠家裡來，要他明早七點鐘以前到南洋大樓去，好跟他們一路過江，到武昌總司令部行營去拜訪行營主任鄧演達將軍。因為他已經和鄧主任約好了，鄧將軍答應於明早和章幼嶠晤面，因為鄧將軍也聽見過章幼嶠的名字。

在當時，由鄧主任特別分出時間來預約談話，確是一件不容易的事。大概是郭沫若替章幼嶠向鄧演達吹了牛皮吧。但在章幼嶠，卻感覺著這完全是一個鑽營的行動。

但是類似鑽營的行動仍須實踐。第二天一早，章幼嶠天不亮就起來，吃過了稀飯，就打算出門。他看見外面是細雨紛紛，便把一件不合身的水衣穿上，這是他五六年前在日本丸書店買來的，現在已經不合式了。

十四

他到了南洋大樓只向門衛說了一句是會郭宣傳科長的，便毫無攔阻地直上五樓。在那時代的機關真可說是民主的典型，並不怎樣刁斗森嚴，對於汽車、黃包車及徒步的都是一視同仁，並且也一點不表示故做威福的態度。章幼嶠對於這點卻十二分地佩服。

章幼嶠準時到了五層樓，但是看見他們都還沒有起床。沫若蜷臥在一張沙發床上，睡意正濃，他抬起頭來看見章幼嶠，只笑一笑，似乎還想睡下去。章幼嶠便想，是不是他忘記了昨晚所約的過武昌的事呢？但是他終於無可奈何般地爬了起來。

「你每天都是這樣地睡麼？」

「不，我的鋪陳早搬過江去了。昨天因為要約你才留在這邊，也因為有零碎事件。」

聽見郭沫若和章幼嶠說話，郭冠杰、梁伯涵也起來了，他們說，要一路過江去見鄧主任。在那時代，鄧演達底下，實在是人才缺乏，用來用去都是他的保定軍官學校同學和廣東同鄉，還有一小部就是往日在武昌陸軍中學時代的老師們。有一位德國人叫做格拉塞，他是張之洞總督兩湖時代來武昌的人物，歷任陸軍中學和方言學校的教授，武昌一開城，他便以老師的資格去拜訪鄧將軍，鄧將軍馬上答應他聘為總政治部的德文祕書，每月支薪大洋四百元。後來惲代英來當總政治部祕書長的時候，查出支最高薪俸而又無實際工作的職員便是這位格拉塞。惲代英便託人去問鄧將軍：「鄧主任簏袋中到底還有多少外國老師要養老的，索性開一張名單來。」鄧主任固然過於重友誼和感情，但是惲代英也未免太刻薄了。

的確，鄧主任總想在他的知友中物色兩三位參加過C.P的人物，所以他特意打電報到廣州去叫他的留德同學熊君銳和章伯鈞來武昌。章伯鈞應召趕到武昌來了，熊君銳卻留戀廣州不肯北行，結果在清黨的時候給李濟深槍決了。此是後話。

章幼嶠、郭沫若、郭冠杰、梁伯涵四個人從南洋大樓出來後，又在歆生路一家咖啡館裡用了一些早點——隔夜的陳舊蛋糕，然後在煙雨迷濛中乘小火輪渡江。這輪船是總司令部專用的，不靠漢陽門，他們是在漢陽門西的文昌門登岸。當輪船在黃鶴樓往下駛過去的時候，他們仰望著高掛在黃鶴樓頭的青天白日滿地紅的一面大旗，不禁狂歡起來，認為國民革命就此成功了，便不管他們的嗓音瘖啞，一同在高唱革命軍歌以表示他們的熱烈的革命情緒。歌曰：「打倒列強！打倒列強！摧軍閥！摧軍閥！國民革命成功！國民革命成功！齊歡唱！齊歡唱！」

十五

章幼嶠雖則不會唱，但覺得這首革命軍歌的音調卻像是聽過的，他默默坐在靠船舷的木沙發上盡在思尋，最後才想起來了。

當他在十四、五歲的時候，在教會學校裡念書，美國籍的師母曾教他們一批小孩子唱火燒英格蘭的英文短歌，由英文翻譯出來的意思是：「火燒英格蘭！火燒英格蘭！當心！當心！火！火！火！火！灌水！灌水！」

章幼嶠想到這首英文短歌，不覺笑起來了。這首革命軍歌在當時給他們宣傳得非常普遍，到處流行了。在街路上拉胡琴的準乞丐也會唱了，在旅館裡出條子的姑娘也會唱了，在馬路上拾垃圾的小童們也能朗朗上口了。

當時在輪船上唱革命軍歌的除沫若、冠傑、伯涵三位總政治部職員之外，還有一位革命同志，據說是鄧主任的表弟丘萼華，他提著四盒船來的蘇打餅乾，大概是送到行營去給鄧主任吃的，這算是鄧主任的奢侈品。因為鄧主任是有名的自奉甚薄的名人，也是一位好名喜功的血性男兒，故生平對於衣服飲食是一點也不擺在心上的。

丘萼華看見他們在唱革命軍歌，便也伸長脖子，放開喉嚨，高聲地唱起來，唱得他滿臉通紅。章幼嶠看見他那種神氣，很覺好笑。

在這幾個人之中，只有沫若是一個純情的革命謳歌者，冠傑是在虛榮上附和著歌唱的。伯涵和萼華是十足的投機分子，幼嶠是老老實實的一個求職業者。他不想，也不好意思提出「革命」的口號來掩飾他的鑽營的行動。

進了文昌門，他們便步行至武昌行營。章幼嶠在武昌住了一年半，還沒有在這一帶街道走過。他驚奇他們何以對武昌城內的道路竟這樣地熟悉。武昌行營就是從前蕭耀南、陳嘉謨等軍閥住過來的督軍署，也是清末的兩湖總督衙門。這時候武昌城剛陷落不久，沿途很難看得見行人，滿街的人家和店鋪都是緊緊關閉著，景象異常地荒涼。他們還不相信革命軍能夠長期占領武漢，因為他們久懾於吳子玉大帥的聲威，迷信他是常勝將軍，總有捲土重來的一天。

在籠城期間，拿青草、樹葉或糠粉來維持生命的老百姓不可勝計，也餓死了不少的人。

行營門首也只站著一名衛兵，在裡面再看不見有穿軍服的人。出入的人也很少，真有門前冷落車馬稀之慨。郭沫若等總政部的人員固然出進無礙，還有些老百姓和商人如果有事情要進去的，也只向衛兵說明一聲，便可隨便出入。這種情況即可以說明鄧演達將軍所率領的革命勢力，在當時是深得民眾的信賴。

我們進了行營，一直往裡面走，走到最後一進的左側一座小洋樓面前來了。樓下門首有一名持盒子炮的衛兵。郭冠杰先走上去說明了這批人是總政治部的人員之後，他們一群便無阻地走上二樓來了。

樓上正中是一間寬大的會議室，也是會客室，左邊是主任室，右邊是收發室。他們先在收發室填了一張名單送進去了後，不一刻，佩有手槍的勤務兵出來說了一聲請，立在會客室門首的，也是佩著盒子炮的衛兵才讓他們進裡面去。

他們進到會客室來後，郭沫若叫章幼嶠坐在一張長臺左側的椅子上，等候鄧主任。他們卻不敢坐，盡立在會客室裡，也不敢闖進主任室裡去。一切事情都由那個佩武裝的勤務兵傳達。

章幼嶠等候了一刻多鐘了，還不見鄧將軍出來會他，他想，鄧主任也有點官架子吧。他望著會客室裡的兩面壁上，都是張掛著粗描的湖北省地形圖——所謂軍用地圖。

又過了五分多鐘，才看見鄧主任微笑著走出來。使章幼嶠覺得驚奇的便是他預想中的鄧將軍總是比他歲數大一點，四十歲以上的中年人吧，此刻看來，完全還是一個青年呢。

兩郭和梁伯涵看見鄧主任便都肅立著行了一個舉手禮，鄧將軍也含笑著回了一個敬禮，然後走到長臺的一端主任的席位上坐下來。章幼嶠開始注意他的服裝和風采。鄧將軍的戎裝是意外地簡樸，還趕不上他部下幾位所穿的整飾、美觀，他的頭髮也留蓄得格外長，又是那樣亂蓬蓬的，似乎沒有餘暇去理髮。他的臉色又是那樣地蒼白，似睡眠不足。一接見，他似乎是體格魁偉，但若仔細加以視察，仍屬短小精悍的人物，只是骨骼比一般人粗大點罷了。因為他的拳大臂粗，驟然看去，有些像北方人的體格。

他給章幼嶠的第一個深刻的印象便是：鄧演達將軍是一位埋頭苦幹、艱苦卓絕的青年革命導師！

他坐了下來，對章幼嶠表示了一番常套的客氣話之後，又談論到章幼嶠的作品，他笑著說：拜讀過了，很欽佩。但是章幼嶠絕不相信他是愛讀小說的人。他又說，十分歡迎章幼嶠來參加革命工作，並且問章幼嶠對於經濟學和社會學研究過沒有。他這樣的口試，無異於想叫章幼嶠交白卷。最後，他又問章幼嶠是不是對於安那琪主義（無政府主義）很有研究。這個質問更是天外飛來，叫章幼嶠無從回答了。數年之後，鄧將軍在歐洲流浪了兩年又回到上海來了，他和章幼嶠的友誼又轉增一層了，他可憐章幼嶠經濟學和社會學還沒有半點進步，便勸章幼嶠要先讀資本主義經濟學，然後讀唯物的新經濟學，最後再加以比較的研究，並忠告他要在文藝上多多描寫農村。

當時，郭沫若等人以下屬的資格，都挺著腰背，侍立兩側，動也不敢一動，當然更不敢插口。大名鼎鼎的郭沫若對於鄧將軍是那樣地敬仰和尊崇，這完全是鄧將軍的革命的真摯精神所感召！章幼嶠對於郭沫若當時的嚴肅態度也十分地感動。他想，一武一文，兩支耳朵（阝），真是政治部的雙璧。郭沫若當時自稱軍師（政治部工作人員即訓練軍人之意），又稱戎馬書生，而鄧演達也是一個文武兼全的人才。現在死的死了，老的老了，何勝浩歎。

等到鄧將軍問章幼嶠是不是對安那琪主義很有研究，郭沫若才大膽地向鄧主任說明，他是研究自然科學的。

最後，鄧主任問，章幼嶠在武漢住了幾年、在師範大學擔任些什麼功課，他總以為章幼嶠是一位文學教授。到後來，他才驚奇，章幼嶠是研究岩石學、礦物學的自然科學者。他凝想了一會，真想不出適當的位置來安插這位頑固的自然科學者。

「你在日本年數很久，日文一定很好，今後我們要向日本多多宣傳，也恐怕有許多外交上的交涉，要請你多多幫忙。」

鄧將軍眼睛裡的章幼嶠還是和郭沫若的見解如出一轍。最後他又問章幼嶠加進了國民黨沒有。

「民國元年，我是在東京加入國民黨的。」章幼嶠竟是那樣地迂腐。

「那是不好算數了的，國民黨從十三年起已經改組了。」他說著笑了，沫若他們也跟著笑了。

「沫若，你去想辦法介紹章先生先加入國民黨吧。」他很嚴肅地對郭沫若說，神氣凜然的。

章幼嶠聽見後，便想，原來要先入黨，然後才得進去吃飯、睡覺啊。

民國十三年的國民黨改組，就是所謂三大政策的決定。因為決定得太匆促了、太隨便了，所以一直到今日還是鬧得烏煙瘴氣。其實這是很容易解決的問題，只要實行了民生主義，這個三大政策也就自然地融解了，同是軒轅黃帝的子孫，一切當然很容易解決的。有人說，當日必須訂定三大政策，實在是總理的苦心孤詣，因為德謨克拉西革命已經走到了窮途。故當時誠心追隨的人，實繁有徒，但深知總理的這種苦心孤詣的人也不過二三位革命先進而已，廖仲愷先生便是其中一個最可欽佩的代表。鄧演達將軍從歐洲回來後，想創立一個國民黨臨時行動委員會，極左派的人便罵他也喪失了做總理信徒的資格了。現代的人想領導革命固難，想追隨革命也不容易啊！

章幼嶠拜訪過了鄧演達將軍之後，在武漢的文化界，全知道了，並且謠傳著，章幼嶠就要進總政治部穿軍服，當什麼處長、科長了。第二天晚上，許紹湘、張濱洲、古顯群，還有一位女學生就走來看章教授，把章教授的狹窄的客堂擠滿了。

「先生後來居上，參加革命之後一定是扶搖直上。果然不出我們所料，鄧主任求賢若渴，一定會請先生進政治部工作的。不知道鄧主任要先生擔任哪一部分的工作？」許紹湘又是用警察局司法股股員的口吻問他。

「先生參加革命之後，我們青年一定一致擁護，因為先生是我們的受業師。同時我們今後也要望先生提攜。」一張濱洲接著捧場，但是態度有幾分忸怩。

章幼嶠聽見他們的說話後，心裡很覺好笑，便笑著回答他們說：「我已經老了，並且對於革命工作又是十分地外行。昨天，承郭宣傳科長介紹我來拜訪鄧主任，想問鄧主任找一個啖飯之地……，你們知道，我是失業久矣。實在無資格談革命，這是我的老實話。」

「老當益壯！先生的前途一定是很光明的。鄧主任見了先生，怎麼說呢？」許紹湘尋根問底地追究著。

「鄧主任說先要進國民黨。怎麼進法，我還一點不明瞭。」

「就加入我們的區分部吧，我們可以介紹先生加入國民黨，我們大學裡的黨部是第××區分部。先生是本校的教授，可以加進我們區分部的。」

可憐的章幼嶠，在這時候才知道有所謂區分部的。從前他以為進國民黨只要到武昌省黨部或漢口市黨部報報名就算了。現在才知道進黨還是要從小黨員做起。

「黨高於一切」，的確他是聽見過了這個口號。

最後章幼嶠告訴他們，他進黨不進黨還沒有十分決定。因為想找職業而進黨，他總覺得精神上有點難堪。這些學生聽見章幼嶠的職業還沒有決定，他們的態度又有點變了，不像剛才那樣地熱烈了。

嗣後，章幼嶠聽見總政治部要由漢口南洋大樓搬到武昌閱馬場湖北省議會裡去了。在省議會，總政治部占東邊的一半，省黨部占西邊的一半。有一天，天氣很好，章幼嶠便又過江去看他們。

「鑽營者的悲哀呦！」章幼嶠坐在武漢輪渡上望著滔滔江水，在黃濁的流水面起伏著無數的微波暗浪，心裡就感著一陣不能言喻的悲哀。

在漢陽門上了岸，叫了一輛黃包車趕向閱馬場來。在途中，經過舊藩司的門首，他看見這衙門首掛著兩面白底黑字的木牌子，一面是國民革命軍第十一軍軍本部，一面是國民革命軍第十一軍軍政治部。章幼嶠想，這又是從哪裡跑出來的一軍人馬呢？他只知道國民革命軍共有八軍，第一軍軍長何應欽，第二軍軍長譚延闓，第三軍軍長李登同，第四軍軍長李濟深，第五軍軍長朱培德，第六軍軍長程潛，第七軍軍長李宗仁，第八軍軍長唐生智。除第二、第三兩軍外，其餘各軍都參加北伐。第四軍則一半留守廣東、一半北伐，那就是前述的第十師（師長陳銘樞）和第十二師（師長張發奎）。章幼嶠從沒有聽見過有什麼第十一軍。他懷疑，只有第十一軍，那麼第九軍、第十軍又在哪裡呢？到了閱馬場省議會，郭沫若一看見他，便問他入了黨沒有。

「怎麼入法？」章幼嶠反問他。

郭沫若聽見後，覺得又好氣又好笑，連坐在旁邊的李民治也笑起來了。在祕書室裡只有李民治一人了。朱代傑和李鶴鳴都不在那裡了。

「入黨很方便嘛！到處有區分部。」章幼嶠是第二次聽見區分部這個名詞了。

「……只要找兩個介紹人。」

「就是介紹人也成問題，誰肯為我介紹呢？」

郭沫若聽見了後便笑了笑。

「來！來！來！」他立起身來叫章幼嶠跟他走出祕書室，到對過一所大辦公廳裡來。章幼嶠就看見一位面貌像鄉下老頭子，一面的長厚態度，叫人看見起了一種很好的印象和敬意。

「董同志，你過來！」郭沫若向那位叫做董同志的招了招手，他便笑著走過來，把這位土豪劣紳模樣的章幼嶠周身打量了一下。

「這位是董用威先生，這位是章幼嶠。你們沒有見過面？」郭沫若從中介紹了後，董、章兩人都少不得要說說「久仰大名」一類的客套話，只差「如雷貫耳」四個字罷了。

郭沫若告訴他，鄧主任要章幼嶠加入黨。這位溫厚的長者聽見後便連說「歡迎，歡迎！」，因為董先生是當時的湖北省黨部常務委員。

「鄧主任要章幼嶠加入黨。」這句話真是可以做多種的解釋，似乎是比「章幼嶠想加入黨」多點刺激性，容易震動一般的聽覺。

董用威（必武）先生便問章幼嶠住在武昌還是住在漢口。章幼嶠告訴他，他現在是住在漢口。

「那麼，我寫一封介紹信給章先生，章先生自己到漢口市黨部去接洽。大家無不歡迎的。」這是董先生當時的老實話。

章幼嶠接過了那封介紹信，只好連說「謝謝」；他想，為什麼不能就在省黨部把入黨的手續辦好呢。他看那封信裡說明介紹章幼嶠入黨，介紹人是董用威和郭沫若兩位大人物。這當然是使章幼嶠感到十二分地光榮。

但是章幼嶠的自然科學的頭腦，非常地機械，他總看不慣那時代的亂糟糟的情形，擔心這樣的局面不會長久。的確，他們在那時代是犯了一個極大的錯誤，那便是不注重學術，而以宣傳為盡了文化的能事，同時誤認情報為盡了政治的能事，並以Jouyualism為盡了學術的能事。這種謬見和流弊一直遺留至於今日！一味矯揉造作，擴大宣傳而自歌自慰，可笑亦復可悲！瓦釜雷鳴，雖有少數賢者亦因小人高張，無法抬頭。大部分的人只是在主觀上自以為能治國平天下，其實他們連「進不能宣力國家，退不能潔身自隱，讀書寡益，學道無成」尚且談不到呢。

並且，在當時聽見有人在罵DP為豬精腹中的孫悟空，更屬惡意的攻擊便以洪水猛獸比擬共產黨。

因為有上述種種的戒忌，章幼嶠便把董必武寫給他的介紹信付之一炬了。他絕不願為鑽營而加入黨，他堅持總政治部要先給他工作，然後再談入黨的問題。章幼嶠是這樣一個頑固而反動的印貼利更過亞（Intelligentia）。他總覺得以董、郭兩要人為入黨的介紹人，未免人物太大了點，有點吃不消。但是不滿一年之後，便證明了章幼嶠並非杞憂而實在是有先見之明了。

嗣後，約有一個多月，章幼嶠和總政治部便斷絕了消息，在這期間內，他只介紹了一個學生張其仁給郭沫若，郭沫若便委他為一個中尉，派在文書股服務。以後關於總政治部的消息都是張其仁過江來報告給他聽。

章幼嶠看看新成立的武漢政府中的人物，除開民眾大會、呼口號之外，只是跳來跳去，沒有半點秩序和辦法，似乎還趕不上太平天國的局面。他們的勢力範圍也只局限於武漢附近的數縣。太平天國臨崩潰之前，有某人做了一副對聯去諷刺這個革命朝廷：「一統江山，七十二里半；滿朝文武，三十六行全。」這副對聯是嘲笑幅員一天一天縮小的政府，而政府裡面又多是雞鳴狗盜之徒。至於七十二里半是指南京城牆約長七十二、三里。

章幼嶠對這個革命政府，愈觀察便愈消極了。他很覺無聊，打算先赴上海，再回廣東，但是李人傑聽見後便告訴章幼嶠，不久就要籌備大學了，要他當一名籌備委員，約他再等候半個多月。李人傑又說，辦大學的預算早提出去了，就是政府一時拿不出錢。因為漢口到底不比上海，不容易籌款。

「你想到上海去？孫傳芳一定砍你的腦袋！」郭冠杰聽見章幼嶠要離開武漢，便口直心快地忠告他。的確，在當時，從漢口到上海去的，尤其是廣東人，孫聯帥方面都認為是共產黨，捉住了便槍斃。章幼嶠是廣東人，鄧演達的同鄉；章幼嶠是創造社員，郭沫若的朋友，捉住了馬上槍斃，死有餘辜！

給郭冠杰一提醒，章幼嶠又不能不打消赴上海的念頭了。記得當北伐初期，任孫聯帥的智囊捉國民黨的最出名的人物便是地質學者丁文江氏。

十六

十一月中旬吧，那個學生張其仁冒著風雨過江到章幼嶠家裡來，報告總政治部內部變動的消息。第一是郭沫若升任少將階級的總政治部副主任了，蔣總司令來電要他到南昌去主持那方面的總政治部。第二是祕書朱代傑和總務科科長董琴被調往東路北伐軍政治部工作去了，郭冠杰繼任了總務科科長，宣傳處暫由祕書處李民治代理。當時在總政治部裡面跨黨分子和右傾的國民黨人之間，不免有多少的摩擦，宣傳科長是不容易當的，李民治資望又淺，所以取消極的態度。

「章教授，你就託郭冠杰去向鄧主任說，把宣傳科長拿過來幹吧。」張其仁對於思想問題的嚴重，毫不注意。郭沫若尚且幹不了，章幼嶠哪能有資格。

「談何容易！這個地位要得鄧主任的信任，同時又是C.P便可勝任愉快。……別的人是幹不了的。」

張其仁聽見後便不響了。他也表示在總政治部裡不單做事不容易，說話也不容易。

聽說在南昌的總政治部開辦了，章幼嶠有一個侄子也在武昌大學讀書，他想到南昌去，要求章幼嶠寫一封信給郭沫若，介紹他去參加總政治部。章幼嶠當然答應了，並且託這位侄子帶了一封信給郭沫若，要求他去信催鄧主任發表他的職務，郭沫若回信說，大學快要開辦了，總政治部的國際宣傳局也快要成立了，請章幼嶠耐心等一等。

鄧主任因為兼行營主任，軍事倥傯，但他最重視國際消息和國際宣傳，特別他很想知道各國政府和民間對於武漢革命的批評，他曾囑託郭沫若組織國際宣傳局網羅大學教授級的人才。因為郭沫若匆匆離開了武昌到南昌去了，不久李民治也跟著去了，國際宣傳局的組織被擱了下來，要等到後任宣傳科長到任後，才能給開始組織。

因為孫聯帥的鋼盔軍的反抗力堅強，總司令部又電令駐武昌的鐵軍（第四軍），赴馬迴嶺作戰，果然鐵軍一到，不久便攻陷了九江。在九江，總司令和加倫將軍共同拍的照片（開民眾大會慶祝攻克九江）在漢口各報上都登載出來了。革命情緒更加熱烈了，但是章幼嶠的失業問題卻仍然未得解決。

十二月中旬的一天，張其仁又走到章教授家裡來，他一看見章幼嶠便說：「章教授，你的事情早發表了，怎麼還不過江去到差呢？」

「發表了什麼？」章幼嶠驚奇著問。

「少校編譯員，發表了十多天了，因為不知道先生的住址，委任狀無法送達。」

但是章幼嶠聽見是少校編譯員，卻有點失望。他並不是嫌少校的階級太小，使他悲觀的是革命的總政治部仍然是在做搜羅古董的工作，把他送進養老院去罷了。他是希望能做一個一軍的總政治部主任。但是到後來，失業已久的章幼嶠也只好表示屈就了。張其仁也說，外面各軍各師部都常來請求委派政治部主任，進去了之後，很快可以外調，只要自己願意。於是章幼嶠便決意參加革命了。

第二天下午，章幼嶠過江後先到閱馬場總政治部去拜訪總務科科長郭冠杰。在總務科室裡，郭冠杰坐在橫案前，態度完全和從前不同了。看他是公事很忙，章幼嶠只好坐在一邊等他辦完公事才向他請教，國際編譯局設在什麼地方，到差有什麼手續。他看見不少的小職員魚貫地進來向他行舉手禮之後，便恭敬地報告他的工作經過。但是章幼嶠聽見他們的報告無非是要錢，有的說是調查了幾家的估價最少要多少錢；有的說已經付了多少錢，尚差多少錢；有的說，今天必須付款，否則這件事就辦不成功了。

「怎麼？你們都是來向我要錢的麼？你們幹的什麼工作？叫你們股長和會計處商量好了！」

郭冠杰把那一批小職員罵走了後，回頭看見章幼嶠，又開口罵了：「沒有事體做的時候，東求人，西託人！現在給你事體做了，又不到差！什麼意思啊！」

章幼嶠想，怎麼？真的做了科長，脾氣就大起來了？他真不想為十餘石米而折腰。

「那末，我走了。」章幼嶠真的拂袖而去向他告辭了。

「老章，老章！給我一罵就罵急了，是不是？說笑的！你回來，我告訴你，張伯軍等著要見你呢。」

郭冠杰告訴他，張伯軍由廣州來武昌，經過南昌，會見了郭沫若，郭沫若再三託了張伯軍到武昌總政治部後快點把章幼嶠拉進總政治部去吃飯睏覺。張伯軍滿口答應了。本來張伯軍這位先生也是一位書生，留學德國，專門研究教育學的，他原是武昌師範大學的畢業生，很喜歡討論學術的人。所以他一到武昌，鄧主任便把組織科和宣傳科兩科都交給他了，他的事權，就是等於半個以上的主任了。

但是，政局比較安定了下來之後，政治部的工作也就停滯下來了，宣傳工作更是沒有花樣可翻新了，所以國際編譯局倒是宣傳科的天字第一號的工作了。張伯軍到任後最熱心的工作也是這個國際編譯局的組織，第一步的工作便是延攬人才，人才的資格第一是留學生，第二最好是當過大學教授，所以他認為章幼嶠是夠起碼的資格了，便向鄧主任提出，鄧主任也就匆匆地批准了。

郭冠杰最後告訴他，國際編譯局設在鄂園，現在由殷達揚（原任日文祕書）任該局祕書布置一切，章幼嶠可到鄂園去向殷達揚接洽一切。

「暫時吃飯睡覺！」他說了後，呵呵地笑了。

章幼嶠告辭的時候，郭冠杰又向著他怒吼了：「老章，進總政治部之後要穿軍服的啊！不能再像那樣土豪劣紳的樣子！」

「總政治部發給我們麼？」

「自備。」郭冠杰又怒吼一聲。

「哪裡來錢呢？等到月底你們給我薪水之後再說吧。」

「你就預支半個月的薪水吧，大洋七十元，盡夠做一套軍服和大衣了。」

郭冠杰馬上為他開條子，叫章幼嶠到會計處去領薪水。他真有點覺得滑稽，尚未到差，薪水就支了半個月，不能不說是優待了。到後來章幼嶠才知道總政治部裡的人沒有一個不預支薪水的，都是寅吃卯糧。

章幼嶠領了七十元的大洋，交通銀行五元鈔票十四張，疊起來也相當地厚了。他就匆匆地走向鄂園來，恨不得走馬上任。

鄂園在黃土坡，它在武昌也算是有名的一個小名勝。一進門，便是兩座相對向著的洋式平房，右邊的是格拉塞的公館，左邊的便是總政治部國際編譯局了。

章幼嶠走入園門看不見一個人影，他冒失地走向格拉塞公館這邊來。他敲了一會門，從裡面走出來的是一個中年的日本女人，章幼嶠便想，鄧主任倒滿活動，竟請了一位日本女性來當職員了。這位日本女性一看見長袍馬褂的章幼嶠，便表示滿臉的不高興，她當章幼嶠是從漢口過來的印刷所商人。

「你是印刷所商人不是？對過去。」這位日本人的不馴熟的武昌話，但是章幼嶠卻和她說日本話，問她有位姓殷的住在什麼地方。她馬上改變了態度，滿臉笑容，連說「失禮了」。

「你為什麼當是印刷所商人呢？」章幼嶠笑著問她。

「啊！因為殷先生昨天到漢口去找能夠兼印中西文的印刷所，殷先生回來說，明後天會有印刷所的商人到這裡來接頭。」她說了後拿長袖掩著嘴呵呵地大笑了。因為我們大聲響氣地在說日本話，驚動了對過的殷祕書，他戴著近視眼鏡走出來。

「哪一位？」因為他全身戎裝，所以音調也很嚴肅。

「殷先生，我是章幼嶠……」

「啊！怎麼這時候才來！我們已經開始工作了。」他笑著和章幼嶠握手。章幼嶠聽見後，便想他們已經開始了，不知道是怎樣性質的工作。

「現在局裡有幾位同事了？」章幼嶠想先知道局裡到底有怎樣的人才。

「杜佐周博士，你當然認識的啊！」杜佐周是武昌高師畢業生，和張伯軍同學，所以先進來了。他和章幼嶠是武昌大學的同事，當然彼此早就認識。

「還有一位是從德國回來的王開化博士，研究李斯特經濟學的專家，德國提比恩大學畢業。我們局裡已經有兩位博士了。張伯軍說，還要把北大教授高一函和張申府（松年）拉進來，加上你這位文豪，我們國際編譯局可說是人才濟濟了。」

「我們雖則是初次晤面，但是我們算是同學，不瞞老同學說，我是失業半年之久了，所以託了郭沫若介紹到這裡來吃一碗飯。不知道我們的月薪究有多少？」因為章幼嶠不相信少校只拿一百四十元的薪水，他覺得這數目實在太少了。至於所謂「革命」、「人才」等等，他真不要聽。

章幼嶠想會會杜、王兩博士，殷祕書說，吃過午飯，不到兩點鐘，杜博士就回家去了。王博士是住在局裡，此刻也出外面活動去了。章幼嶠又問殷祕書，局裡到底要做些什麼工作。

「翻譯世界革命名著。」杜博士每天在翻譯尼亞林所著的《震撼全球的十月革命》。王博士準備直接翻譯馬克思的《資本論》，現在他每天在讀德文原本的《資本論》。

「我們留日的，有什麼革命名著可譯呢？」章幼嶠真有些擔心進來之後變為確確實實地吃飯睡覺，才難為情呢。

「那還怕沒有材料麼？河上肇的作品就盡夠我們翻譯了。我已經到思明堂去過，定了一批日本的禁書。」

「有一部《社會問題講座》，你買了沒有？」章幼嶠念念不忘的是那部落了伍的《社會問題講座》。

「那部講座沒有多大用處吧。」殷祕書取夫子哂之的態度。

章幼嶠便想這位法學士到底富於社會科學常識，和郭沫若一樣知道那部《社會問題講座》是改良派的理論，對於當前的革命是一種毒素。這時候，在蘇俄，史大林和杜洛茨基兩人表面上仍然是協力合作。後者的政策是相當激烈的。

最後，殷祕書要求章幼嶠搬過武昌來一同住在局裡比較方便，有個商量。到底是軍事機關裡的一部分，不能不每天出席，章幼嶠第二天下午便帶了一個被、一個小皮箱搬到鄂園來了。

搬過來後的翌晨，章幼嶠很早就從床上爬起來，你想總部方面會派人來點名或檢查他們的勤情。但他洗漱之後，看見他們還在酣睡。章幼嶠看了看錶才響六點半鐘，他後悔不該起早床，因為天氣實在冷不過，便叫勤務兵生火爐。可憐從總部分配過來的煤真是「石炭」，盡燒也燃燒不起來。問問要到幾點鐘才有早稀飯吃，勤務兵說，最早也要到八點半，也許九點鐘。章幼嶠又到後面廚房裡去參觀，果然有一大鍋泡飯燒在爐子上面，廚子卻上街去了。昨夜裡的碗筷盤碟還浸在一個生鏽的鉛盆裡沒有洗乾淨。章幼嶠便想像到等一會吃早稀飯的時候，廚子便從那盆子裡的碗筷撈起來，只用抹布一抹，便盛稀飯出來給他們吃吧。這倒是滿衛生呢。

這時候，章幼嶠經驗著無事可做、無書可讀、無人可談的精神痛苦了。他想如果這樣的三無生活，繼續不到一個月便會發生神經病吧。

等到八點多鐘，殷祕書才起來。章幼嶠本來是又和衣睡回床上去了的，等到殷祕書起來了，他立即起來走到殷祕書的辦事室裡來，向殷祕書詢問了許多關於他們日常生活的話。最後，章幼嶠才知道這個國際編譯局差不多是等於養老院，總部並不希望他們有什麼特殊工作的表現，只希望這批高級知識分子不造謠生事便罷了。同時，宣傳科也得拿這個國際編譯局來做裝飾，對外做誇大宣傳，似乎總政治部的精華完全在這個國際編譯局了。的確外面社會和青年們也極重視這個國際編譯局，但是深知內情的章幼嶠便覺得非常可笑，他們都是天黑了便希望快點天亮，天亮了又希望快點天黑下來，他們覺得發薪水的日子比上帝的末日還要難得來。

吃過早稀飯，已經快響十點鐘了，應該是工作時間了。但是王博士回到他的房裡去，門好房門不出來，據說是在裡面專心讀《資本論》。章幼嶠便來請教殷祕書，派點工作給他做。

「我們所訂購的書籍，恐怕還要等三個多星期才得到來，現在是無書可譯。」殷祕書說了後低著頭在想，想了半天，才從火爐架頭上取了兩三張過了一個多星期的日本東京《朝日新聞》和大阪《每日新聞》交給章幼嶠看。因為這些報紙裡面揭載有稱讚蔣總司令、鄧主任和鐵軍將領的文字，特別稱讚鐵軍的視死如歸的精神，他們的批評說中國陸軍的確進步，只差武器了，進步到可以和日本陸軍比肩了。

十七

「章同志！」殷祕書稱章幼嶠為同志，把章幼嶠嚇了一跳，忙抬起頭來回答說：「我還沒有加進黨呢，你就叫我老章吧。」

「吃同一種類的飯就算同志了。不過進了總政治部遲早要加入國民黨的，這裡是第十六區分部。不久，入黨的填表便會由第十六區分部發下來。」

「那倒很方便了！」章幼嶠便想起鄧主任要他先入黨完全是打官話了。他本來就感覺入黨問題的麻煩，現在他才安心了，用不著董必武和郭沫若做介紹人，章幼嶠也居然可變為同志了。果然，總政治部裡面的第十六區分部的黨部青年，雖沒有和章幼嶠見過面，但都自願做他的入黨的介紹人。當時黨部青年百分之百是跨黨的CY。殷祕書認為須找上級的職員如郭冠杰、張伯軍等人做介紹人，冠冕堂皇一點。但是章幼嶠死拉住殷祕書，要他做入黨介紹人，還有一位介紹人便是第十六區分部的黨部青年。到後來，章幼嶠才覺察出來了殷祕書不願意做他的介紹人的理由，完全是擔心章幼嶠是假裝落伍，其實是從C.P那邊派進來的斯派。殷祕書太小心兒了，太看得起章幼嶠，也太冤枉了章幼嶠了。

「章同志，你看這裡面的文章可不可以翻譯出來，送給鄧主任參考參考？」殷祕書反過來請教章幼嶠了。但是章幼嶠看了後，覺得這些文章太沒有意思了，都是投機的論說。最後，殷祕書表示大家不一定要天天從事翻譯工作，研究研究也可以。章幼嶠就在這時候才開始讀布哈林的《共產主義ＡＢＣ》、《建國方略》、〈第一次全國代表大會宣言〉等，因為郭冠杰曾對他說：「你是學習理工科的人，最好將總理的《建國方略》譯成日文給日本人讀。」

但是章幼嶠拜讀了《建國方略》之後，也覺得沒有翻譯的必要。後來問過鄧主任，鄧主任也表示《三民主義》和《建國方略》有點過了時代，暫時不譯為佳，最好先把它們做成一個科學的系統之後才可以翻譯給外國人看（周弗害的《三民主義的體系》就是從鄧主任得了暗示才寫成功的，但是寫得並不高明，牽強附會把北澤新次郎的《經濟史》等書抄了大部分，毫無意義）。鄧主任又說，倒不如翻譯蔣總司令的過去革命歷史、立志傳記去向外宣傳還比較有意義些。他又說，中國實在太沒有人才了，大家一定要抬一個中心人物出來，現在唯有蔣總司令了。當時鄧主任對於蔣總司令是抱著相當期望的。

過了十點鐘，杜佐周博士來了。章幼嶠和他是老朋友，見了面，笑笑而已，一切彼此心照。這位先生的氣量雖則狹小一些，但是說起話來倒很率直。他也和章幼嶠一樣，談革命是沒有資格，暫時吃飯罷了。他又說，《震撼全球的十月革命》固然要譯，但是他想先譯《蘇俄教育》，理由是前者的譯稿恐怕革命到低潮的時候不能出版，至於後者，他日拿到上海去也還一樣可以換得相當的稿費，那麼，翻譯的心血也不至於白費。

「你看我保留一份底稿，抄一份交給殷祕書。」他說了後向我笑笑。

十八

章幼嶠進鄂園不久，總政治部由湖北省議會搬到三道街的中華大學（國家主義者陳時所創辦）來了。我們當編輯委員的還是在鄂園吃飯、睡覺，百事不管。只是苦了殷祕書差不多要天天翻過蛇山到三道街去接洽事務。殷祕書曾去請求主管上司張伯軍要常到鄂園去指導工作，但是殷祕書愈向他請求，他便愈害怕。因為國際編譯局到底要做些什麼工作，張伯軍本人也無法決定，所以他始終沒有去過一趟，但是薪水照發。有一次，一個武昌大學的學生曾選讀過章幼嶠的礦物各論的，走來鄂園看章老師，他的目的是想章幼嶠陪他去拜訪周弗害，替他找一個小小的職業。

「為什麼你一定要拜訪周弗害？」章幼嶠很覺奇怪。但是這個學生只是笑笑，他最後表示他是希望在省立中學當一名博物教員，絕口不談政治。章幼嶠才想起來了，這個學生是無黨無派的青年，在北伐軍未抵漢以前，看不慣那些左傾的青年今天遊行，明天罷課，今天說驅逐某教授，明天說打倒某主任，他曾略加批評。所以到了革命快要成功了的今日，他當然要受那批左傾同學們的排擠了，他們罵他是哈巴小狗，罵他是反革命分子。他認清楚只有周弗害是能夠對他同情的一個有力者。

「章教授，他們罵我是國家主義的黨徒，豈不是冤枉？我手裡只有薛德焴（良叔）的《動物學講義》和其他數種教科書，我哪裡懂得什麼叫做外抗強權、內除國賊！強權是什麼意思，國賊何指？我一點也不明瞭。但是他們確是排斥我了，排斥得我無地容身了。」

「那末，你想託周弗害轉託李人傑廳長給你一個中學教員，是不是？」

「是的，因為黨部反對周弗害當高等教育科長，李人傑沒有辦法，周弗害是一位大才，當然也不屑當那個小科長，所以自動地告退了。不過，李人傑是很看重他的，他薦個把人，一定沒有問題。」

章幼嶠真料不到，這位同學是這樣的精於鑽營之術。他也曾聽見周弗害跑到九江，又走南昌，據說是郭大基校長打電報叫他去，陪他去拜謁蔣總司令的。章幼嶠似乎很明瞭周弗害的行蹤，把所聽來的消息告訴了那個學生之後，補充著說：「周弗害還沒有回來武昌吧。」

「早回來了，在李仲公底下當了一名祕書，現在已經上班了，天天到行營裡去。章教授不是知道他的公館麼？」

章教授聽見後，嚇了一跳，他想，不可小覷這位學生了，他的情報竟比章幼嶠來得詳細。他真佩服周弗害的神通廣大，居然能衝入重圍，居然當起總司令武昌行營的祕書來了。

「我不知道他的公館。那末，就到行營去拜訪他吧。」

這時候，章幼嶠還是穿便服，陪著這位學生走到從前拜訪鄧主任的那座小洋樓樓下的祕書室裡來了。當時的行營祕書主任是李仲公，據周弗害說，他不常在武昌，現在到九江去了，也許要往上海。他並還說明李仲公不願意在武昌服務的原因。周弗害一看見章幼嶠便笑嘻嘻地問他：「張伯軍把你拉進招賢（閒）館裡去了，是不是？你從前也認識張伯軍？」

「還沒有會過面。」章幼嶠表示並不認識張伯軍。周弗害並不是羨慕招賢館的位置，他是在研究章幼嶠到底走的是哪條路線。他表明由總司令敲了電報給行營主任才發表的一個中校祕書，他居然也穿上了黃呢的猴子服了。最後，章幼嶠才告訴他，在約一個月之前，他曾到這座洋房的樓上，由郭沫若的介紹，會見了鄧主任。

「你見過鄧主任了？」周弗害似乎很驚奇，他說他也只看見過鄧主任一次，他和鄧主任罕得接頭。他還笑著指指樓上：「他在上面，你要去看看他麼？」周弗害表示也可以領章幼嶠去見主任。

章幼嶠這回卻不明瞭周弗害這句話是含蓄著什麼意思了。他是揶揄，還是想趁機利用章幼嶠的笨頭蠢腦去多和鄧主任接近。章幼嶠只搖了搖頭，表示不願意再去攪擾鄧主任。

「他在忙些什麼？是不是為軍事？」章幼嶠只好是這樣問問周弗害，想從他獲得一點軍事上的消息。

「在武漢方面，早沒有戰事了。他現在只是忙於政治問題，頭痛得很。過幾天，又要飛南昌了吧。」

話裡有因，周弗害是在暗示政局不見得就能夠這樣地安定下去，他似乎也希望能夠有一個變動，可以替他個人造一個翻跟斗的機會。「蛟龍本非池中物」，他是不能以區區中校為滿足的。

「整天坐在這裡，沒有事體做……」周弗害表示著倦態。但是章幼嶠卻佩服他的革命精神，這樣神速地就把寬博的猴子服穿上身了。

十九

住在鄂園裡面，真有世外桃源之感。他們這批人才早上十點多鐘才起床，索性早稀飯也不要吃了，讓給勤務兵們去享受，個人自己買大餅油條或烘山芋來當早點。大家坐在一塊閒談一會，或閱讀漢口出版的各報章，就把全上午消磨過去了。勤務兵來請各位委員吃午飯了。每天的公家菜飯是不易入口，粗糲的紅米、不新鮮的紅燒魚、粉絲湯、鹹菜、白菜、豆干絲一類的普通菜色，但是吃慣了一星期，也就安之若素了。吃過了午飯，又是該休息的時間，大家把椅子搬到走廊上，向著暖和的陽光談天說地，由黃河之水天上來說起，說到崑崙山、天山、烏拉山、外蒙古、內蒙古……。不談天的人也可以溫習溫習報章，大家讀到總司令斥駁徐謙的演說，有「中正自有中正的地位」語帶雙關，甚感興趣。的確，在當時，我們是不左不右，也不想左右袒的學者，所以都對總司令表示共鳴。

匆匆又挨過了兩點鐘了。杜博士提議占鬮出錢買花生米吃。殷祕書的消化力特別強，他主張加買數斤的烘山芋。章幼嶠是無不贊成，王博士卻哈哈大笑。的確到了兩三點鐘，都感著肚子裡有點空虛了。勤務兵們以第三者的立場看見我們這種生活，著實羨慕。快響三點半了，大家都感到尸位素餐的慚愧了，便自動地回到他們個人的辦事桌子面前坐下來。杜博士繼續翻譯尼亞林的《蘇俄教育》，王博士仍然在研讀馬克思《資本論》，殷祕書在翻譯幾種宣傳品，打算投寄到日本方面各報章去發表。最感痛苦，也最覺無聊的是章幼嶠，不知道要做什麼工作才好。幸得殷祕書買了一部《社會問題講座》回來了，章幼嶠拿來概略地翻讀了一遍，覺得沒有一篇是適合當時革命思潮的論文。這時候，章幼嶠的社會科學知識稍稍進步了，知道那些微溫的革命理論是逆著當時的思潮，所以不敢動筆介紹。翻來翻去，只發現了一篇〈無產階級文學序論〉，作者是藤森成一。章幼嶠把這篇文章讀了一遍之後，才有點明瞭所謂無產階級的理論了，也知道一切的文化意識形態完全是建築在經濟的基礎上，文學是最高層的意識形態，是社會經濟的一種反映，最脆弱不過的存在。若不以無產階級的經濟利益為前提，文藝是無存在的可能。章幼嶠覺得這些理論倒很新穎，不妨出出風頭，介紹介紹，於是著手翻譯了。剛翻出了一部分，殷祕書看見後，也大大地擊節讚賞，認為是合時的作品，「合時者投機之謂也」。他主張趕快送到《革命日報》去發表，下面必須注明「國際編譯局章幼嶠譯」，那就國際編譯局也算是有成績表現了。果然，章幼嶠翻譯的〈無產階級文學論〉在《革命日報》發表了後，當時的各報章和雜誌都大加讚揚，認為這種文學理論是最前進的文學理論，確實有提倡的必要。經章幼嶠一領導，王博士等委員也陸續從外國雜誌抄譯些投機的革命理論，送到《革命日報》去發表，並注明是國際編譯局的資料。嗣後，他們對國際編譯局也就改變了往日的態度，他們才知道比較高深一點的革命理論還是要由國際編譯局的一批書呆子去研求介紹。因此大家才承認國際編譯局確是總政治部裡面的一個重要的存在了。後來，章幼嶠把這篇《無產階級文藝論》寄到上海創造社去出版單行本，由王獨清改題為《文藝新論》發刊了，此是後話。

二十

時局沉悶得像大暴風雨前夜的極度的低氣壓下的情況。有一天，剛吃過了晚飯，從總部那邊派了一個少尉級的女職員到鄂園來通知他們，漢口的工友同志已經收回了英租界，他們的武器只有扁擔、竹板和石塊，把英國的海軍陸戰隊和紅頭阿三巡捕打得頭破血流。租界內的英國商人和該國的海兵都逃回他們的兵船上去了，其他美、德、法等白種人的住宅和商店門首都懸掛了該國的國旗，以資識別，他們恐革命的工友們誤認他們為英國人，吃了眼前虧，所以都在表示「我不是英國人，我不是英國人」。這位女職員並告訴他們，張伯軍同志希望大家鎮靜，今夜裡要聽到漢口英國炮艦上轟擊武昌城的大炮聲也難說。這真駭煞了章幼嶠！

這個女同志，一個少尉，當然是穿著漂亮的軍服，也掛著精神帶，她和他們談了一會漢口方面的情形之後，就立起身，行了一個舉手禮，乘車回本部去了。

殷祕書便提議，晚上橫豎沒事體可做，並且聽見革命勢力居然和帝國主義者衝突起來了，這是何等嚴肅而悲壯的一幕；大家就到總部去看看情形吧，也許要開特別會議呢。王開化和章幼嶠也同意呢，三個人便走出了鄂園，因為天黑了，不好翻蛇山，便叫了三輛黃包車，繞道長街口、撫院街，趕到三道街的總政治部來。他們在門衛高叫「敬禮」聲中，鑽進總部裡面來了。殷祕書最熟悉誰住在哪一間房子，他迎著王、章兩人先向總務科郭科長房裡來。

「看張科長去吧。」王博士認為關於收回漢口這個嚴重問題，應當先去請比較有政治頭腦的張伯軍。

但是殷祕書微笑著，低聲地對王博士和章幼嶠說：「郭科長心直口快，我們從他容易聽得見多一些的真實消息。張科長陰陽怪氣，其實沒有大不了的事體，他也故裝祕密，叫人聽了不痛快也。」

章幼嶠始終是跑龍套，對於應當先會哪一個科長毫無成見，他只是十二分擔心，革命軍真的和英國海軍開火了，那末，武漢三鎮便會化為血腥的戰場，也許就因此夷為平地。在這許多友人中，如郭冠杰、張伯軍、殷達揚、王開化博士都是光蛋一枚，只有他的家小還住在漢口中國街裡，所以他的心思比任何人為懊惱。章幼嶠雖則有這樣的憂慮，但是也不敢說出口，因為參加了革命是義無反顧，視死如歸，而匈奴未滅，何以家為！於是他想著現在只有日本租界是最安全了，法租界還不一定能夠保持秩序。他想起李人傑日前對他說的話來了，他說現在革命勢力不想也不敢開罪日本，英國更不敢開罪日本。章幼嶠知道現在投機的革命要人，如財政廳長張大慈之流，在東洋租界都租有第二公館或在旅館中開有長房間。章幼嶠只自恨沒有資格。

他們三個書呆子走向郭科長的寢室面前來，相距數步快到房門首的時候，章幼嶠聽見郭科長房裡竟有女性的笑聲。

郭科長聽見殷祕書的聲音，忙走出房門首來打招呼，但是態度總有點不自然。王博士和章幼嶠跟著走前去，他們望見張伯軍也躺在郭科長的床上，還有兩個女同志穿著旗袍分坐在兩把沙發椅上，他們像在「談情說愛」。章幼嶠看見後，便暗暗地抽了一口氣。

「這是嚴重局面下的一個插曲啊！」他拉了拉殷祕書的臂膀，低聲地說：「回去吧！」

殷祕書這時候，顯然得有點進退兩難了。但是天真爛漫的王博士還抬起頭來，超出殷祕書的肩膀，向房裡張望了一會，便哈哈地大笑起來。

「張科長也在這裡麼？哈哈！張科長！」王博士一面談，一面笑，一面衝進房裡去。張伯軍看見這批不知自重的書呆子死賴在房門首，不肯走開，也只好坐了起來，向他們招呼：「請坐，請坐！」

王博士和張科長握了手，殷祕書、章幼嶠也跟著和張科長握手。那兩位女士看見三位戎裝的書生衝了進來，便都從沙發椅上立起身來向張科長告辭。但是張科長卻囗著她們：「我來介紹……」

在一間小房子裡，也沒有許多椅子給他們坐了，有立的，有坐的。殷祕書還是態度嚴肅地提出收回漢口英租界的問題來和兩位科長討論。

「英帝國主義者有什麼辦法！只要我們有拚命的決心。為革命，焦土也有所不惜。我們要趁此機會從帝國主義的鐵鎖下解放出來。起來！起來！不願做奴隸的人們，快點起來！」郭科長瘋狂地在指手劃腳，像演說一樣把三個書呆子鼓勵了一頓，全房裡的人都大笑了起來。

二十一

章幼嶠回到鄂園，差不多是整晚沒有睡著，他希望收回英租界的事變不致擴大，但又有些希望其能聽見炮聲。這種矛盾的心理，雖是世界最高明的心理學者也不會分析得出來的。他所以希望發生一點糾紛，也許可以促革命當局的覺醒，因為他們實在太安逸了，忘記了總理所說的「革命尚未成功」。當時全圈子裡的人也都能直覺著這次的革命只是一種試驗，絕不會成功的，所以各人打各人的算盤。其實客觀的條件都是完備了，所差的就是「民族性」的問題了。什麼都容易改革或改造，只有先天的民族性無法加以根本的改造。中國民族實在是太衰老了。

臨天亮，章幼嶠才睡著了，一覺醒來，已經是紅日滿窗了。他覺得今早晨的氣溫特別地暖和。昨晚上，終未聽見炮聲，在鄂園周圍像死一般地沉寂，傾耳細聽，似乎黃土坡路上也很少行人。

「也許外面戒嚴了吧。」他起身了，走到殷祕書的辦公室一看，不見一個人影，在外面院子裡也是鴉雀無聲。他洗漱之後，立在走廊上向外面眺望了一回，才看見一個勤務兵從外面買了兩副大餅油條走進來。

「殷祕書呢？」章幼嶠問勤務兵。

「到總部去了。昨天晚上十點多鐘，張科長打電話過來，叫殷祕書今天清早要到總部去，有重要的事體要辦。」

「王先生呢？」

「在對過吧。」勤務兵指著格拉塞公館，告訴章幼嶠。原來格拉塞是王開化在武昌方言學校時代的老師，並且他們能夠用德語談話，大概是因為收回漢口英租界的問題，格拉塞請他過去一同吃早點，議論議論英國當局會取如何的態度吧。

章幼嶠一個人感著寂寞了。他希望杜博士能夠早點到局裡來，但是今天上午他偏偏沒有來上班。神經過敏的章幼嶠不免做了許多的猜疑，他們都逃了吧，都逃到租界去了吧。王博士是託庇於德國人格拉塞的宇下，可以避免英國兵的仇殺。

等到十一點多鐘，王博士才從對過回到局裡來，不住地哈哈大笑。

「格拉塞的意見怎樣？」章幼嶠問王博士。

「沒有問題！格拉塞先生到底比我們有經驗。他說，英國如在長江上游用兵，必然會失敗，要給革命軍完全殲滅，英國人絕不至於蠢到這樣地做無謂之犧牲。但是，英國人一定要報復這個仇恨的，他們必然用經濟力量來壓迫革命政府……」

章幼嶠聽見後便想，這也罷了，只希望沒有炮灰的戰爭，經濟壓迫是說說而已，不見得會實現吧。

二十二

章幼嶠和王博士剛吃完了飯，杜博士滿面笑容地走進來了。

「怎麼上半天沒有來？」章幼嶠問他。

「過江去了。」過江者，赴漢口之謂也。

「漢口的情形怎麼樣？」

「人心浮動，到處亂糟糟，英租界裡的街路，髒得一塌糊塗。中國人到底沒有自治能力……」

「哈，哈，哈！這是一種買辦階級的心理。」王博士說笑了。

「的確是如此的。」杜博士一本正經地批評中國人之無秩序、無教育，因為他是研究教育行政的博士。

「不錯。」王博士仍然在大笑，連連點頭。

章幼嶠便想，王、杜二博士，殷祕書連他本人，一共四個高級飯桶，若衡之以當時的革命思潮，都是十足的[反]革命思潮，都是十足的反動分子。

三個人把鄧主任、郭副主任、張科長、郭科長等領袖人物，月旦了一番之後，都感著疲倦了。由杜博士的談話，章幼嶠直覺著他是到漢口去整理他的經濟問題，似乎是將漢口鈔票改換上海鈔票或美鈔。但在當時，章幼嶠對於這個問題毫無感覺，也不發生興趣。由收回英租界會影響到漢口的金融，這是何等微妙而深刻的問題，當然章幼嶠在當時是夢想不到的。

等到三點多鐘，殷祕書還不見回來。章幼嶠也準備過江到家裡去看看，他在江漢關前二馬路頭登了岸，沿歆生路朝北走，到了福昌飯店便轉入英租界，想在租界裡巡禮一周。漢口的英租界只是彈丸之地，但是各路口都有穿著童子軍裝的青年工友把守著。章幼嶠因為穿著軍裝，所以通行無阻。

他覺得他自己穿著軍服實在臃腫得難看，並且軍帽狹小了一點，戴在頭上，比一般人的帽頂，特別高聳起來，活像一個大「阿福」。他在街上走著，感著非常地難為情。他忽然發現有二三個自命為青年革命元勳的學生了。他怕穿軍服的醜態給這些思想前進的青年看見了，拿去當笑的資料，忙從頭上把軍帽取下來，遮著臉孔，趕快跑進橫街裡去躲了一躲，等那批CY走過去了後才再出來。章幼嶠是始終不承認他有穿軍服的資格，因為吃飯，才把這種猴子服穿上身的。

章幼嶠在一條馬路上走著，忽然發現一張布告，內容是關於收回英租界鼓勵民眾的文字，下面是××黨代表陳群。他似乎在什麼地方聽見過「陳群」這個名字，想了半天才想起來了。原來他是在武昌一家照相館裡看見過一張有六七個穿軍服的青年合拍的照片，前面坐著一排年紀比較大點的人物，後面立著的有四個人，其中一個是周弗害。和周弗害相隔一個人，是一位足稱為美男子的青年，問了問照相館的人，照相館的老闆便把相片後面的姓名錄翻過來給他看，原來這個美男子便是陳群。相片裡的七八位青年像是屬於一種特殊組織的小組，由當時的情勢推測，這個小組便是不適於當時潮流的反動派。好像梅思平、樊仲雲也在裡面。

「原來是一個黨代表。」章幼嶠當時還當陳群是由莫斯科才回來的最尖端的人物，但是他出了這張告示之後，在武漢便再聽不見他的名字了。大概他是呼吸不慣武漢的鐵素濃厚的空氣，所以不想在武漢戀棧，逃回上海去呼吸富杇氮素的空氣吧。

本來在當時，能夠「紅」到底，像項中發、呂律山等人，也很不錯，不然就索性「白」下去，縱會是逆著潮流，已算是英雄好漢。最可憐的是想投機「紅」不了，染成了醬色，終於變為黑色，周弗害便是這個類型的代表者。

關於周弗害和陳群的關係，章幼嶠曾提出來請教過殷祕書。他和殷祕書相處了兩個多月，章幼嶠常為不安定的局面而大發牢騷，所以殷祕書相信他是毫無背景的了。他對於周弗害，似乎也感著不滿意，因為章幼嶠請教了他，他便從抽屜裡檢出一本《孤軍》雜誌，翻出裡面一篇取名「君晟」所寫的文章來給章幼嶠看。章幼嶠把它略翻一過，就完全瞭解這篇論文的內容了，簡括地說就是誹謗總理的三大政策。

「你猜君晟是誰？」殷祕書笑著問章幼嶠。

「不知道。」章幼嶠翻過封面來查看出版的月份，這正是十天前才在上海出版的刊物。

「就是那位先生。」殷祕書笑著說。

「周弗害？」

殷祕書點了點頭，他告訴章幼嶠，他也是孤軍社社員，還是在日本京都帝大時代由周弗害介紹入社的。

「孤軍？不是范壽康等人發起的《孤軍》雜誌麼？記得郭沫若、滕固等人都寫過文章。」

「這又是一個孤軍，一種團體的組織。」

「周弗害在這邊做事，變名向反動的刊物投稿，攻擊這邊的革命政府，這點似乎不甚光明。」章幼嶠這樣想著便說出來了。

「發表意見是可以的。合則留，不合則去。有時為技術上的問題，在相反對的陣營中做事也未嘗不可以。不過老周的作風的確是太不該了。」

「匿名寫文章攻擊革命政府，是不是？」章幼嶠覺得周弗害所發的議論也有相當可能引起他的同情的地方。

「還有呢？」殷祕書像替周弗害難為情般地，想說又說不下去。

「還有什麼？」

「他想在這邊做官發財，不惜向C.P寫悔過書呢！」

「悔過書？悔什麼過？」章幼嶠聽見後很驚奇。

「他加入過西山會議派，從前寫過文章罵C.P為亂黨，所以要悔過，他的悔過書是由劉伯重專呈C.P的中央。」

章幼嶠知道，當時C.P的中央是陳仲甫，這一個老好人，劉伯重是陳仲甫的好朋友，也是周弗害的昔日同志，所以相信周弗害今後是願意做C.P的同道人了。的確，當時周弗害也發表過幾次投機的演說，大罵國民黨內部有老朽昏庸的分子，實在妨害了像雨後春筍般的伸[生]長起來的革命勢力。周弗害的這種演說是一番面目，用君晟名義在《孤軍》雜誌上發表的文章又是另一番面目，他真是八面玲瓏。果然不久他就升任了上校，調到西湖書院當中央軍校的祕書長了。中央軍校的前身即是黃埔軍校，全校學生由廣州出發徒步走來武昌，這種精神實在令人欽佩。

中央軍校校長當然是蔣總司令。鄧主任仍然任教育長，教官卻是五花八門，派系複雜。當時比較文明的有許德珩、陶希聖、梅思平、惲代英、施存統（復亮）、鄧初民、沈雁冰（茅盾）、樊仲雲等國內名士。

在當時，文化人比較容易投機找職業。只要在武昌閱馬場、漢口後城馬路開民眾大會的時候，走上講演臺上，咆哮一回，罵罵軍閥及買辦階級，並為工友捧捧場，或談談無產階級專政的理論，那就一定可以找到一個相當的飯碗。因為當時實在是人才缺乏。

章幼嶠知道第十一軍軍長是陳銘樞了。北伐當時，陳銘樞是第十師師長，因為北伐有功，擢升第十一軍軍長了，第十師改屬第十一軍，此外還有第二十四師和第二十五師。陳銘樞升任了第十一軍軍長，蔣光鼐就升任第十師師長了。至於張發奎的汗馬功勞本來不在陳銘樞之下，但不能升任獨當一面的軍長，只獲得一個虛名，第四軍的副軍長。有人說，因為他在當時過於投機，所以不能得當局的信任。至於陳銘樞則敢作敢為，對於極左派的主張，常做毫不容情的指摘及批評。

章幼嶠有時也跟殷祕書去上衙門，他常遇著一個軍裝樸素、大頭大腦的青年，每看見章幼嶠便微笑著連連點首致敬，對於殷祕書卻不十分在意。但是他又不向章幼嶠道姓名，章幼嶠也就無從向他請教了。

「這位是誰？」等那位青年走過身後，章幼嶠問殷祕書。

「你不認識他？他像認識你呢。好像是姓徐吧，你們廣東人，是第十一軍的軍政治部主任。聽說不久就要升少將了。」

章幼嶠雖則不羨慕少將，但是覺得這位青年實在年紀太輕了，就稱少將，反觀他自己，已經于思于思的年齡了還是一個少校，相形之下，實在有點不願意。

這時候，武昌綜合大學也開始籌備了。大學委員由政府提名，最初他們也把鄧演達的名字列入去，但給鄧主任拒絕了。結果大學委員五人為徐季龍（謙），顧孟餘、李人傑、張伯軍、周弗害。顧孟餘在當時是空頭教育部長兼黨部的宣傳部長。前者只是有顧部長一個人，所以沒有衙門，後者雖然簡陋，但在漢口總算有宣傳部這個機關，發行有《中央日報》，《中央日報》的總編輯是陳啟修（後改名豹隱）。

因為顧孟餘是教育部長，所以不能不將他的名字也列入大學委員會裡面，但是他始終沒有來過武昌。徐季龍卻常來出席會議，但也只是形式上的主席。實權完全操在李人傑手中。李人傑是東洋派，很害怕張伯軍的歐洲派進來掠奪了他的實力，所以拉了周弗害，也保薦他當一名大學委員，遇必要時，可以為他撐腰。因為章幼嶠是日本留學生，和李人傑同學，李人傑很相信他，常告訴他不要多讓歐美的分子參加到大學裡面來。章幼嶠卻認為大學不是一派一黨的人所能包辦得了的，果然是人才，就是任何國的留學生也可聘請進來的。

大學委員會聘用章幼嶠為理學院的地學系主任，所以他得參加大學籌備會，因為各系主任是當然籌備委員。在會場上，大家都叫他做章主任。

「你這個任字改為席字就不得了哩！」周弗害坐在章幼嶠的對過，他指著紀錄簿上的「章主任」三個字，向章幼嶠說笑，因為當時的黨主席兼國民政府主席的張靜江，張和章諧音。其實當時的武漢革命同志，只當張靜江主席是一個空殼招牌，稱他做跛腳主席，並不怎樣羨慕。

當時的地學系缺少一個古生物教員。張伯軍寫了一封信給章幼嶠，介紹一位生物學家夏亢農（康農），要章幼嶠把夏亢農安插到大學裡面去。章幼嶠當然是奉命唯諾，因為是上司張伯軍交代下來的人物，等到開大學籌備會的時候，章幼嶠便提出夏亢農的名字，要求大會通過夏亢農為地學系教授。

「只二十四歲！」主席李人傑表示，夏君是否巴黎大學畢業，固然有待調查，並且僅二十四歲便可當大學教授，無論如何不能同意。章幼嶠便想，張伯軍也是一位大學委員，而他又是地學系主任，兩個人介紹一個夏亢農做教授，也不能通過麼。他把這個意思告訴了李人傑後，李人傑冷笑了：「那是你地學系的問題，你願意負責就好了。」

章幼嶠聽見李人傑的忠告，也感著內心的慚愧，自悔不免過於感情用事了。結果，只通過了夏亢農為講師，每週擔任三小時的古生物學。夏亢農當然很不滿意，但他也知道內情，不能埋怨章幼嶠。

因為有這個關係，夏亢農常到鄂園來看章幼嶠，大家都是半吊子，不左不右，所以很率直地把時局大大地批判了一番。由夏亢農的介紹，章幼嶠又認識了吳玉章的侄子，據說是冶金學博士，因為由某大人物下條子，李人傑不得章幼嶠的同意便把吳博士安插在地學系裡面來了。吳博士不知怎樣找著了夏亢農，由夏亢農的介紹也帶來鄂園聚談。因為都是自然科學的頭腦，實在看不慣只有開民眾大會及遊行呼口號的亂糟糟的當時的局面。

「照這樣的情形看來，我們的專門學問是不需要了，往後不能靠它吃飯了。」章幼嶠和他們說笑。

「不要緊，加上革命的三個字就好了。課程表上，大書特書你所擔任的是革命的生物學，他所擔任的是普羅列塔利亞的冶金學……」

三人不禁大笑起來。

「的確，只見他們跳來跳去，忙個不了，但是沒有半點建設。這樣的局面，怎能維持下去。」吳博士不像他的叔父，頭腦並非無產階級的，是非常機械的。他看見章幼嶠的一本美國克拉克所著的《地球化學資料》，便說借給他做參考，他拿了這本書去後，便不再來了，人和書都是杳無音信。章幼嶠至今還思念他和那本書呢。

夏亢農對於每星期僅僅三小時的講師，極不滿意，但他不想參加軍隊的政治工作。因為當時認為軍隊上的政治工作都是由C.P在把持，所以從事政治工作的人員一定是C.P或CY及其同道人，夏亢農顧慮到將來，所以不肯像章幼嶠一樣廉價出售他的身份。

「我本來可以進第十一軍軍政治部當一個科長，或一師的政治部主任，軍政部主任徐名鴻也曾拉過我，他是我在北京師範大學附中時代的同學。他是你們廣東豐順人，你不認識他嗎？」

「不認識。」章幼嶠聽見後便想，豐順縣是客家人了。鄧主任是惠州客家人，張發奎是曲江客家人，陳銘樞是合浦客家人，黃琪翔是梅縣客家人，葉挺是惠州客家人，葉劍英也是梅縣客家人，在那時代廣東軍隊裡有不少的客家人，無足怪。特別是鄧主任喜歡任用客家人。

中學時代的學生古顯群，有一天走來拜訪章幼嶠。他已經祕密加入了CY，但不肯告訴章老師。他只向章幼嶠訴苦，他說在學校宿舍裡，差不多每天有遊行，每晚也開會，很明瞭地同在大學裡無學可求了。所以他也想出來找點小小的政治工作，要求章幼嶠替他介紹，當時夏亢農適在座，章幼嶠便介紹古顯群認識了夏亢農講師。

「夏先生替他介紹到徐主任那邊去好嗎？」章幼嶠笑著託夏亢農。

「中少尉階級的職員，不成問題吧。」夏亢農滿口答應了，立即寫一封信給徐名鴻，特別申明這位古同志是章幼嶠的高足。他寫好了信先給章幼嶠看。

「寫明是你的高足當更有效力。因為徐名鴻常常問及你，好像認識你。」夏亢農補充著說。

古顯群急不可待地拿了這封信，滿額掛著汗珠，匆匆地跟向藩司衙門去拜候徐主任了。

到了晚上，古顯群又來看章幼嶠。他說，徐主任看了夏先生的信之後，十分客氣，滿口答應了可替他設法找一個位置。臨別時，還特別送他到轅門首，拍著他的肩背說，回去代問候章老師。

「章先生，徐主任說，他也是你的學生，從前你教他念過半天的英文，並且說，你是他父親的同學。」

聽見古顯群的報告，章幼嶠沉想了一會，才想起來了。由宣統二年至民國元年間，章幼嶠是廣東高等警察學校的學生。順豐的徐簡庵先生，便是他的先輩，比他早一年畢業。民國元年章幼嶠考上了官費赴日本留學，民國三年九月初，他再回到廣州來看看一別經年的廣州情形。徐名鴻便是徐簡庵翁的哲嗣，那時候他才十五歲，光著和尚頭。章幼嶠走去拜訪徐簡庵翁，他便叫名鴻過來叫章伯伯，行了一個鞠躬禮。徐簡庵翁又告訴章幼嶠說：「這個小狗子倒滿聰明，現在高等小學畢業了，鄉裡的中學辦得不好，所以帶了他出來省城，準備投考高等師範的附屬中學。不過沒有學過英文，附中是要考英文的，此刻正在急急補習呢。」

徐簡庵翁說了後便叫名鴻把英文教本拿出來，並且對他說，有不明白的地方好趕快請教章伯伯。章幼嶠就在那時候教徐名鴻念了一個下半天的英文，第二天便回香港轉搭日本輪船東渡了。

章幼嶠和徐名鴻是有這一段的姻緣。但在武漢，始終沒有會過面，更沒有一次的杯酒言歡。當福建人民政府事變那年，他由福州回粵省東江的途中，給陳濟棠的部下捉了去，被槍決了。回憶前情，章幼嶠常為墮淚。

「江漢曾為客，相逢每醉還，浮雲一別後，流水十年間……」情景雖則不同，但章幼嶠每詠此詩，就會想起年僅十五齡、光著和尚頭、打著赤膊的徐名鴻的影兒來。

戰事停止了，在形式上政府想從教育和建設事業上做點工作，所以大小政治機關和軍事機關一天一天地增加。但是，在當時並沒有中央財政機關，一切收支都是暫由湖北財政廳統籌。這時候建設廳長張大慈轉任財政廳長，孔庚升任了政務委員會主席兼建設廳長，鄧主任早辭去了政務委員會主席。張大慈在財政上的設施，頗為當時各界所指摘，尤其是在商界，真是怨聲載道。但是他也有他的充分理由，他說：「誰都伸手向我要錢，不增加捐稅，怎麼能應付得了！」

北伐軍初到武漢，帶來了多量的毫洋券，票面上的壹圓、伍圓、拾圓等字樣印得歪歪斜斜，很不美觀，並且一律是黃綠色，顏色也不鮮豔。在票面上加蓋了「暫作四個大洋」黑字，想在武漢推行通用，但是到處碰壁，就打個對折也無人接受。所以革命政府還是要向湖北人作揖，請求他們幫忙收集漢口鈔票。當時漢口通行的鈔票是交通銀行的紙幣，其次是中國銀行的，再其次是浙江興業銀行和四明銀行的，不知道是為何理由，北伐革命軍到了漢口，浙江興業銀行和四明銀行都把他們的紙幣全數收回去了。他們似乎有先見之明，預知道漢口金融遲早有混亂的一天。至於中國和交通兩行是半國立銀行，對於革命政府，雖則心裡有些不願意，但也表示合作。

省政府的開支浩繁，籌碼終於不敷支付。幸得中央銀行的新鈔票運到漢口來了。深藍色的一元券，橙黃色的五元券，胭脂色的十元券，特別是十元券最為美麗。我們的薪俸由殷祕書代領下來了，那是新發行的中央銀行券。杜博士把十四枚胭脂色的鈔票拿在手裡，展開成摺扇形，對著章幼嶠笑嘻嘻地說：「滿好看，這樣美麗的顏色，叫人捨不得用掉。」

杜博士是留美學生，也許習染了好多愛鈔癖，其實這是無傷大雅的。章幼嶠曾在某報的副刊上讀過一篇文章，敘述國學大師章太炎先生即有愛玩花花綠綠鈔票的怪癖；據說，太炎先生每天夜裡臨睡之前，一定把箱裡的鈔票取出來把玩一番，然後又鎖回箱裡面去才就寢，不知確否。

二十三

新發行的中央銀行鈔票，在武昌似通行無阻。因為當晚上，領到了薪水，殷祕書、王博士和章少校便到長街上的一家小飯館裡去，打算儘量地一醉。當會鈔的時候，飯館的掌櫃倒很歡迎，毫不遲疑地收進去了。因為他們知道，最少中央鈔票是可以繳納稅餉，絕不至於落空。

但是章幼嶠把中央銀行鈔票帶到漢口來，在各家商店問了問，都不願意接受。有一家狡猾的廣東人開設的五金店，說要打六折、七折才收用。章幼嶠到總政治部的會計處去問了問，會計先生馬上拿出舊的交通銀行鈔票來給章幼嶠，把新的中央銀行鈔票收回去，然後望著章幼嶠笑了笑，笑得他十分難為情。他想，會計先生們一定當這位老前輩是十足的一個傻頭傻腦的書呆子，但是他們答應調換舊鈔票總算是看得起這位窮酸的老前輩了。

其實，總政治部總部裡面的人員，對於經濟消息特別靈通，他們知道新財神（老財神是蔣士詒）財政部長宋子文就要到漢口了。

宋部長到了漢口，漢口金融界表示歡迎。由宋部長的手腕，獲得了金融界的同意，中央銀行所發行的鈔票數額以四千萬為限，由漢口金融街負責兌現，經各銀行當局聯合在報章上聲明負責中央銀行鈔票的兌現以後，中央鈔票便通行無阻，也沒有人拿這種新鈔票向英、美、法、蘇銀行兌現了。民眾對於鈔票的心理是莫名其妙的，你叫他們來兌現，他們偏要保存鈔票，你若限制兌現或施行某種緊急經濟條例，但也只能發生一時的效力，終不能保持長久。因為中國老百姓盡是黃老哲學的信仰者，政府的苛酷的法律條文愈緊，老百姓便對政府愈沒有信仰。但是僅四千萬元實在不敷二三個月的開支，羅掘俱窮的革命政府，便向中國、交通兩銀行提用無準備金尚未發出來的庫存鈔票。薪水發下來的時候，號碼是相連的。過了數天，中國、交通兩銀行在報章上登出了啟事，聲明在民國十六年三月以前所發行的舊鈔票，由該行負責收回，至民國十六年三月以後所發出由某某號至某某號則不能負責等話。這個聲明不知害了多少人，章幼嶠也算是一個小小的被害者。

因為政府動用了中國、交通兩銀行無準備金的庫存鈔票，漢口金融界便起了一大波瀾，認為是經濟的一大恐慌。若在今日飽嘗鈔票變革風味的老百姓看來，那真是比螞蟻還要小得可憐的平凡的經濟變動。章幼嶠在那時候才學會了用漢鈔去換掉申鈔，打一個九折。其後，天氣愈熱，折扣也跟著增大，最後低落到五六折了。至於銀元在市場上早失了蹤。

「打倒老朽昏庸」的標語，終於在市面上出現了。本來武漢方面都一致擁護蔣總司令，盼望他能夠來坐鎮武漢，發號施令，沿京漢線進兵，直搗北京。但是蔣總司令只是在二月間來過武漢一次，停留四五天，又回南昌去了。這是使我們C.P系的一批人士十分失望的，都說蔣總司令偏信元老輩的話，不和後進的革命分子合作了。

的確，在當時，總政治部的人員是非常熱烈地歡迎總司令的。總政治部在前一晚上下了一道命令：「明早八時，總司令所乘長安輪駛抵文昌碼頭，全體職員須於六時動身，前往歡迎。」

殷祕書和章幼嶠兩人，天一亮就起床，洗漱之後，早稀飯也來不及吃，就整裝出發。臨行前，看見王博士尚未起床，章幼嶠便去敲他房門，告訴他快點到文昌門外去歡迎總司令。

「我馬上趕來，你們先走吧。」王博士睡在床上打了一個大哈欠後，對他們說。他覺得這兩個書呆子真有點傻氣，歡迎總司令在時間上真用不著天不亮就起身，在空間上也不一定要到文昌門外。民眾歡迎大會不是明明寫著在閱馬場麼？來得及，到文昌門碼頭走走，來不及就到閱馬場參加。王博士把這個問題加以經濟地和法律地分析，並不從情緒上加以研究。的確中國人對於任何重大問題，僅從情緒或感情加以解決，所以得不到正確的結果，浪費了許多時間和精力。這天，章幼嶠和殷祕書實在浪費了大半天的時間和勞力，跟下午兩點多鐘趕到文昌門碼頭來的王博士一樣，都是和在人叢中，僅一瞬間，望見總司令的側臉罷了。

三個人很疲勞地回到鄂園，休息了一回，快近四點多鐘了，大家又說要到閱馬場去參加民眾的歡迎大會，其實不參加也可以，不過總想去看看熱鬧。因為總司令居然惠臨武昌，大家都當做這一天是極重要的紀念日，應當狂歡地慶祝。

但是，到了閱馬場，只看見黑壓壓地擠滿了歡迎的群眾，他們也就懶得擠進去了。章幼嶠這時候也感著十分地疲倦了，一個人走回鄂園來休息。他看見杜博士和平時一樣，坐在書桌前面，在翻譯尼亞林的《蘇俄教育》，態度很鎮靜。

「你沒有到文昌門碼頭去？」章幼嶠問他。

「無此必要吧！」他笑笑說。

「閱馬場？」。

「我剛才來的時候就經過那裡，看見了，就是這麼一回事。」他說了後，笑笑。

看杜博士的態度是：在歡迎者群眾中，多他一人不見得多，少他一人亦不見得少。章幼嶠一個人倒臥在床上，覺得今天他自己像失掉了一件什麼東西，心裡異常地不舒適。從一大清早起來到現在，只吃了兩副大餅和油條，覺得飢腸轆轆，力竭筋疲。他想：今天一整天到底忙了些什麼？四周像死一般地沉寂，他自身就像被禁錮在牢裡的囚徒，同時也感著一陣孤獨的悲哀。

等到他一覺醒來，杜博士早走了。殷祕書和王博士又尚未回來。章幼嶠更感著孤獨的悲哀了。他坐下來後，把今天他們四個人所取態度分析了一下，他覺得各人固有其先天的性格，但是後天的教育也是極重要的因素。杜博士是受了美國的教育，他那樣冷靜地傾於實際的功利主義。王博士是受了德國教育，一切是那樣按部就班，守了紀律，也不做精神上的浪費。殷祕書和章幼嶠是受了日本的軍國主義教育，遇事小題大做，流於形式主義，外觀上像是勇往邁進，但多屬不切實際的盲動。

「今天為什麼太陽剛出地平線，就早飯也不吃，趁這個霜後天，到文昌門碼頭上去乘涼？」章幼嶠一個人翻來覆去就是這個問題的推敲，現在他又陷於苦惱了。王博士和殷祕書還不回來。今晚上的一桌子菜飯只讓他一個人獨吃了，對著蒼黃色的電燈光（因為煤力不足），章幼嶠又覺得自己好笑起來了。

總司令當天就回漢口住在法租界的德明飯店，到第三天、第四天又過江到武昌來。好像是在第四天，他到總政治部來訓話，他們才得到一個詳細的瞻仰總司令風采機會。總司令稱讚北伐的成功，在功勞簿上政治部實居第一位；同時勸C.P同志不可有過火的行動弄得到處罷工罷市，實在不是好的現象，句句是苦口良言，我們都很感動。尤其是總司令的戎裝的樸素——連皮綁腰也不打——更令人感動得起了一種自責之念。

同是中國民族，有什麼事情商量不妥的，只要老百姓大家有飯吃，黎婆婆（元洪）尚知此中道理，當時的革命當局雙方（南昌和武昌）怎麼會談不出雙方滿意的條件來呢？這是不能單獨責一方面的，蚌鷸相持不下，其間是老百姓吃苦，一直鬧了四分之一的世紀，還是無法解決，國計民生也就快達到末日，人將相食的一天了。

現代中國人，說也奇怪，罕有立德、立功、立言等真心為國為民的偉大人物。當然對於國軍，知識分子要負完全責任。不幸的是現代中國的知識階級只有兩種人，一種是跟金元政治跑腿逐漸成為政治上的買辦階級，一種是一天一天地沒落而淪於逐漸增大的普羅列塔利亞群中飢餓者。這是歷史上的必然性，誰也不敢否認！

總司令終於離開了武漢。他乘原船長安輪東下，回九江去了。武漢人士，特別是左右不能的知識分子所憧憬的總司令坐鎮武漢，終成畫餅了。大家都感著失望。鄧主任的政治上的失敗就是奔走於左右雙方的調停工作不見成功，所以他到最後，唯有天涯涕淚一身遙地，回望著祖國，橫斷大沙漠，逃往歐洲去了。他是一個典型的受左右夾攻的人物。

總司令離開武漢後不久，鄧演達便辭去了武昌行營主任，由上峰派朱紹良繼任。鄧主任這時候只有總政治部這一個機關了。

在那時代，「黨權高於一切」仍然是一個空洞的口號，政治要在軍事面前低首。武漢的實力核心是在第十一軍和張發奎的鐵軍（張發奎升任了第四軍軍長，黃琪翔由副師長升任第十二師師長）。最初鄧主任的政治力量可以左右陳銘樞和張發奎。其後因為總司令不坐鎮武漢，陳張之間發生傾軋，結果鄧主任和陳銘樞之間也發生了裂痕。不過在革命勢力不可分裂的標語之下，雙方還繼續著貌合神離的合作。

鄧主任每天都到總政部來辦公了。部裡的工作，便緊張起來。鄧主任所注重的問題有二：一是國際宣傳，一是農村研究。前者是加緊國際編譯局的工作，後者也差不多網羅了國際編譯局裡的全部人員，因為需要他們翻譯外國的農村問題資料。殷祕書奉命在漢口思明堂訂購了很多有關農村經濟的專門著作。除國際編譯局的人員兼任農村研究委員會的委員外，還有張伯軍、黃琪翔、陳銘樞和總政治部的蘇俄顧問鐵羅尼等也被鄧主任拉來當農村研究委員會的委員了。當開會的時候，正是午後一點多鐘，而時令適當夏始春餘，吃過了午後，大家都昏昏欲睡，但是鄧主任對於各委員卻毫不饒恕，仍頻頻催他們發表意見。

鐵羅尼只說法國話，由李鶴林翻譯。這位顧問也發不出什麼驚人的高見，他只說要多派幹練的人才到農村中去實地觀察，採集材料。陳銘樞沒有出席，鄧主任要求黃琪翔發表意見了。黃少將正在閉著眼睛養神，給鄧主任一問，他睜開眼睛，曲著食指和中指盡在亂夾他的鼻樑，笑著說：「我只會打仗，對於農村毫無研究，實在沒有意見可以發表……」

然後他繼續著發表了一些平均地權、耕者有其田等投機的理論，敷衍了事，但總算對鄧主任給面子了。

關於國際宣傳，第三國際竟派了兩個德籍共產黨員來指導革命政府的宣傳工作，一個叫做林哈德，一個叫做蔡輝。這兩位先生初來中國，對於中國的一切人情世故是十二分地外行。雖則是思想前進的共產黨，但對於中國人民，仍存著一種偏見，即是絕對服從白種人的買辦階級。他們要求相當的西式住宅，要求西菜廚子，要求僕歐，最好能說德國話，要求最新式的打字機和家庭簡易印刷機……。他所要求的是隨時增加，不僅總政治部的預算無法應付，就有了錢，在漢口也不容易買到。到後來，郭總務科長也為他們的無理要求而大發脾氣，罵他們不通世故，大概在德國過窮日子過得太久了，想到中國來享受。

二十四

便笑著對王博士說：「他們並不是德國民族，他們是猶太人。」他們初到漢口，先拜訪宣傳部顧部長。顧先生看見他們就頭痛，因為顧先生也是留德的學生很容易認識他們的品格，便把他們送到政治部來。鄧主任雖曾加拒絕，知道宣傳部實難容納，只好把兩位寄員接收過來了。

林哈德和蔡輝認為漢口租界已經是渾濁不堪、湫隘囂塵的劣等都市了。的確，拿漢口和柏林相比較，那真是上海和杭州之差了（西湖當做別論，只從市政和建築等要點而論）。他倆聽見宣傳部（部址在漢口舊俄租界第二特區）把他們踢了出來，叫他們渡江到馬科保羅的旅行記中所述的神話式的東洋古城中去生活，急得要哭出來了。但是，無可奈何，他們也只好跟著領路者，搭乘滿蒙黑塵、搖搖欲倒的輪渡，過江到漢陽門碼頭上來。他們還問，在武昌有沒有汽車，引得領路者不禁好笑起來了。他們不知道，在武昌縱令有汽車，也沒有汽車路，不能行車。當時只有一輛小型汽車是鄧主任所常用的，但在街路狹小、行人擁擠的武昌城中，駕駛速度較之黃包車，也快得有限。

林哈德和蔡輝在漢陽門碼頭登了岸，就實證地親歷了《馬科保羅遊記》中所敘述的古代東方城池了。拍成照片，製成銅版，印在書上，尚覺古色古香。現在身臨其地，才知道原來是這樣污穢而破爛的城市。無論怎樣巧妙的感覺派的描寫，無論怎樣生動的印象畫，無論怎樣逼真而入微的相片或電影，都無力量能夠影響讀者或觀者的嗅覺器官。唯有身歷其境，才能嗅著它的特徵的氣味。現在這兩位德國C.P實際地嗅著了典型的「支那臭」了。他們都拿出一方白手帕掩住了他們的鼻孔。

在碼頭上，陳列著數十輛的滿染黑油垢和灰塵的黃包車，在他們看來，即在歐洲中世紀時代也不曾有這樣離奇古怪的東西。但是目前是要叫他們做古人乘這樣污濁的黃包車了。他們互視著苦笑了一會，把帶來的外國雜誌和報紙敷在黃包車的褥墊上，然後坐上去，死也不肯靠著車背，只是扶著手杖，危坐著。

他們又發現一個東方奇蹟了。原來所謂城門，完全和他們所幻想的宏大的城門不同，只是一條長二三十丈的隧道，在這隧道中，來往最頻繁的便是肩挑著兩支木桶的挑水夫，把那條隧道淋淹得像是條淺河溝。除穿草鞋的或赤足的人之外，大家都以黃包車出進這條隧道，所以在這隧道中只看見黃包車和水桶。

進出的黃包車都列成一條長蛇陣，到了這個關門，起碼要等候半個多鐘頭，才得進去或出來。林哈德和蔡輝呆坐在黃包車上，便想他們是在做逆行運動回復到數世紀之前了。

黃包車總算脫了隧道，走進漢陽門大街裡來了。在街道兩側，有無限的古香古色的市景，供這兩位思想前進的外賓觀光：有肉店，在黑木架上掛著長短不一的肉塊；有清真館，在店門首燃著煤球爐，廚司立在鐵鍋面前，一面叫喊，一面在運用他手中的鍋鏟；有大餅攤，有炒貨店，真是五光十色，無奇不有。最使他們傷腦筋的便是紙紮店門首陳列著許多五彩繽紛的紙人兒、紙馬兒、紙箱兒、紙衣服，他們盡想也想不出這些東西的用途來，最後他們只好武斷這些紙紮品是落伍的中國人的玩具了。

在舊藩司衙門——第十一軍軍部前面走過時，他看過了這個類似宮殿式的中古建築，也當它是一座佛教的廟宇。

他們在武昌城內，嗅不著半點類似工業的氣味。沒有工業的國家，它的革命方式也許須略加改革，不可以應用刻板的公式吧，他們在考慮。

到了總政治部，當然先拜謁宣傳科的張伯軍科長，並且他們也知道了張伯軍會說幾句日爾曼話。張科長接到通報後，義不容辭地，他就人工地加強他的政治家的態度，搖擺著出來會這兩位外賓。

張科長的德國話並不高明，和他們交換了幾句客套語之後，只有連連點頭傾聽這兩位外國先生的訴苦而已。他們訴說由柏林來上海，已經是困難重重了，他們想不到由上海到漢口，比由符拉迪沃斯托克來上海，還要困難和費時。最後，他們訴說他們的旅費超過了預定的數目，個人在經濟上的損失頗大，暗示中國當局應當補償他們的這筆損失。

張科長的德國話，雖則說得不純熟，但是大體明瞭了他們的訴苦。他想這兩位C.P確是有點特殊，因為他在德國多年，也是在德國加入C.P的，從來就沒有看見過這種猶太人式的C.P。他微歎了一口氣，他恨顧部長是移禍江東。他覺得總政治部的火工無論如何也不夠力量，實在熬不爛這兩顆大豬頭。

最後，張科長告訴這兩位外國宣傳人員，應先到鄂園國際編譯局去和局裡的委員們會會面，先商量今後的工作技術問題。張科長是一位愛國者，極尊重中華民國的體面，他告訴他們，武漢的物質設備雖則貧弱，但革命勢力和人才已經逐漸集中和發展了，羅馬的建設並不是能成功於一朝一夕，這點希望他們要先有相當的理解。其次告訴他們，國際編譯局裡的委員們都是留學外國得有學位的人才，並且大部分是兼任大學教授，知名之士，希望他們好好地和這班委員們商量工作上的技術問題，若發生了摩擦，事情就難辦了。張科長真聰明，他知道這兩位外國宣傳員在學歷上是毫無根底，在德國是一個最起碼的通訊社員罷了，他擔心這兩位德國友人，心高氣傲看不起黃臉的中國學者，萬一在意見上衝突起來，失了面子，他實負不起這個責任。因為他在總政治部裡當宣傳科長，關於用人和宣傳方針及技術等問題，都要受C.P中央的支配，但是C.P中央給他的指令又不能理想地完全在總政部推行。所以他也有受雙方夾攻，說不出來的苦悶。換句話說，對C.P方面的指令，他必須理想地徹底地幹；但是在總政部人事上有許多行不動的地方，不能隨便開罪於人。因此，C.P中央譴責他為不忠實執行上級的指示，而總政部方面則怪他缺少應付手段，總是呆板地提出許多不切實際的、犯了左稚病的方案，實在麻煩不過。

林哈德和蔡輝到了鄂園，當然先找著了殷祕書。由領導者的介紹，及張科長的條子，殷祕書忙請王博士出來當翻譯。章幼嶠說，格拉塞先生和他們是同國人，何不也請他過來談談。王博士笑著搖搖首，因為格拉塞和他們在思想上互立於對蹠地位。

兩位外國先生坐下來，便重複地向他們訴苦。因為他看見鄂園這個建築的貧弱，在德國農村中的小平房也恐怕比它精緻十倍，最多只能以之充農產物倉庫或馬廄之用，他更擔心住宅問題之不容易解決。

「嘿！嘿！」王博士每聽他們申訴一句，便似笑非笑地「嘿！嘿！」一聲，似對他們同情，又似笑他們傻得可愛。

最後，王博士便把這兩位外賓所述的一切，翻譯給殷祕書聽。殷祕書覺得這兩位先生，何必老遠由德國跑到漢口來？像這樣的革命局面，實在值不得他們越俎代庖來宣傳，他們的跋涉真是可謂徒勞。

「不能這樣說呀，赫爾殷！」赫爾是德文的密司忒，章幼嶠聽見，王博士好像在海絡因（嗎啡精）。他繼續著說：「他們奉命而來，就是到大戈壁沙漠，到希馬拉雅山，也得動身。他們哪裡知道我們革命內情呢，他們也無從調查我們當前的革命的客觀條件，更無從知道中國尚有像武昌這樣的落伍城市。這是我們對不起他們，不能有充分的物質來招待他們。」

聽見王博士對他們的同情論之後，章幼嶠不免內慚起來，覺得王博士的見解一點不錯。的確，張伯軍科長就應當在青年會招待這兩位外賓吃一個午餐。

我們都吃過了午飯，他們兩人相視一笑，嘰哩咕嚕說了幾句，又向王博士說了一句話。王博士搖了搖頭，也向著他們伊希尼希特的說了陣話，他們指著額汗，點了點首。

王博士便吩咐勤務到外面麵館去叫三大碗的雞火麵，以饗這三位來賓——兩個德國朋友，一個領路人。

林哈德和蔡輝實在餓得可憐了。三大碗支那麵端來之後，王博士告訴他們，這個雞火麵是中國最上等的麵，並且是滾熱的，用不著擔心它是不衛生的食品。這兩位先生以不馴熟的手勢拿著竹筷子，又相視而笑了。他們望了望各位委員，又看了看筷子，再笑起來了。但是飢餓得不能忍耐的時候，就再不衛生的東西也要吃了，何況最上品的雞火麵呢。

他們吃了麵，但留著大半碗的湯，不願意喝下去，喝了幾口就擱下來了，大概是太油膩了。

他們吃了後，勤務兵便打滾熱的毛巾過來給他們揩嘴和手。他們在這瞬間，才感覺著中國人的這種享受確是有說不出的意味深長。當滾熱的毛巾覆在嘴上和擦擦掌心和掌背那瞬間，真可以令人神智清醒過來。啊！這就是東方式的享受！還有滾熱的龍井茶一杯，這杯龍井茶喝下去後，他們覺得在雞火麵和龍井茶的中間，似有一種不可分離的關係。

聽見雞火麵一大碗的價錢只要三角，連小帳不要三角五分，這真使他們更加吃驚了。談到無產階級的生活，王博士告訴他們，中國還有大餅油條，每件半分錢，現在漲價至八厘了，炕山芋更便宜，中國窮人每天只要能賺一角錢，也就勉強活下去了。

「那末，中國的無產階級革命，是不需要了？窮人能夠這樣容易地生活下去！」

「嘿！嘿！」王博士此刻不敢發表意見了。

這是當時由王博士翻譯出來給他們聽的。章幼嶠由這個問題便想起了王博士曾送給他的一張一千萬馬克和兩張五百萬馬克的德國鈔票來了，同時又想起了日本小川琢次博士在前次歐戰後到德國去視察戰後經濟狀況的報告，當時在柏林每一客西餐是一湯兩菜和兩薄片的黑麵包、火腿和肉片，真是薄得像一張紙片。每客定價近一千馬克了，但換算為日本幣，只值一角五分，故按馬克計算是貴不堪言，德國窮人休想問津，但是若按日本幣計算，又覺得便宜極了，不妨多吃幾客。故知在貨幣經濟上失敗了的國家，他們的最優良的食品，是專供外國人享受，本國人民連想嗅一嗅也不可能。猶之今日中國農人所飼養的牛和雞，是專供給美國人吃的一樣。

章幼嶠想了半天，像有所發明了。他覺得無產階級革命能否成功，不是在窮人只賺一角錢的貨幣能否生活下去的問題，實在是他們能否永久獲取像當時一角錢所購得的食料的問題。他也預料到油條大餅的價格今後會逐漸上漲，因為漢鈔對中鈔已經要打八五折了。但是他不相信油條大餅會像前次歐戰後德國的食品一樣地漲價，每件售價高至數千倍數萬倍罷。要極端受著寡頭金融帝國主義的經濟之支配後，才會發生惡性的通貨膨脹。

「事物本身的價格尚這樣低廉，無產階級的生活，一時不會發生恐慌，這是實情。」章幼嶠要求王博士翻譯給他們聽，暗示在一九二七年這一年中，中國的無產階級是不容易成功的。

他們也提到前次歐戰後，德國馬克貶值和物質缺乏的實例。王博士告訴他們：兩湖地方物產豐富，絕不會像歐洲那樣地發生糧食恐慌。

「油條大餅每件會不會漲價到一角錢呢？」章幼嶠說笑般地問王博士。

「那是一種神話！真的到了油條大餅賣一角錢的時候，天下要大亂了。」

二十五

英美帝國主義者，包括該國的宣教師，全數都早脫離武昌，即在漢口亦寥寥無幾。在武昌城內的白種人，只有格拉塞一個人。這次加上林哈德和蔡輝，一共有三個白種人了。

總政治部費了絕大的苦心才把林哈德和蔡輝的住宅問題解決了。因為在通湘門（武昌城東門）內有一棟洋樓，是美國浸信會牧師的住宅。美國牧師看見所謂「紅軍」從廣州殺到武漢來了，在武昌未籠城之前，早就逃往上海去，委託他們的中國僕歐夫妻看管。總政治部便強制地把這幢洋房租賃過來，以保存室內的一切設備為條件，讓林哈德和蔡輝兩位外賓住了進去。他們兩位外賓要求王博士也搬過去同住，並且說可以和他們一同吃飯，這個條件在他們看來是極端優待的了。但是王博士笑著謝絕了，他不想當他們的高等僕歐。張科長另派了一位廣西人黃士賓去招呼他們，因為黃君也是新從德國回來的留學生，專門化學工程，暫無用途，張科長只好委屈他為一名上尉，去當這兩位外賓的舌人。

這兩位外賓又向總政治部總務科提出抗議了，因為總政治部替他雇用的廚司烤麵包的技術實在不高明，第一烤出來的麵包顏色總是那樣蒼白，他們所希望麵包的皮色是美麗的咖啡色；第二是發酵不充分，麵粉質點過於凝集，質點和質點差不多沒有間隙，比中國的大餅還要結實，浪費了許多麵粉。但是，想從漢口把第一流西菜館的麵包技師請過來，總政治部實在無力負擔。庶務股為這件事奔走了許多時日，更換了三個西餐廚司，但也各有短長。林哈德和蔡輝最後也只好忍耐著吃那種結實而無味的麵包了。

關於統一國際宣傳，兩位德國宣傳曾要求鄧主任召集國際編譯的全體人員，每週舉行一次的會議，以便商討宣傳方針和技術。他們也模仿著鮑羅庭的口氣說：革命的原理是一定的，但是策略和技術是走「之」字形彎曲路線，可以向英帝國主義者做正面衝突，但是切不可開罪了日本帝國主義者。因為中國和日本接近，僅隔一條水路，若引起了日本帝國主義者之干涉中國革命，那末中國的無產階級革命必然地將歸於失敗。故對於日本帝國的無產階級革命成功之日，日本也就跟著爆發革命了——這是當時一般對於東亞革命的公式的理論輪廓，換句話說，日本的革命是要由中國的革命去領導的。這也許是當時的革命當局把自身做過高的評價吧。

總之，「中國革命與日本」這個內涵廣汎的問題，也是國際編譯局裡的一個重要的研究問題。一般主張，對日本宣傳須特別申明中國的革命是三民主義的國民革命，並不是和蘇聯一樣的無產階級革命。關於這一類的問題，C.P和國民黨之間固然有爭論，在C.P本身也有激烈派和溫和派的爭論。激烈派的主張是對外儘管稱為國民革命，但在革命的內質上，必須徹底施行無產階級專政的政策。激烈派的見解是C.P黨員絕不能為國民黨的少數人造成政治的及財閥的地位而犧牲。但是溫和派則認為投鼠忌器，若操之過激，則剛種下去的種子便會枯萎。陳仲甫、譚平山、張伯軍等都是屬於溫和派。

關於對日宣傳，國際編譯局也雇用了一個日本人，名字叫做田中忠夫。他原來是漢口日文報社的一個記者，對於社會科學有相當的研究，特別注意於中國的農民問題，他因為想參加中國革命，辭去了報社的職務。他曾初來總政治部訪問郭沫若，因為郭沫若能說日本話。郭沫若再見他那樣地衣冠不整、面貌不揚，覺得這種流浪文人實在無法安插。他雖則對於日本軍閥大加批判，但是不知道是否出於誠意，當時就是他的好朋友殷祕書也不敢置信。後來郭沫若被調往南昌去了。這位日本記者田中忠夫又很熱誠地跑到南昌，發揮他對於「中國國民革命與日本」的見解，並且他說，他在中國居留了十多年，從沒看見過像武漢革命時代那樣有朝氣、那樣勇敢的青年群眾，所以他願意為中國革命而犧牲一切。郭沫若給他的熱誠感動了，便寫了一封介紹信給他，叫他回武昌加入國際編譯局工作。他僕僕風塵地又由南回到武昌來。

有一天下午，殷祕書有事到總部去了。約摸是二點半鐘光景，勤務兵走到工作室裡來告訴章幼嶠：「有一個東洋人，說要會殷祕書。他說了半天的中國話，一點也聽不懂。請章先生出去招待他吧。」

章幼嶠聽見後，好奇心引動他走到會客室裡來。他看見一個又矮又黑的日本人，立在火爐旁邊不停地吸煙。在這樣的冷天，人看他的衣裝是非常地單薄，並沒有大衣，只一身半舊的色條格子，灰色西服，在胸口部襯衣已經破了一個洞口，胸肉也露了出來。他看見章幼嶠，忙伸出左手來遮住那塊襯衣的破綻。

他看見章幼嶠，認得不是殷祕書，本應該行鴨子吃水禮的，但他只很驕傲地點了點頭，像不願意和章幼嶠交談。

「有何貴幹？殷祕書說不定什麼時候才回來，有事請告訴我，由我轉達好了。」

章幼嶠用日本語和他說。田中似乎驚奇章幼嶠的日本語說得那樣流利，但他仍然不肯把他的祕密事情告訴章幼嶠，他只說，郭沫若有信叫他帶來，有重要事情必須面會張宣傳科長。

「重要事情？」章幼嶠跟著他無意識地說了一遍。

他不請教姓名，只問章幼嶠在日本什麼學校畢業，章幼嶠也只告訴他和殷祕書是同學。兩人間便沉默下來了。

「不早了，殷祕書不一定回來，等下你恐怕來不及過江了。」章幼嶠很誠懇地告訴他。

「今天不回漢口去了，想就住在這邊。外面有不少的客棧吧。」田中這趟笑著回答他。

「我倒不詳細。」章幼嶠從來沒有住過武昌客棧，真的不知道在武昌哪一條街有客棧。

「鬥級營。」田中的發音不正確，章幼嶠聽不懂是哪一條街。到後來，田中拿著鉛筆寫了「鬥級營」三個字給章幼嶠看，並且操著日本語說：「在黃鶴樓前面的一條街上，有很多酒館和客棧。從前我常來武昌城裡探訪新聞，都寄宿在這些客棧裡……」

章幼嶠聽見後，便想這位東洋先生也許是一個政治偵探呢，他對於武昌地理竟那樣地熟悉。日本人的作風和西洋人的作風到底完全不相同，日本人願意投宿那些像豬窠的客棧，這不能單拿生活貧窮來做注解吧。

「價錢便宜，上等房間五六角，普通房間只要三角錢。」田中把客棧費多少都背出來了。

提到鬥級營，章幼嶠便想起前年（民國十四年）當夏始春餘的時節，他和成仿吾、郁達夫在這條街上，商酌如何發展創造社出版部的計畫，章幼嶠和郁達夫正在熱心於向青年募集股項，每股五元，這是周全平的創案。回憶舊情，章幼嶠有無限感慨。因為他最近接到郁達夫由上海創造社出版部寄給他一封信，並匯去大洋一百元，說是章幼嶠的版稅。郁達夫信裡要求章幼嶠向郭沫若疏通及解釋，對於他批評廣州革命政府的文章，不必過於認真，他只是發發牢騷而已，不要因為這種瑣事傷害了過去的友誼。

郁達夫本是最愛發牢騷的文士，對於當時的思想潮流，又不肯靜默地研究一番，只是滿腹的不合時宜，脫離了中山大學，成仿吾看見他失業了，便叫他到上海來管理創造社出版部的業務。郁達夫到了上海後，便給一家反對刊物利用了，對於革命策源地的廣州政治，做了一篇枝葉的批判。表面上似乎是一篇堂皇的文章，事實上是做了北洋軍閥的代言人，攻擊國民黨。當時的革命勢力正在蓬勃地發展中，按照「革命勢力必須統一」的原則，郁達夫這篇文章對於當時的革命是一種毒害。郭沫若讀了郁達夫那篇文章之後，不禁大生其氣，他寫信給成仿吾，對郁達夫大加斥責，由成仿吾轉通知了郁達夫，達夫為此非常悲觀，擔心沫若從此就誤解了他，所以寫信來給章幼嶠，要他向郭沫若疏通。但是，這時候郭沫若已經不在武昌了，章幼嶠為他寫了一封信寄給郭沫若，並且將郁達夫的信封了進去。關於這封信，郭沫若並沒有覆函，大概他在南昌太忙了吧。

在當時，章幼嶠和郁達夫還是十足的書呆子，在思想前進的革命家眼中，這兩人是不折不扣的大傻瓜。就連成仿吾在當時也是渾渾噩噩。他們並沒有知道無論有如何深厚的友情，如果思想路線不同，便會送轉至於相對峙的地位。若是思想不同，就是父子也難相容，革命的鐵則是，只有同志，無所謂親戚或友情！郁達夫畢竟是感傷主義的文人，一直到抗戰的前夜，依然迷信友情可以左右思想，對於思想和策略也漫無區別。誤認社會主義可與資本主義合流，所以只賺得郭沫若的一笑。聯合甲帝國主義向乙帝國主義作戰，在郭沫若認為只是瞬間的策略；而郁達夫便誤認乙帝國主義是永久的敵人，甲帝國主義是永久的友人。所以在郭沫若和郁達夫中間的鴻溝，是無法填補的。郁達夫以為邱吉爾向希特勒宣戰了，便誤認這兩位先生為不屬於同一類型。這是郁達夫的最大錯誤。

二十六

殷祕書在傍晚時分，回到鄂園來了。恰恰是吃晚飯的時候，也便拉著這位日本先生一同吃粗劣的夜飯。田中要求喝老酒，但給殷祕書拒絕了。

一面吃飯，一面議論「中國革命對於日本的影響」的問題。田中武斷地說：「日本的無產階級革命未成功之前，中國的無產階級革命是無成功的可能。因為日本的工業比中國工業發達，中國工業可以說是等於零。」這是田中的機械革命理論。

「日本是夜郎自大，在資本主義方面固然要搶在中國的前面，難道對無產階級革命也不願落後麼？」章幼嶠故意地去諷刺田中，這句話把田中氣得急起來了。

「這是不通之論。中國無產階級革命所遭遇的反動勢力比日本的反動勢力還要大，日本的反動勢力只限於內部，中國內部的反動勢力非常脆弱，但是外部的帝國主義卻有好幾國，他們會集中力量來反抗中國的革命，而日本也是其中之一個。你們看吧！租界收穫了，但是英帝國主義者絕不願意單獨出面干涉中國的革命，它一定先利用日本。日本帝國主義者也一定先給英國利用，得意忘形地領導干涉中國的革命。你們不是發出了一個口號『打倒張作霖的後臺老闆』麼？頭腦單純的日本軍部卻吵起來了，這在我們日本軍有識者看來，是非常丟臉的一件事。因為日本軍部實在太不要臉了，誤認張作霖的後臺老闆是他們的獨家買賣。張作霖現在勾結哪一國的帝國主義，想各位早也明白了。不然的話張作霖的軍隊怎麼能夠長久駐紮關內京津一帶，能夠向南發展，最前鋒並且到達了駐馬店。這是哪一國的帝國主義者在做張作霖的後臺呢？」田中說到這裡，以充血的眼睛看著殷祕書，又在注視章幼嶠，好像在說「你這一介書生，焉知天下事」！

「不過張作霖也太冒險了，在關內的勢力基礎尚未造成，便開罪了日本帝國主義者，而他的老巢是在日本帝國主義者的掌握之中，看吧！張作霖一定是死於日本帝國主義者之手的，因為張作霖太冒險了，他掀動了帝國主義者和帝國主義者間的摩擦，他暴露了帝國主義本身的內在的矛盾。在世界革命的過程中，他確實盡了一臂之力，雖犧牲了，也是值得的，不過他本身卻沒有革命的意識罷了。事實上，他是中國未來革命的領導者的一人！」田中說了後露出他的兩列黑齒，哈哈地大笑了。

「張作霖是中國未來革命的功臣？」章幼嶠覺得田中的理論是愈演愈奇了。

「他在悠久的革命期間，他在長遠的革命過程曲線上，是盡了一小點的責任，最少，他沒有反動的逆革命的行動！」田中的態度很誠摯，也很堅決。

「他的反動勢力，不是正在京漢線上反抗我們的革命勢力麼？」章幼嶠有點生氣起來了，他認為田中是太看輕中國的革命勢力了。

「我說的革命，不是你心目中的革命。革命是長期的。大革命的完成是靠小革命的積集。你們今日的革命只是大革命曲線上的一小點，大革命的過程也許要經過半世紀、一世紀。今日你們的革命只是為東方大革命播了一顆種子罷了。」

「我們有鐵軍！」章幼嶠笑著伸出雙拳來表示中國的革命勢力。

「哈！哈哈！」田中仰頭大笑了。

「笑什麼？鐵軍打倒了吳大帥，又打倒了孫聯帥！」

「不知鐵軍背後有多少民眾？就算有了絕對大多數民眾的擁護，也還不夠。一定要聯合世界上以平等待我的民族，共同奮進。有了少數以平等待我的民族還不夠，一定要在世界上造成絕對大多數以平等待我的民族。因此，必須等到帝國主義者的崩潰，讓他爆發革命，然後才能獲得絕對多數以平等待我的民族，所以必須先讓日本爆發革命。」

「你們日本人的奴性太深了，不敢起來反抗統治者，不會爆發革命吧。日本民眾為什麼還不起來打倒土豪劣紳的代表天皇呢？」章幼嶠儼然以革命者自居了，其實內心也是深感慚愧。在一九二七年時代，他有什麼資格來談世界革命呢。至於資產階級內部是沒有革命的，只有一些制度上的改革，改來改去也不過是半斤八兩之差，不會有裨益於中國民族的。

「章先生的頭腦太簡單了，請在熟讀基本革命理論和經濟學，再來討論吧。」田中這句話對於章幼嶠簡直是侮辱了，但是章幼嶠很想明瞭他所指的革命到底是一種什麼革命。

歸納田中對於「中國革命與日本」的觀察，他的結論是：

一、日本如不能革命，中國革命是不會成功的。

二、最先妨礙中國革命的是日本的反動勢力，但是日本也許因干涉中國革命而引起其本身爆發革命。

三、中日兩國的革命勢力如能聯合起來，東亞革命便有爆發的可能。

四、沒有日本的革命勢力來聲援中國革命，歐美資本主義勢力必然地會征服中國的革命勢力。

五、最可慮的是日本在未爆發革命之前，和歐美帝國主義聯結成一條反動勢力的戰線，則中國革命更難成功。

六、中國能夠和歐美帝國主義者妥協，日本也更能夠和歐美帝國主義者妥協，所謂我能往，寇亦能往。若是到了中、日兩國競爭著和歐美帝國主義妥協的階段，中國的革命勢力更難發展。

七、中國的革命不僅是內部的問題，更是一個重要的國際問題。縱令內部的革命表面上說是成功了。但在國際上，若仍然以資本主義的帝國主義者為領導者，那所謂革命還是一種假革命。

在當時，田中的左傾的理論確是一時地折服了殷祕書和章幼嶠，由殷祕書的力薦，加上郭沫若寫給張伯軍的介紹信，國際編譯局便聘任田中為一個技術員，專翻譯中國的言論為日本文，寄往日本各大報上發表。

至於那兩位德國C.P，到差之後養尊處優，在工作上卻毫無表現。但這也是難怪他們的，他們不僅工作不會說中國話，也不認得中國字，他們看見中國報紙上所印刷的倉頡遺產，只當是一大群的力形黑小蟲，莫名其妙。他們感到了慚愧，便要求舉行一次工作會議。因為梁伯涵會說流利的德國話，鄧主任便派他來當會議的主席。在會議上，林哈德和蔡輝提議由各委員先搜集材料或擬宣傳文稿，統交王博士譯成德文，然後送給他們兩人檢閱，決定可用不可用。由他們認可為部分的或用經過他們改削者，再發回王博士，由他轉譯成中國文，這算是定稿了。然後由各委員分譯成英、日、德、法文字到外發表，這就叫做統一國際宣傳。

這兩位德國C.P的提議終於引起了全體委員的反對，就中反對得最激烈的是王開化博士，因為他們的提議若給通過了，王博士的工作便非常地繁重，縱令夜以繼日，恐怕也翻譯不了這許多宣傳文稿吧。最初是由中譯德，送交林、蔡兩人審查，改削了之後，再由德譯中，並且林、蔡兩人所要求的宣傳資料，包括的範圍極其廣泛，舉凡關於軍事、政治、經濟、文化、教育、社會、民眾運動等等都要採用，差不多是一種年鑑式的的體裁。像這樣繁重的編撰，要求王博士當兩架打字機，一是西文的，一是中文的。王博士當時聽見這個提議，氣得臉色發青了，幸得他沒有鬍鬚，不然真的要倒豎起來了。

殷祕書表示，他的事務太繁，不能擔任編撰工作。杜博士說，他只翻譯蘇聯的革命史料供給中國人閱讀，不想寫英文宣傳文稿。章幼嶠表示，他只是從日本報章翻譯些該國輿論對我國的批評以供當局的參考，也不會寫流利的日本文章，對日的宣傳文稿是由技術員田中忠夫執筆。

他們三四個委員把林哈德和蔡輝所希求的工作，推得一乾二淨，王博士也態度嚴厲地表示他並不是一架打字機，並且他還在名正言順地研究馬克思的《資本論》，實在不能接受林、蔡兩人的提議。各人的意見由梁伯涵翻譯給林、蔡兩人聽了之後，林哈德說，從事革命工作的同志應當服從命令，嚴守紀律。王博士聽見了後，哈哈地冷笑了，同時把林哈德對他們的批判翻譯了出來，大家聽見了，更加生氣了，於是全體脫席。杜博士還罵了一句Damn fool。

林哈德和蔡輝到這時候才發現了中國革命的實在內容，但是田中早就看透了這一點，大家便不歡而散。林、蔡兩位告辭走了後，梁伯涵便對他們幾位高級知識分子說：「林、蔡兩人的提議，因為不明瞭中國情形，固然不對，但是你們大發脾氣也傷害了總政治部的體面。鄧主任說，指揮知識分子從事革命是最困難的工作，要求知識分子革命真是等於牽牛上樹。這個會議流產了，我唯有據實告訴鄧主任。」

第二天中午，殷祕書從總部回來說，當局對於各委員的不守紀律大動肝火。張科長說要處罰這批高級知識分子，郭科長更是手指腳劃，大罵這批委員毫無革命同志的資格，要呈請鄧主任開除他們。

「郭冠杰本身又有什麼資格參加革命？」章幼嶠聽見殷祕書的報告後，很憤慨地說：「他是陳逆炯明的遺孽，這是蔣光鼐對他的諷刺。」

原來郭冠杰是由陳競存派往法國留學的半官費生，在里昂中法大學念書。當陳競存叛變的時候，總理聲罪致討。陳炯明的嘍囉們不論在國內海外，都發表通電為他辯護，而誹謗總理。在法國里昂中法大學有一部分的廣東學生也通電擁護陳炯明，反對總理討逆，郭冠杰就是當時簽名學生中的一個，吳稚暉老人曾加以指摘。有一天，郭冠杰和蔣光鼐在漢口討論革命理論的問題。蔣光鼐和陳銘樞在當時是所謂反動派，極端反對左傾的理論，郭冠杰卻以前進思想家自居，和蔣光鼐爭論起來了。到了最後，蔣光鼐便諷刺郭冠杰說：「你是陳炯明的遺孽，有什麼資格談國民革命？」

郭冠杰還想爭論，蔣光鼐便說「有書為證」。所謂書就是《陳逆叛國史》，裡面載有吳稚暉老人曾列舉里昂中法大學學生中反對總理討逆的名字。章幼嶠把這段故事告訴了他們之後，大家哄笑起來了。

「要開除了？大不了，我們脫軍服罷了。」杜博士更是滿臉通紅，很憤慨地大發牢騷。

唯有殷祕書最有涵養，一言不發，他在暗笑杜、王兩博士和章幼嶠的幼稚。中國知識分子常是憑一時的衝動去判別是非，這是最大的錯誤。對林哈德和蔡輝的不滿意，不能轉化為對總政治部發生惡感。假定因此而反對總政治部，更進而希望革命政府垮臺，那是在精神上的一種自殺。杜博士的口氣好像在說：「像這樣的政府有什麼了不起，遲早要塌臺的，新的仁義政府不久就要在武昌恢復起來，到那時候，我們將比閒著還有更好的出路呢。」這是在革命理論上犯了最大的錯誤。他不明瞭，將來的仁義政府難保不會把他們參加過武漢革命的人槍斃呢！

到了下一星期，鄧主任親臨主持國際編譯局的工作會議了，他到局裡來後，殷祕書領他到會客室裡來坐，章幼嶠和杜王兩博士當然一同出來「恭候」。鄧主任對這批賢（閒）人也不過點一點首，他像意亂心忙、坐立不安，讓他坐，他卻不願意坐下，因為他知道一坐下來便要和大家講東說西了。在他們間實在沒有可談的資料，鄧主任像有滿腹心事，只是在會客室裡漫步著，從這頭走到那頭，有時看看掛在壁上的這張照片，又看看那張照片，等到林哈德、蔡輝來了，便宣告開會了。

開會之後一邊是林哈德蔡輝，一邊是王博士在當原告和被告，打起口頭官司來了。大概是林哈德和蔡輝說話說得太率直了吧，王博士不服氣，滿臉通紅地立起身來高聲地開始辯論了。鄧主任到底不愧為一個革命領袖，他叫王博士坐下去，不必申辯：「我一切明瞭，但是要他們面子上過得去。」

鄧主任然後又說了幾句德國話，林哈德、蔡輝都點了點首。自開會後，一直都是他們四個人在講德國語，殷祕書、杜博士、章幼嶠三個人卻沒有插嘴的餘地，因為他們都聽不懂德國話，只是坐在會議席上，像鴨兒一樣，歪著首，發癡般地在傾聽天空的雷響，一句話，就是「莫名其妙」。最後鄧主任以快刀斬亂麻的手段，解決了他們間的糾紛，他把國際編譯局和林哈德蔡輝的關係截斷了。他對林、蔡兩位說：「兩位所需要的材料，可直接向宣傳部要求。國際編譯局並不負搜集宣傳資料的工作。」

蔡輝和林哈德聽見後，無話可說了。鄧主任再回過頭來向王博士說：「他們如果有所請教，比方關於重要資料，需要翻譯的，我想也不會很繁重，你就幫幫他們的忙吧。可以用口頭翻譯給他們聽，費不了多少工夫。」

中國和德國人間的一場大官司，就這樣簡單地給鄧主任解決了。散會後，他匆匆忙忙又要走了。他的侍從祕書裘學訓提著皮包跟在他後面，上了小汽車，據說又要過江開會去了。

鄧主任在武昌雖然有一所簡陋的公館，但是門庭若市，使得他無法應付，所以他近來躲在漢口第二特區（舊俄租界）公署樓上的一間房子裡。當時的第二特區區長就是梁伯涵。在這時候政治局勢大有山雨欲來風滿樓之概，鄧主任因為這個問題，深感著煩惱。他在政治上雖在儘量地敷衍C.P，但是還免不掉惲臺雲的種種諷刺。郭沫若稱惲臺雲為宣傳聖手，因為他長於口才，又善諷刺，有吸引聽眾的迷力。

不知道是武漢方面誤解了總司令，還是總司令認為武漢政局受C.P的包圍，實在不堪教訓，繼「打倒老朽昏庸」的標語之後，在武漢忽然發表了郭沫若所寫的〈請看今日的×××〉一篇文章。關於這篇文章，由國際編譯局方面看來，可說是無多大精彩，也認為無此必要。郭沫若到底是一個文人，性格又那樣地爽快率直，胸無城府，所以他毫無政治手腕及執行能力。他只會吹喇叭，無論在什麼時候都是負吹喇叭的責任。不過他的喇叭與平凡的喇叭不同，到底具有多少的煽動力。也許是武漢方面的中央（委員大部是C.P及其同道人）決定了和總司令脫離，郭沫若得了暗示，才寫了這篇文章出來吧。但是一般誤認為和總司令部脫離是鄧主任在主動，這未免是一個武斷。因為當時武漢由中央開除了好幾個右傾的中央執行委員才把鄧演達升格為中央候補執行委員，他除非引退，否則必須服從武漢中央的決議案。

脫離了總司令部的武漢軍事當局便組織了一個軍事委員會，設常務委員數人以代替總司令，鄧主任當然是其中之一，還有唐生智、張發奎，其餘卻記不清楚了，好像也有幾個文人在內。

當時最衷心服從總司令的高級將官是陳銘樞（第十一軍軍長），他們先後脫出了武漢。軍事委員會便發表了第四軍軍長張發奎兼任第十一軍軍長，原任第十師團長的范漢傑升任了第十師師長，第十師師部辦事處設在撫院街，靠近青會的地方。

國際編譯局裡有一位新進的擔任德文翻譯的委員邱少琛，他是鄧主任的保定軍校同期生，也是他的惠州同鄉，一位客家人。范漢傑也是大埔客家人，他接任第十師師長之後，便以三顧草廬的誠意，再三到鄂園來電要求邱少琛到第十師部去屈就參謀處長。國際編譯局的委員薪水雖然很微薄，但是總算一個清高的職業，對外的聲譽較好，並且是直屬總政治部。當時的總政治部是人才薈萃之處，為社會一般人士羨慕之的，只要說一聲「鄧將軍的部下，總政部職員」，便可在武漢橫衝直撞，行動自由，特別是一般青年男女都很希望能進總政部裡來當一個小職員。因有這樣的關係，邱少琛無論如何不想離開這個總政部的翰林院——鄂園，在周弗害、張伯軍等人眼中的招閒館。范漢傑是個很純粹的軍人，他答應邱少琛可以兼職，他知道國際編譯局委員差不多是拿乾薪吃飯的高等遊民。邱少琛還擔心給鄧主任知道了，會不答應。范漢傑又一力擔保，他可以向鄧主任解釋，因為鄧主任也是范漢傑的老師，並且同是說家的姆媽話的人。最後邱少琛便答應出任第十一軍第十師的參謀處長了。

二十七

北伐初期，戴戟和蔡廷鍇還是陳銘樞部下的營長。到了這時候，都升任團長了。蔡廷鍇就是第十師部下的一個團長。到後來，范漢傑也看不慣武漢的亂糟糟的政局，又因為新來的上司張發奎系統不同，使得范漢傑對他不免有晚娘之惑，所以不久之後，他也棄職離開了武漢。軍事委員會便把蔡廷鍇擢升為第十師師長，任許志銳為該師的副師長。蔡廷鍇是只會打仗，從未讀書的人，師部的一切公事，均由許志銳辦理，蔡師長只是蓋章而已。邱少琛是范漢傑拉進第十師裡的新人，因緣尚淺，所以范漢傑離職之後，邱少琛也遞出辭呈。但是許志銳是一位理智的軍人，毫無黨派的成見，只知用才，所以仍然把邱少琛拉住了。

政治風雲愈急，從事文化上□□□的國際編譯局委員，也就愈無事可做了。財政上的收支之差愈大，通貨膨脹的象徵也愈見顯著。因為漢鈔對申鈔低落至八成以下了，委員們的薪水對物價也就等於打了一個折扣，加以天氣日趨炎熱，所以大家都無意識地怠業起來了。其實並非怠業，在當時，凡是稍具政治常識的文人對於政局的前途都抱著隱憂，大家都有「今後怎麼辦呢？」之感，所以無心工作。為日後萬一失敗的準備，大家都各自為謀，很想另求出路，擇木而棲。殷祕書的堂兄弟，據說是何健的乘龍佳客，因此關係，殷祕書便進行那條政治路線去了。王博士的路線是頗複雜的，做多角的聯絡，他認識張治中將軍，也跟格拉塞一家去拜訪過黃琪翔將軍，因為張、黃兩人，在南湖陸軍中學時代是出格拉塞的門下。

邱少琛雖則寄宿在鄂園裡，但是每天早晨八點以前，便要到第十師師部去辦公，至下午，有時至深夜才回來。每天，王博士殷祕書等人起床的時候，都看不見邱少琛了。王博士像很羨慕他能夠兼任師部的參謀處長。一天，吃過了午飯，由王博士的提議，大家到第十師師部去看邱處長。的確邱處長也和他們說過了，請他們到他的師部裡去，他可以介紹他們和蔡師長許副師長認識。

殷祕書、王博士、章幼嶠三個人，叫了三輛黃包車，坐著趕到撫院街的第十師師部來的時候，約摸是下午一點半鐘了。會著了邱處長，便由他帶著到許副師長的辦公室裡去拜候了紅鼻子許志銳。許副師長不像軍人，是一個循循儒者，完全是參謀格或師爺格的人物。他始終是蹙著眉頭，態度是那樣謙和，但寡言寡笑。章幼嶠便直覺著他是一個舊式的有肝膽的人物，但非福相。

二十八

在許副師長室裡敷衍了一會之後，便回到邱處長的辦事室裡來談天說地。邱處長一面以軍用地圖為藍本，在做擴大河南省京漢線附近一帶地形圖的工作。

「我要趕忙做好地圖，我就一面工作，一面和你們談天好麼？」

「謝謝，用不著客氣。」

章幼嶠對於地形圖是深感興趣，因為他曾研究過地形圖，他便走過來看那張河南省的地形圖。

「怎麼？要河南省的地形圖何用？」章幼嶠冒冒失失地高聲問邱處長。

「噓！說話聲音低一點！是哪一省的地圖，你用不著管！」邱少琛微笑著斥責章幼嶠。

由廣州北伐的軍隊駐守武漢快半年以上了，各將領都有髀肉復生之感。眼巴巴地看著總司令率領第六軍（程潛）、第七軍（李宗仁）及其他部隊長驅東下，不久就可以占領孫聯帥的牙城南京。只有目前張發奎所率領的第四和第十一軍兩軍尚困守武漢，他們也逐漸和唐生智的第八軍，劉佐龍的第十五軍發生了摩擦。這些客軍，廣東部隊確有師老無功之歎，故急欲找一條出路。近來，在外間已經有廣東軍回師廣州的謠言了。

「要出河南麼，你們？」王博士低聲地問邱處長。

「這是軍事祕密。你們是不要緊，都和張大帥毫無關係，不致洩露軍事祕密。但是到外面去，卻不可以瞎說。」

「張作霖的軍隊，不值一擊吧。」章幼嶠總以為奉軍是腐敗的舊式軍隊。

「現在不同了。第一，他聯絡了英帝國主義，由英國供給了相當新式的軍備。第二，張作霖現在都提拔了新的人物出來治軍了。現在在京漢線指揮大軍南下的就是何柱國，他是黃琪翔的老師！」邱少琛很諷刺地笑著說。他對於黃琪翔這個幸運兒，只半年時間就擢升了第四軍副軍長兼第十二師師長，似乎有點妒忌，因為他是黃琪翔的保定軍校先輩，但還是當一個師參謀處長。據邱少琛的見解，黃琪翔只是會向左派投機罷了。

章幼嶠便想，以軍力占領一個地方，若能得而不能守，或能守而不能治，都不是辦法。沒有把握占領、保守及統治北京，欲以粵軍入豫，則「南風不競多死聲，楚必無功」，可知也。

「這真是下策！」章幼嶠感歎著說。

邱少琛也是不贊成出師河南的人，但因為他是負軍事責任的一員，當然不能隨便發表什麼意見。他很驚奇章幼嶠的見解，以出師河南為下策。

「那末，你有什麼上策？」邱少琛手裡拿著一支鉛筆，回頭笑著問章幼嶠。

「上策嗎？他們應當追隨總司令東下，占領江南。」章幼嶠發表他的高見了。

「我卻不贊成。因為廣東部隊東下，恐怕革命軍內部會發生摩擦，終至自相殘殺。」

「我的上策是打回老家去，把李任潮逐出廣東，趕走那個老頑固。」邱處長的高見是回師嶺南。

二十九

「這是中策，想避免衝突，不欲東下，那末回老家也是一個辦法。但是你能保證不和留粵的李濟深部隊衝突麼？」

「實在不能再在武漢屯下去了。在武漢和兩湖軍隊，遲早也會發生內部的衝突。」

大家正談論得熱鬧，蔡師長走來了。他嘴裡銜著香煙，笑著和他們點頭。他們便向他請教有關於政治的問題，他也像有軍師在他背後指導著他，他說：「我只是等候命令去打仗，什麼都不懂，還是要請教各位呢。」

的確，他真的只會在前線指揮軍隊作戰，對於內部的軍務，一點也不管。所以他空閒得有點覺得寂寞，很喜歡和他們談天。但是這批高等遊民、坐食階級，因為他是師長，又不便和他談文化政治等問題，所以在他們間的談話便少了。

蔡師長告訴他們，當討伐龍濟光、陸榮廷的時代，他還是當一名士兵，由那時代到今天，他真可說是身經百戰，也掛彩三十七八次之多了。他一面說一面擼起他的袖管，把脛部、腿部的傷痕露了出來給他們看。他還指著腰部、肩部、臉部，告訴他們說，都有在戰場上中彈的傷痕。

「我的生命是多餘的，所以生死早置之度外了。」

他們聽見後都佩服蔡師長的勇敢。過後，他們間又沉默下來了。但是蔡師長仍然不肯離開邱處長的辦事室，他抽著香煙在眺望綠樹陰濃的院子裡的夏景。在一株古槐的高頭，有一個巨大的烏鴉巢。蔡師長望著這個鴉巢出神，他像從來沒有看見這樣巨大的鳥巢。

「這個老鴉巢為什麼要造得這樣大？」蔡師長望著老槐樹上的烏鴉窠，感歎著問邱處長。

邱處長聽見後，先失聲笑了，等了好一會才回答：「不造這樣大的巢，牠們一家人住不下去。」

「烏鴉的一家人？」蔡師長最初尚不明瞭邱處長的說話，想了想後，才哈哈地大笑了。

到了四點多鐘，蔡師長還不肯走。他看了看手錶，便對他們說：「到對過看電影去好麼？」

對過青年會二樓每天下午四時開演國片，蔡師長也是寂寞得太無聊了，所以想看電影消遣。

因為蔡師長的招待，他們不便拒絕。只有邱處長表示工作忙，不便奉陪。

「丟那媽！不要緊！」蔡師長一定要拉他一同去，邱處長也只好恭敬從命了。

所演的國片並不高明，是《孟姜女》。章幼嶠算是第一次鑑賞國片，他想一九二六至二七年，就有中國影片了。看到中途，蔡師長又看得不耐煩的，先告辭溜了。

三十

國際編譯局的工作，據總部裡面的輿論，不單不緊張，實在太廢弛了。這明明是領導無人的結果，那就是局長人選的問題。有一天下午，國際編譯局接到了總部的通告，局長人選已經決定了高一涵先生，原北大教授，現在也任武昌綜合大學法學院院長。為討論工作問題，準定次日下午在總部舉行會議，同時也加了兩位委員，一個是有名的張申府，一個是成都傅紫冬。高局長是屬上校階級，大家對他都無意見。可是新來的張、傅兩位是中校的階級，而杜、王兩博士和章幼嶠還是少校。所以杜、王兩博士都覺得張伯軍科長有些措置失當，這並非薪俸的問題，而是官階和資望的問題，所以表示不滿。但是章幼嶠對於這點，覺得並不在乎，通貨膨脹中的鈔票，□然不必去多爭取區區二三十元之數，至官階更是毫無意義，在動盪不平的時局中，官階還是愈小愈好吧。譬如觀劇，大軸戲正在開鑼了，局面也就要結束了。是喜劇還是悲劇，雖未見分曉，但是要散場的還是必須散場，所謂中校、少校，也不過是優孟衣冠，又有什麼可愛惜的呢。

在總政治部舉行國際編譯局的會議，先檢討過去的工作，結論是「半年來毫無成績」。但是鄧主任不把毫無成績歸咎到殷祕書和各編譯委員身上去，他說：「這是宣傳科指導無方，張科長是應當負大部分的責任。不過，宣傳科的工作也實在太忙了，國際編譯局又設在總部裡，致工作上有許多隔膜，因此需要一位老成望重的人來坐在局裡領導一切的工作……」鄧主任說到此處，坐在他右手旁席位上的高一涵氏，就自然而然地低下頭去，像感著有點難為情。接著鄧主任便把高一涵的經歷、學問、道德、文章捧了一場，並且介紹他和各委員認識：「這位是高一涵同志！這位是張申府同志，這位的傅紫冬同志，這位是……同志，同志——」的確，在當時，同志真是個最時髦的名詞。當鄧主任介紹到「這位是章幼嶠同志」的時候，章幼嶠的周身寒毛便筆直地一齊立正。最後鄧主任立起身來笑著和高一涵同志握了握手，嘴裡連說：「高同志，偏勞了！」說了後便先告退席，和各委員點首，走出會議室外去了。章幼嶠真是傻頭傻腦，看見鄧主任走了，便以為該散會了，也立起身來望望張科長，又望望各委員，想跑了。他看見張科長伸出雙掌來指著這個章呆子，叫他坐回去。

「我們還要開會討論今後的工作。」

章呆子碰了一個釘子，紅著臉忙坐下來，大家都為他的周章的態度，哄笑起來了。

張伯軍坐在主席位對過那一頭，始終微笑著，不說半句話，當鄧主任宣告國際編譯局毫無成績是宣傳科科長應當負大部分責任的時候，他還是傻笑著。鄧主任問他有什麼意見，他仍然是笑著回答：毫無意見。章幼嶠想，這位張科長真是一個老奸巨猾的人。後來，他把這個意思告訴了殷祕書，殷祕書便說：這才是有政治家的風度。

第二次開會，張科長請高局長主席。高局長說，應當指導者宣傳科長主席。張科長說，現在總政治部改組了，在主任之下，有三科一局了，科和局平行，宣傳科長只是為工作的聯絡計，列席而已。兩個人推來推去，推了半天，真把張中府氣急了。

「高同志，你就坐下來做主席吧。你是老前輩！」

高一涵先生的歲數，在這一批高級流氓中是最年長的一個，但是還非常的面嫩。最後，他只好忸怩著走到主席的位子上去宣布開會。

「請各位立起來，恭讀總理遺囑！」

大家便雙手筆直地立起身來，但是都低著頭。高同志宣讀總理遺囑的作風完全和鄧主任兩樣，前者的作風是有形無聲，後者的作風是有聲無形。何以言之？鄧主任宣讀遺囑有點像教習軍操的教官口令，聲音嘹亮而輕快，只聽見他的聲音，看不見他的雙唇的運動，故謂之有聲無形。高一涵局長宣讀遺囑，叫人會懷疑他是取巧，他似乎沒有背熟那篇遺囑，所以不肯高聲朗誦，只看見他的兩篇薄紫色的唇，在做微開微閉的間歇運動，但是聽不見一點音響，等於默誦而已。至於宣讀總理遺囑，讀得有聲有色的人，要推郭沫若，此是後話。

高局長宣讀總理遺囑的時候，章幼嶠盡在偷望著他的雙唇的運動方式，以便推測他默誦總理遺囑到哪一段去了，在某一瞬間，像是「共同奮鬥」，又像是「建國大綱」，章幼嶠無從捉摸了。當章幼嶠默誦到「是所至囑」的時候，望著高局長同志，還是閉著眼睛，兩片薄紫色的唇仍然在表示輕微的運動。他想，高局長背遺囑何以背誦得這樣遲緩，高局長默誦總理遺囑的時間最少要倍於鄧主任所需的時間。章幼嶠把高局長恭誦總理遺囑的聲音、態度、所花時間的遲緩，暗中做了一個詳細分析的研究，忽然禁不住咭咭地笑出聲來了。

「噓！」王博士向著章委員噓了一聲，叫他不可以笑，章幼嶠更是笑不可抑了。幸得恰在這時候，高局長念完了「是所至囑」，章幼嶠忙推說上廁所去小解，偷到室外的廊下，憑窗痛笑了一陣，然後向廁所裡轉了一轉，才裝出嚴肅的態度，回到會議室裡來。他很不好意思地環觀了一下座中的各位委員，他發現張申府在盡望著他笑。因為章幼嶠的笑使張申府認識他確是一個純粹的書呆子，嗣後他對章幼嶠便引為知己，一無隱諱地告訴他許多有關革命的理論和C.P的內容及他對於革命的觀測。原來張申府是一個數理哲學者，曾在英國師事有名的羅素。大家都知道羅素在前次歐戰中，因為反對英國出師歐洲大陸和德國作戰，給英國政府禁錮了一個時期。張申府因為是數理哲學者，雖則在德國加入了C.P，守不了紀律，例如不能按時出席會議等等，所以脫離了黨籍，當時他對於黨內情形是相當地熟悉。章幼嶠常向他請教，他也很詳細地告訴章幼嶠對於革命應取的態度。關於革命，章幼嶠前後有三位導師，第一位是鄧主任，第二位是張申府，第三位是成仿吾；但是這三位的理論，在當時顯然地各不相同，各有立場。至於誰是誰非，則唯有讓歷史加以判斷及決定而已。

討論國際編譯局今後的工作問題了，論來論去，還是第一翻譯各國的革命名著，其次才是國際宣傳。高局長要求殷祕書報告過去及現在的工作。章幼嶠自己固然不用說，也替殷祕書捏了一把汗。但是日常在極力模仿政治家風度的殷祕書，卻態度非常鎮靜地立起來，背著手，□退他的近視眼鏡，把視線向著全體的出席要員掃射了一番之後，又微咳了一響，然後說出了一句「各位同志」。他先把他自己彈劾了一番說「自任祕書以來，毫無建樹，非常慚愧」等一類的官樣文章。但是他把自己批判了一頓之後，便大大地轉了一個角度，滔滔地雄辯下去了。他先申明，國際編譯局自成立以來，尚未滿五個月，人才既那樣地缺乏，經費又那樣地支絀，幸得這數位委員都是大學教授、當代名流，均能為革命而犧牲，屈就微職，從事革命工作，文章報國，以一當十，這是應當代表總政治部感謝各位委員的這種筆法，真不愧為一個法律學士。隨後，他列舉了一個工作統計。㈠關於外國報章對我國革命的批評的報導，國際編譯局差不多像通訊社一樣發稿，每天油印二十餘份分送各機關。㈡關於革命小冊子的翻譯也發行了二三種。㈢關於世界革命名著的編譯，他列舉王博士在著手翻譯馬克思的《資本論》，杜博士在翻譯尼亞林所著《震撼全球的十月革命》和《蘇聯教育》，邱少琛在收集德國的農村經濟的材料，章幼嶠在翻譯《無產階級革命論》和《唯物辯證法》，還有一位委員也是姓王的在翻譯布哈林的《史的唯物論》。像這樣豐富的報告真是洋洋大觀，殷祕書也像在昨夜裡準備了腹稿，演說得有聲有色。章幼嶠覺得剛才替他捏了一把汗，完全是基於他的怯懦性格的杞憂罷了。他想，從今後，對於這位祕書，更要刮目相看了。像殷祕書才是真具有政治家的風度呢。

新任局長高一涵，以及張申府、傅紫冬，雖非惡意地，但在他們眼中，覺得在殷祕書主持下的國際編譯局，一定是幹不出什麼成績來的，而且章幼嶠、林王兩博士，在思想上究屬落後分子，也未必有大的作為。但是聽見殷祕書的誇大宣傳之後，又有點未敢小覷他們了。因為殷祕書竟能滿口《資本論》、《唯物辯證法》、《史的唯物論》，還有《震撼全球的十月革命》，這還了得！這些都是當時在思想上站在最尖端的出版物，他們一批落伍分子竟摸上了門路口。章幼嶠是直覺著新任的三位委員立即改變了態度，他此刻才相信宣傳力的偉大，殷祕書不愧為宣傳大家，他不肯讓總部的人們批評國際編譯局為毫無成績。國際編譯局的內容確實是十分貧弱而空虛，但是總政治部的內容也不見得怎樣充實，準此論法，就連整個革命政府也是和國際編譯局一樣地死氣沉沉。也許是因為財政困難，政府會不獎勵貪污，所有公務人員便辦事不起勁了吧。的確，在那時代的政府，雖非絕無，但是確實很少貪污的人員，因為在革命過程中無財可貪，只有這點，真是值得後人懷念的。

新任委員中，高一涵和張申府都是北大教授，國內聞名的人物。不見經傳的，只有傅紫冬一人。其實他在四川也是一個聞人。第一他和楊森部下的郭師長有相當的交情，也代理過成都大學的校長。有名的教育學專家舒信誠就是在他任大學校長的時候，在該大學擔任的教育學的教授。在傅紫冬、舒信誠和一個女學生之間，曾演過一場桃色的三角戀愛的喜劇；結果是傅紫冬失敗了，於是他因妒而鼓勵驅舒運動。幸得舒信誠跳牆逃匿，才免受學生們的侮辱。這是民國十三四年間的事情，不知怎樣，傅紫冬又輾轉流到革命的武漢來了，也不知怎樣和張伯軍發生了關係，特被編到這個招閒館中來了。當時武昌大學的經濟系主任是鄺摩漢，大概是由鄺摩漢介紹他在武昌大學當教授，以教授的資格和張伯軍接近的。

散會之後，章幼嶠想回漢口的家裡去，便約梁伯涵一同過江。這時候梁伯涵已經由鄧主任的提拔，出任漢口第二特區（舊俄租界）管理局長了，但是他也和邱少琛一樣，無論如何不肯放棄國際編譯局委員這個榮譽的位置。

「貴局長用不著再來屈就本部的小編譯委員了。這個徽章可以撕下來了。」張科長指著他襟口上的徽章笑著諷刺他。總政治部的徽章是很簡單的一片小布條，寬八英分，長二英寸半，藍邊白底，中間楷書「軍事委員會總政治部」，要用針線縫在中山服左邊上部小口袋的上面。

三十一

在漢陽門碼頭上，章幼嶠和梁伯涵初次發現了「打倒×××」的標語。章幼嶠覺得打倒個人的口號是毫無意義的，革命的鬥爭是取決於民眾的歸依。他也覺得武漢的工友和店員的運動確是有些出軌了。所以他率直地把他所不滿意的現狀完全羅列出來，並且加以批判。他的這種議論雖不能稱為反革命的言論，但最少是逆了當時的潮流。他發了一大篇牢騷之後，便問梁伯涵的意見怎樣，但是梁伯涵沉默無一語。

梁伯涵想，在這樣緊張而嚴重的局面之下，在武漢三鎮到處密布著雙方的政治密探，誰敢在這輪渡上，大庭廣眾之中，信口開河呢。梁伯涵像非常害怕，他後悔不該和這個不怕銃音的蠻子章幼嶠一同過江。他聽著章幼嶠的高談闊論，態度顯得非常地侷促不安，同時環顧一下他的周圍，看看是否有密探在偵察他倆的言論和行動。章幼嶠看見梁伯涵那樣地膽小如鼠，便也直感著他是害怕他們周圍有政治密探在監視著，於是他也望了望坐在他們兩邊和立在他們面前的人物。他果然發現了有兩個穿長衫的像許紹湘那樣吃黨飯的青年立在他們面前，傾耳靜聽章幼嶠的議論，同時又望望他們襟口上的總政治部的徽章。章幼嶠才覺著他自己實在太疏忽了，不該亂發議論。萬一這些青年密探拿黨的名義來總政治部查究他們，那就有麻煩了。於是他立即停止了他的高論。

不一會，那兩個可疑的青年就走開了。

「剛才那兩個後生仔是不是斯派？」

「當然！你看他們的態度就不同呢。」伯涵低聲地說。

「屬哪方面的？」

「誰曉得！」梁伯涵覺得章幼嶠實在是幼稚。

「聽說陳真如（銘樞）從×××那裡領了一筆鉅款，養著一群人馬在武漢做反間工作，是不是真的？」

梁伯涵只搖搖頭，他過了一會才低聲地告訴章幼嶠，陳真如這個人好奇而無恆心，容易豹變，名利心又太重，無所取材。章幼嶠是從沒有見過陳真如這個人，不知道他的底細。

「你是不是加入了C.P？」梁伯涵的突擊的質問。

「我就是孫悟空，再打二萬八千里的跟斗也打不到那個陣營吧。」章幼嶠笑著回答梁伯涵，同時他才明白了，梁伯涵不肯和他深談，原來也當他是C.P的密探。

「郭沫若加入了沒有？」章幼嶠反問他了。

「我不明白。我只知道，郭沫若進中山大學當文學院長是由高語罕介紹給陳功坡的。但是中山大學學生裡面反動勢力極大，郭沫若終於立不住腳，所以投軍北伐了。」

至章幼嶠從另一方面得來的消息，在武漢時代，郭沫若曾經三次請求加入C.P，但都給C.P中央敬遠了，據C.P中央的意見，郭沫若以第三者的意見替C.P說話，反比當黨員來得有力量。郭沫若於武漢革命失敗後，隨賀龍、葉挺的革命軍由九江南下，經過南昌暴動，而粵北轉東江，直搗潮、汕，到了潮、汕，C.P黨部因人才缺乏，郭沫若才得加入了黨籍。但是，潮、汕暴動失敗後，革命幹部風流雲散，郭沫若走海陸豐，乘小漁船渡海至香港轉滬，到了上海住了半年多時間，便伴著安娜夫人母子東渡了，由是又和C.P黨部脫了節。他在日本一住就十年！

當武漢時代，郭沫若致力革命，極著勳勞，但是加入C.P，反不如高一涵來得敏捷。因為他是皖人，才占了便宜。當時C.P裡面，陳獨秀先生一派的勢力很大，有不少的皖籍黨員，陳獨秀本人是皖人，高語罕、彭述之、張伯軍等都是皖人。郭沫若再三求之不得的，在高一涵卻俯拾即是。他若不加入C.P，哪能夠兼任法學院院長和國際編譯局局長呢。不過當時當C.P並不犯法，也很容易被排泄出來。

郭沫若在當時的積極的支持者還是鄧主任和鐵軍當局，單靠黨的聲援是不夠的，他得任總政治部副主任，完全是鄧主任和鐵軍的實力派對他並不反對。黃琪翔有一次對章幼嶠談及郭沫若，他說，郭先生是國內難得的學者，鄧主任又對他那樣的推崇和賞識，我們一定以全力支持他。但是另具高遠理想的郭沫若對於庸碌的新軍×（當時）的張向華、黃琪翔的好意，不僅不會感謝，實在是毫無感覺。試看他日後，並不追隨黃琪翔回廣州，卻跟賀、葉指向潮、汕，這便可明白他的志趣了。

梁伯涵和章幼嶠上了漢口江漢關碼頭，握手道別。

「請你對殷祕書說，我每星期六的下午總來一次，最好每天請你代我簽到。如有需要簽名的事情，你就替我簽名，全權代表好了。大家同鄉，互相照應，好嗎？星期六我來請客。」梁伯涵是從廣州北伐到武漢來的革命先鋒，又榮任了管理局長，但是他的唯一的內援總政治部，宣傳科的張科長很討厭他，因為他的確是只熱衷做官弄錢，並不努力革命。所以他在總部方面，拍郭冠杰的馬屁，總算維持住了他的掛名編譯委員。

「好的，好的。」章幼嶠很覺可笑，但不便把國際編譯局裡面的腐敗情形完全告訴他，只說：「我們本來是很自由的……」

「高一涵來了，也許有什麼花樣。」

「哈，哈哈！」章幼嶠想，高局長是一位好好先生，會有什麼花樣呢。要有花樣，張伯軍就早該拿出顏色來了。他們雖則是C.P，但是到底是書生，很愛惜友誼，哪裡會雷厲風行地制裁部下呢。鄧主任就是這種典型的重友誼的人，郭沫若、張伯軍、郭冠杰、高一涵等等總政治部巨頭都是一批挺小孩、胸無城府的好人集團，所以失敗了。他們沒有對不起部下，倒是部下拆了他們的臺。其實梁伯涵除沒有革命意識外，也是一個平凡的好人。

到了第二天，高一涵來局視事了，又是以同樣的宣讀總理遺囑的作風開了一個會議。章幼嶠在會議席上差不多只是笑下去，他並不是為高局長宣讀總理遺囑的作風而笑了，他想到梁伯涵把局裡的職位看得那樣地嚴重，以為高局長來了，有什麼了不起的改革。但他看看當時的情形，真所謂積習難返，除增加三個人吃飯睡覺之外，高局長也束手無策，只好和舊委員們同化了，一切委之於殷祕書每天隨便編製一些個人的工作日誌和報告罷了。積久之後，這種工作日誌和報告的冊牘也就積集得很厚，相當地可觀了，並且表面上還蒙著一重灰黃色的塵。據地質學的研究，這些塵土是從大戈壁吹來的，先入長城，散布於玉門關、榆關一帶地方，再渡黃河，堆積於開封城等隴海路上的城池外面，其餘的微弱的一陣再越過隴海線，沿京漢路南下，抵達武漢。大家切不要小覷了這個灰塵，有這一重的灰塵蒙在案卷冊牘的面上，檢閱的上司們便會望塵生畏，不加追究，馬馬虎虎以不了了之。這是中國官場的傳統的祕訣，「積」、「拖」及「蒙塵」。北軍閥時代舊的交通系便是以這個做官祕訣，在長年代間，維持了他們的勢力。殷祕書大概是傳得了他們的祕訣了。

過了幾天，不單在武漢各報章上發表了，並且在通衢大道的各牆壁上，都貼著郭沫若最近寫的一篇文章，題目叫做〈脫離了×××以後〉。這篇文章發表了後，在社會上是毀譽參半。現在雙方的敵對關係已經表面化得很明瞭了，在章幼嶠看起來，郭沫若這篇文章不免是畫蛇添足了。他連把總司令慰勞他的每月津貼的事情也發表了出來，並且加以曲解，認為有懷柔的意思，則未免太瑣屑的描寫了。「君子交絕，不出惡聲」，個人間的私情，非萬不得已，以不談為宜。所以國際編譯局裡面的委員們對於郭沫若的〈脫離了×××以後〉那篇文章，並不感到興趣。革命軍準備出發北伐奉軍了，同時也聽見郭副主任由前線回來武漢了。有一天上午，接到總部的通告，下午在閱馬場聚集，因為郭副主任從前方回來，有重要的消息向民眾報告，各學校、各黨部、各公務機關的人員都要準時出席，在講演臺下列隊恭聽。大概是一般人心對於這種群眾大會有點表示厭倦了，到了下午，在閱馬場集合的人數真是寥若晨星。

章幼嶠等一批國際編譯局的小委員們正立在演講臺前面，等了一會，那輛自北伐軍來的武昌唯一名物，政治部的小車子角啄角啄地駛到演講臺旁邊來了。從汽車裡走出兩個人，一個是戎裝的鄧主任，一個是土豪劣紳裝束、長袍馬褂的郭副主任。郭沫若是從長江下游地方逃回來的，不敢穿軍服，只是商人打扮，免得在沿途的戒嚴線上受檢查。

由鄧主任主席，先行宣布開大會的理由，第一是表示歡迎郭副主任安然地回到武漢的革命根據地來了，第二是聽郭副主任給我們講許多可寶貴的資料，以供我輩革命同志的參考。

讀〈創造社〉

——給王獨清漏了幾件歷史的事實的補遺。
——給王獨清改竄了的幾項歷史的事實的訂正。

一

昨夜和幾位友人出外散步，在書店偶翻閱《展開》第三期，發見[1]有王獨清的〈創造社〉一篇。於是花了半個鐘頭把這篇王獨清自信為完全是實話的〈創造社〉讀下去了。不幸的是，我在這篇內發見了有許多給王獨清遺漏及改竄的史實，今特為之補遺並訂正如下。

我覺得王獨清的那篇文章除了一部分須待我來補訂之外，都是廢話，其甚者，王獨清對事件之經過，不根據經濟的關係去分析解剖，而只寫了許多近似唯心的論調，把他寫成煞像一個創造

1 「發見」應作「發現」，下同。

社的領袖。更進而誇大地說，第三期的創造社是由他統一起來，開始了新的工作的。那不單使我會噴飯，即令給他統一起來了的分子[2]馮、李、彭、朱諸人讀後，也會哈哈大笑吧。但這些是我不欲討論的。我想要說的話是在後面。

王獨清把我放在創造社的第一期人物裡面，這未免太客氣了，其實我當第一期（假定照王獨清的分期法）的人物的資格還不夠呢。當民十在東京第二改盛館郁達夫的房子裡開《創造季刊》及《創造叢書》編輯會時，[3]我只承認應擔負的稿件外，一切都信任達夫和沫若。其次是民十一年五月，由東京回粵，帶了幾篇短篇小說稿件，[4]送到福岡給沫若審查一下，後至上海即交給泰東書局。我便回廣東鄉間採礦去了。一直到民國十七年春三月由武昌到上海時為止，我對於創造社事務都沒有過問，我不願意過問。[5]故我最多只是一個創造社的准第一期的人物。

我因為負擔太重（不但小孩子太多，並且須負擔親戚族人的一部分生活費），弄得吾精神十

2 「分子」應作「份子」。

3 當時出席的，有沫若、達夫、田漢，及我四人。又楊正宇先生，雖不是社員，但當時亦在座。決定以我的《沖積期化石》為叢書，並擔任第一期的《她悵望著祖國的天野》（這題名是沫若代擬的）及第二期的《雁來鴻》（後改名《愛之焦點》）及《東遊十年》（此稿至今未整理，今擬改為《失了軌道的星球》）。

4 其中有我的〈木馬〉、〈一般冗員的生活〉兩篇，滕固君的〈壁畫〉（上面還題著「送資平兄回家紀念」字樣，我把它塗去了）及方光燾君的一篇（忘記了題名，好像是敘小貓的故事）。

5 在這期間內，我只為季刊撰些文稿。最受苦的還是仿吾。社務最初是由沫若經理，由第三期季刊以後，一直到民十七，都是以仿吾為中心。他的功勞是不能抹殺的。即他在廣東，亦常關心社務，大小事件多由通信解決。有時也寫信來武昌和我商議。又因為那篇半翻案的小說《飛絮》，他還來信責備了我許多話。

分頹喪，對於一切積極的事情都抱悲觀，並且也覺得自己實在凡庸，不會有什麼能力，所以常對沫若、仿吾說了許多消極悲觀的話。仿吾屢次罵吾「妄自菲薄」、「自己評價過低」。吾還和他說笑：「吾只有四兩的價值，那能夠自去騙人是半斤呢。」

沫若也有幾句話寫給吾，吾認為是十分中肯的。即他於民國十八年春，給吾的一封信裡面說：

「……吾可以說一句開誠布公的話：吾們都是因為有了老婆和很多的孩子。假使我們是單身，無論怎樣衝，我們都衝得來的，而且不僅是在口頭。不過我們儘管不能做怎樣轟轟烈烈的活動，我們的志趣、操守總是正確的。……」

的確，如照王獨清所說的第一期的人物中，除吾和沫若各有小孩子四人之外，仿吾、獨清、伯奇，都是獨身者。沫若如何，非吾所知。吾在武昌住了三年餘，實在受生活的壓迫太苦了。到上海來後，看見社友各人的生活都比吾好。查出版部欠吾的版稅，竟達三千元之多，而各社友向出版部支過的錢，沒有一個人比吾少的。本來這些都是關於私人生活的問題，可以不提。不過與後來整理簿記之事有關，不能不略為提及而已。

在上海住了一個多月，才知道出版部內容之糟。仿吾只掛總經理之虛名，事務異常弛緩。故吾對於出版部，更不敢過問，只和仿吾約了一個條件，每月給吾八十元的生活費，不足之數，由吾自己向他方面活動。恰好這時候有一個廣東友人，約吾到《新宇宙》當編輯，吾便答應了。

吾進了《新宇宙》，更不常到創造社去了。但是仿吾每天到吾家裡來，要吾振作起精神來幹社的事務。不過吾總是提不起興氣來幹。仿吾便疑吾和乃超、初梨等不能融洽。這其實吾到上海來後，很早就跟著仿吾去拜訪過子勃、鐵聲、初梨諸人。我後來也和鏡我、乃超會過面。他們給吾的印象都很好。他們相形之下，吾更覺得自慚老朽。[6]

獨清是吾到上海後初會面的。誠如沫若所說，他是個感情家。他向吾所談的話，都是極其有趣而痛快。最初給吾的印象也是極好的。他常來吾家裡談，也曾和吾一同去上館子喝茶，進戲院看電影。

仿吾每次來，都是長吁短歎，像有許多話要說不能說出口般的，他那樣的神氣，非常可笑。我有時多方地去揶揄他，他便罵吾太不莊重。

和獨清交遊了一個多月，吾才知道他常是在擔心仿吾會和馮、李、彭、朱諸人聯合起來，把他送入冷宮。他又告訴吾，在吾未到上海來以前，乃超、鏡我、初梨等如何地批評吾，如何地罵我。吾便說：

「吾和他們見面好幾次了，一切誤解都消融了。吾和他們是新認識的，本來沒有大不了的誤

6 馮乃超在《文化批判》第一期中批評我寫《飛絮》、《苔莉》一類的小說，將來一定會落在反動的陣營裡。因此，我曾向仿吾提議停印我那幾部小說。但因為營業關係，仿吾不允我的要求。由那時起，我才知道他們有許多矛盾，不能自為解決的。

解。最多，只是為吾那幾本小說的問題吧。若以為是不革命的時，把紙版燒毀了就完事了。」

獨清還告訴我，鏡我當他的面罵過去創造社有這長的歷史卻沒有養成出半個作家來。吾聽見也只是一笑置之。

總之，吾終不為獨清所動去反對馮、李、彭、朱諸人而使仿吾陷於困難的地位。於是獨清更對吾批評仿吾做事如何之專斷。當然，吾有時也會幫著他批評仿吾的缺點。即仿吾常重形式而不顧事實。獨清又對吾說：

「他們遲早是要排斥我們的。他們（指馮、朱、李等）先要打倒你，其次打倒吾，最後打倒仿吾。」

接著又罵仿吾之無自覺。吾因為仿吾只罵吾不積極做事，而不顧吾的生活之困難（吾在《新宇宙》的薪額仍不能照數實支），於是吾也陪他發了幾句牢騷。

「假定他們排斥我們，我們也樂得退社。但是版稅是要清算的。我們不可以再組織一個社、一個會麼？」

獨清以為創造社有相當的歷史，不能完全捨去。[7]吾便說：

7 沫若、仿吾、獨清對於創造社的過去歷史非常尊重，常視為一個神聖的獨立的存在。當然我也尊敬創造社之過去的光榮歷史。但不欲把「創造社」三字偶像化以束縛各人的自由及思想。至達夫是視創造社如敝履的。又獨清所稱的第三期人物，如李、馮、彭、朱則只以創造社如一個工具，對於「創造社」三個字並沒有像郭、成那樣地留意。

「我們組織一個創造新社不可以麼？最好再請達夫回來一同幹。」

獨清贊成最後一步，組織創造新社（當然他是無此勇氣的，因為他的性質根本上沒有半點創造能力。無論在什麼時候，只有坐享他人的成果。這是吾對他的批評），但他不贊成再與達夫合作。後來才知道達夫在《北新》上做小說罵過他。

第二天仿吾盛氣地跑來責備吾，不該把自己的不滿隱著不說，而教唆獨清破壞我們千辛萬苦地創造起來的創造社。吾一時摸不著頭緒。後來才知道獨清把吾昨天所發的牢騷及說起組織創造新社之事，通告知仿吾了。但吾當時一點不怪獨清的衝動，反感到有點痛快。於是吾對仿吾又發了一陣脾氣，責備他對獨清的確太冷淡了。仿吾便告訴吾：

「獨清一點不努力。近來因對新進者抱不滿。——尤其是對朱鏡我，竟消極地連月刊也不編了。只好吾自己來編了。他每天只是查看由外面的青年有多少恭維他的信寄來，他每天都是忙作覆這類的信。……」

當然仿吾也是在譏誚吾。我們又一同走到獨清家裡來，要他出來同到東亞小館子裡吃晚飯。這當然是仿吾做東。往後有許久的期間，我們表面上是安靜下去了。

但是獨清無論如何不能原諒仿吾，事事都要和他抬槓，而吾又因為生活關系，趕替商務印書館譯《海洋學》，對於創造社事仍然很冷淡。仿吾對於吾兩人的態度，似極痛心。因為他為人忠厚，又以調停我們和李、朱、馮、彭之間的合作自任，今不見圓滿的結果，當然有些消極，因有出國之表示。很奇怪的確是[8]仿吾表示下臺之後，獨清對他的態度突地轉變好些了，嗣後我們三人又常常相聚談話了，有一次我們無意中談論到李、馮、彭、朱之有小組織，難保他們今後不篡奪創造社。仿吾的意思是：

「我們務必化除成見，努力研究，對新進者常保持指導的責任（仿吾的缺點即在此點，但這是可嘉的缺點）。我們若努力前進，他們仍想拆我們的臺，就只有叫他們滾蛋了。」

不過我們要知道仿吾是拙於措詞的人，據獨清自己說，仿吾在廣大教課時曾當堂罵學生「混蛋」。但這是仿吾的率直，我們不能更加以惡意地解釋，獨清在〈創造社〉這篇文章中，對「滾蛋」二字，特加用引號下面又還加括弧說：「的的確確是用了這兩字的。」由此觀之，獨清之愛用挑撥離間的手段，至現在還沒有改變。吾想他對於「滾蛋」二字那樣用勁去解釋，適足於使讀者懷疑那篇文章除「滾蛋」二字以外，是不十分的的確確的了。在吾則以為仿吾之慣說「滾蛋」二字，只能做「走開去」的解釋。因為仿吾臨動身赴路的前夜，也曾說出叫吾和獨清「滾蛋」過來。這不能加以怎樣深刻地注釋的。關於此段趣史，以後再述吧。

記得有一次創造社和太陽社開聯席會議，吾本不願出席，仿吾定要吾去，吾便去旁聽了一個多鐘頭。問題是太陽社罵創造社的作家只會抄書不知行動（大意如此）。對太陽社態度最憤慨的

8 「確是」應作「卻是」，下同。

是朱鏡我，而錢杏村[9]則大罵他們是抄書的主犯。吾當時只發表了一句話：

「罵人抄書也可以。但是不可空空洞洞地罵，最好提出真實的證據來。」

吾因為帶了小女兒來出席，給她鬧昏了，中途確退了席。吾抱著小女兒臨走時，沒有把會議室的門關好，這是吾的錯誤。但隨後聽見那門扉砰的一聲關回去了。吾對此事沒有半點芥蒂的，也不當它是一回事。第二天獨清又走來告訴吾，昨天吾出去時沒有把門關好，馮乃超恨恨地伸出隻腳踢那扇門，關回去了。但吾不相信獨清的話了。

其次有一天開編輯會，又談到理論與行動的問題。吾是不甚瞭解的。不過吾曾發表了一點意見，即是不能徒講理論，要理論和行動雙方並重。仿吾以為我訴說錯了，有幾次不准我發言，我便不說了，心裡很覺好笑。此次獨清沒有出席。他因反對仿吾的專斷，常有這樣消極的態度。

第二天獨清又來向我說，仿吾罵你什麼都不懂，又愛說話。不過他們新進，對你還客氣，沒當場駁倒你。但是我想，我昨天就沒有說什麼話值得他人來駁倒我的。我當時也因忙於翻譯《壓迫》，再管不到那些閒事了。

又有一次開月刊編輯會，仿吾把獨清拉來了。但在會場中我和獨清都沒有話說。由馮乃超主席。馮說了一陣廣東腔的正音後，仿吾便問大家聽懂了沒有。大概也還沒有聽懂。我想，仿吾那

9 「村」應作「邨」。

樣不客氣的態度，不使乃超難為情麼？於是我反駁仿吾：

「他的普通話比你的新化的土話好懂得多呢。」

獨清聽見大稱快。仿吾反有點不好意思了。關於文藝理論，初梨發表最多，我不能一一記著。我只聽得他說：

「今後寫創作，應當是使它成為馬克思主義通俗教科書。」（大意如此）

我當時覺得這個定義似有斟酌的必要。但自己沒有相當的研究，不敢再出來說什麼話了，只是緘默而已。

宣布散會後，我就要走。獨清留我再坐一刻再走。我說我忙，不能不走。獨清和他們說話不來，只好和我一同先出來。但走到弄堂口，獨清忽然要我一同再回去看看他們在討論些什麼事。我覺得獨清太可憐了。於是我說：

「何苦呢？」

「他們一定在批評我們。」

「你在那邊守著他們一回，就可以保證他們往後無機會說我們的閒話了麼？」

獨清沉吟了一會。我看他真是太苦了。過了一忽，他說：

「那我一個人回去再看看他們。」

「也好，聽見有什麼新奇的話，明天告訴我啊。」

我笑著和他告別。

第二天，獨清又到我家裡來了。他說：他們不走，是因為要向仿吾支錢用，迫得仿吾沒有辦法，下了幾張支條給他的侄子。[10]獨清說了後還哈哈大笑。

獨清是這樣sensitive的一個人。[11]

二

以上所述，並不是批評獨清個人，而只是在檢舉他對於創造社所論之有偏而已。獨清的性情有時是拓落不拘、慷慨淋漓，但有時又胸地狹隘常因友人的「無心之言」而悒鬱不快者數日。在先，對於仿吾有所誤解，必欲去之；在後，對於我亦有所誤解，而聯合李、朱、馮、鄭諸人破

10 當時管收支的是成紹宗，仿吾的侄兒。紹宗去職後，則由彭康管收支。所以獨清在〈創造社〉那篇文章中說我反對經濟公開不單不是實話，並且是有意傷人。因為我從沒有直接管過收支。我只提出限制各人濫支錢的方法，因此得罪了多數的社友。我遂辭常務理事，但不是辭理事。王獨清說，我自動地和創造社的一切事務隔離。我和社務隔離是事實，至於「自動地」，或「被迫」，或「被陷」，那在我是無關重要。要度量狹小的人才斤斤以此為問題。不過我們要注意的是：王獨清在創造社第三節裡面（《展開》第三期第一七頁）說：「……在上海有一個張資平……。」其意若曰：沫若不敢出面，仿吾又被人迫往歐洲去了，伯奇是「一向最被人不信任，並且不重要的」（參看同篇文之第三頁）；「只還有一個張資平」，在阻礙著我不能做領袖，不能統一創造社啊。

11 下期當續述關於李初梨搬家事我和獨清的爭議，及兩人商議敲仿吾的竹槓未遂之經過。

壞創造社出版部（不是創造社，而只是一個營業機關）規則，而反對我之整理出版部的計畫，亦是由於他之胸地狹隘妄猜疑他人而以「寧我負人毋人負我」為得意。我以誠待他，而他反來暗算我，實這樣的暗算，真不值我之一笑。

仿吾既決意出國，但他並不是如獨清所想像是個不聰明的人。他明知道創造社出版部事情既如亂絲，而創造社的分子亦極複雜，難於統一，由失望而絕望，故決意出國，免日後負一切責任。他不會像獨清那樣笨，希望在某一期做統一的領袖。獨清曾對我說：「仿吾懂得什麼！不單不瞭解社會科學，即文學理論又何嘗知道。他只想利用彭、李、馮、朱寫文章；他自己卻在篇首寫幾句開場白，而高踞他們之上，做革命文學的袖領。……」（大意如此）人們都是明以責人，諳於責己的。不料仿吾走後，獨清又蹈了仿吾的覆轍（假如獨清對仿吾的猜想是真的說話）。

有一天晚上仿吾約我同到大馬路天發池去洗澡，並要求我在他走後須出來負經理出版部之責。我才到上海來就直覺著創造社出版部之前途無望，當然不願意負責，故我力謝不敏，並推舉獨清，因為獨清對於出版部情形，無論怎樣，比我熟悉些。仿吾的意思是他並不是不贊成獨清幹，因為獨清性質太拓落，對於事務之整理怕不適宜。我又舉伯奇，仿吾忙搖首。我問何故，他說，伯奇難靠。但我無論怎樣不願個人負責。因又提出彭、康。我是十分佩服彭君的。此君真是一個不可多得的人物，唯他易受虛榮心最重的馮、朱、李諸人的包圍。仿吾大概也有見及此，故說他資格尚淺（指與創造社的關係，但此係仿吾的錯誤）。最後我才提出從理事會舉出三人為常務理事管理出版部的辦法，仿吾則說待去信商之沫若。

沫若不知道仿吾的苦衷，聽見我的報告時（即行常務理事制），尚不十分贊成由仿吾放棄出版部事務，寫了一封信來給仿吾。信到時仿吾已赴日本去了。仿吾曾囑我，沫若處到某時即須寄生活費去，有信可以代拆。據這封信，我知道沫若最贊成仿吾負一切責任的——否，大概社友中只有王、鄭二人贊成仿吾「滾蛋」吧。沫若的信中的一段是：

「……什麼緣故啊？最近張資平君來信說，社務中張君和王君負責了（我報告是王、鄭、張三人。沫若的信是用日本文寫的，大概是怕文句太長，口調不順，把鄭君省略了）。這真是完全如墮五里霧中。什麼緣故啊……」

但是後來仿吾到了日本，把一切情形告訴了他。從前由仿吾經手寄生活費給他的，現在只好由我來盡義務了。其實也只是催收支系的人按期寄款而已。

所謂常務理事亦如仿吾之當經理，徒掛空銜，因為一切事務還是由成紹宗負責辦去。伯奇常來說，出版部的事務要整理，尤其是會計。我當然不反對；但對於解除成紹宗職務一層，未十分同意。因為仿吾才出國未久，即除去紹宗的職務對仿吾的面子上不好看。我是和仿吾相信他的侄兒一樣相信紹宗的。我素來主張是：相信人要相信到底。至於被相信者之倒戈或無信，那是被相信者的無人格。從前仿吾和達夫提出周全平的問題來時，我是如此主張，後來對紹宗，仍不變我的主張。不過我沒有拿出十二分的精神來整理出版部，雖然說是在《新宇宙》及其他方面事務太忙，但是仍不能辭躲懶怕事的罪。我是承認這個錯誤的。

不過社中諸位都想做好人，要由我一人先發難去得罪紹宗，縱令有人罵我只會獨善其身，我也是不能幹的。紹宗對獨清特別好，獨清向他要款，即叫即應，故獨清當然也不願意提出清理會計之事。有一次我們三人——王、鄭、張——在麥拿里四一號二樓會同出版部小夥計——即職員們，如成紹宗、邱韻鐸、梁預人等——開了一次常務會議，分配職務，結果還是紹宗掌收支。伯奇似欲有所提議，但看見我和獨清都是這樣馬虎潦草而不耐煩，也就不提了，這確是我和獨清之過。

大概是營業收入減少吧，各人所需的生活費，不能按數照支了。問紹宗，紹宗則說大家都透支了。他的意見是：大家應按照自己的稿費版稅支款，不可規定某人按月應支多少生活費。譬如李聲華（即李鐵聲，是李書城的公子，當然不是普羅階級。但他是只向創造杜出版部要錢，老不供給稿件。有一次伯奇對我說，他曾勸李聲華編書，李聲華回答說，我不是為編書回上海來的。他的意思大概是為革命回來上海的。但到後來，他欠了創造社出版部不少的錢，看見無錢可領後，又回東京領庚款去了）只按月領款，不供給稿件。那末誰該吃誰的剩餘價值呢。我是贊成紹宗的主張。但是積習難反，並且王、鄭也不能贊成這個辦法的。故我不敢提出來說。紹宗嗣後就不能應他們的要求立即付款了。於是全體都對紹宗不滿了。

有一天早上，獨清跑到我家中來說：「初梨要錢搬家，絕不能答應他。不可為他催紹宗付款。他也囑過了紹宗。」獨清為什麼不許初梨搬家。獨清說：「初梨要搬去和××同住，怕他和××同住後，長了他的氣焰。」我聽見後，一時無話可答。我真可憐獨清事事都這樣用心深刻，徒自苦耳。獨清走後，初梨來了，他問我：「你們三人中到底誰負經濟上的責任？」（當選出三個常務理事時，以我負經濟的部分，獨清負編輯的部分，伯奇負庶務的部分。）我問有什麼事體，他說：「問紹宗要不著錢，只要三十元搬家。」我當下真慨愧難過。僅僅三十元，不單創造社應該給他，他的搬家理由也是使我十分表同情的。我便答應負責叫紹宗付款。初梨去後，我即赴麥拿里找紹宗。但紹宗不在。我還留了一張條子囑勸紹宗的，擱在他的檯子上。但後來聽見初梨忽然不搬家了。我想獨清一定因此次的事件，對我又抱了一番的反感。

三

在仿吾決定於五月初間的一天赴日本了。一天獨清忽然走來我家裡說：

「仿吾要走了。我們要叫他交下一點錢來給我們，作為創造社的準備金。」

我想，仿吾已經把出版部交下來給我們負責了，據紹宗的報告，又約有二千元的款存在銀行裡，還有什麼錢要仿吾交下來給我們呢？我便把我的意思說了出來。

「不，仿吾還有五萬多塊錢。」

「他何能有這些錢呢？」

我有點驚異，但無論如何不相信。獨清便告訴我，仿吾為黃埔軍校採辦軍事化學用品的款沒有用出，還存在銀行裡。他又說，仿吾曾把銀行札寄存在他家裡過來，他看見有五萬的字數。他這樣地硬證，我當然不敢為仿吾辯護了。不過我當時想，天下有多少軍閥貪官污吏，從廣大的勞苦貧民身上刮削得多量的脂膏存貯在帝國主義銀行裡，而無人敢指摘半句。仿吾在為替黃埔軍校採購軍事化學用品，到日本去，而廣東政府在他動身不久之後，即解除了他的職務，他不但無半點怨言，並且一批二批地把化學用品寄回廣州去，但廣東政府仍加他以種種的罪名；所以在上海的社友如沫若等都寫信去叫仿吾不必再賣氣力了（據仿吾親對我說的）。但是仿吾在日本已經付了款並且在上海時，也已經向某德商購了一批化學用品。所餘五千元左右，仿吾即以之為失業後之生活費。我想這是受之無愧吧。但是「匹夫無罪，懷璧其罪」，仿吾因為經手了這件事，不單社外的人疑心暗鬼加以種種的臆測，誣仿吾的侵吞公款，即社內的人亦虎視眈眈群思染指。嗚呼！此即所以為支那人乎！譬如我年中無間歇地寫二三部小說，獲得稿費二三千元，僅敷家人一年生活，小孩子教育費尚無從出，而一般嫉妒者流便說我得到了多量的稿費，有十餘萬之貯蓄。像這些人全無推理作用的頭腦，怎樣有資格談革命呢？誠如紹宗所說，他們太把出版部的收入看重了，而妨害了他們在人生上應做的工作。獨清的確是想一手把持創造社及出版部，才借用革命的問題（至少在一九二七年夏，我的直觀是這樣的），絕不是因對革命有誠意才欲統一創造社或占領出版部的。

紹宗去職後，在嘉興寫了一封信，雖然刻薄一點，但亦可以證明他們當日在創造社之作雞鶩爭食，紹宗的信內容是：「創造社出版部整理會諸先生：對不起，說是靶子路的話，卻一跳，跳到此地來了。我現在謹以十二分的誠意謝謝你們，雖然身邊只有險些給×××拿了去的二百餘洋，卻也可以樂得安閒活一二日。錢完了可以做工了。會餓死，不必同蒼蠅逐臭一般地死釘住出版部這一塊肥肉。憑你們說是我舞弊罷。我用卻用掉了出版部千餘元。如果你們查出來了，敢請你們同×××的八個月千二百元乾薪，和如×××先生一般的掛名不理事的五十元大洋一月的理事薪比比，也算在我的薪水上面吧。雖說他們是明支，我的是暗算，有偽君子和真小人之分，然而問起良心來，我倒不必有愧呢。後會有期，祝諸君長健。成紹宗，七月廿三日。」

這封信面寫上海北四川路虬江路北首一〇一號創造社出版部理事會收，嘉興成寄，後面封口貼四分郵票，有嘉興郵局的郵戳。

我在這裡要申明的有幾項：

（一）我從來就沒有希望出版部接濟我一家的生活費。即在失業來上海後，亦自尋生計，故出版部欠我的版稅如此之多。

（二）我掛名過短期理事，但從未支過理事薪水，所以紹宗信內無我的名字。

（三）我沒有死釘住出版部那塊肥肉，把它吃乾了後，仍不肯走。我也絕不做這樣無聊的人。

（四）我絕不借革命招牌以吃他人的剩餘價值。

言歸正傳。我聽了獨清的話後，半說笑般地對他提議：

「假如仿吾真有這末多錢，我們敲敲他的竹槓吧。」

「好的，好的！要怎樣敲呢？」

獨清只是會寫點文章，對於什麼事體不會做，也不會籌畫什麼方法，連如何地向仿吾啟口敲竹槓都要取決於我的。

「對他說，出版部每月給我們的錢不夠我們生活，要他給些錢我們做準備金，以防不時之需。」

「好的，好的！」

獨清緊攢起他的厚唇，雙腳似乎要跳起來般地那樣喜歡。那種小孩子的神氣真有點可愛。

到了晚上，仿吾來了，我問他是不是有五萬元存在銀行裡。仿吾聽見後，長歎一聲。過了好一會，他才說：

「外面人造我的謠，不要緊，連社內的人都這樣疑我，所以我灰心了。……管他媽的，放一炮（出幾本必禁的書之意），出版部給他們封了算了。」

他發了一陣牢騷後，才告訴我。他由黃埔動身時，領到五萬元毫洋是真的。但是裡面須撥出七千元給一個姓李的收管，做仿吾不在時的兵器化學研究所的一切開支。這個姓李的也是留日帝大的同學，應用化學科出身。仿吾走後，由他代理主任。他親筆（他是我的小同學並且在民國元年和我一同考得留日官費，赴日本的，所以我認識他的筆跡）所寫的千元毫洋收據，仿吾給我看了。到了香港後把四萬三千元毫洋改匯日金，便不滿日金四萬元了。除在上海日本兩次購買化學用品，去了三萬左右，仿吾說，他借給友人並在日本時的用費也共用去數千，所存的只有五千日金而已。在那時的日金匯價只當國幣的百分之九十五左右，再換回國幣，實不滿四千元了。他還把日本津島會社的收據及上海德國某公司的收據給我看了。事實已然這樣明白，仿吾當然沒有五萬的私蓄了。我想，或許是獨清把五千錯認成五萬了吧。仿吾又說，他要兩千到歐洲去走走，其餘三千做出版部的準備金。他並且說，他已把這個意思告訴了獨清。

次日，我見了獨清，又把仿吾的話告訴了他。但他無論如何不相信。他說，仿吾存款一定有兩本存摺，他的的確確看見是一個五字，下面有四個圈兒。

「不管他有多少錢。他已經有意為出版部留二三千元。我想，出版部的現狀並無須加資，我們兩人各要求他給一千元來暢用暢用吧。」

這是我的提議。獨清覺得一人要一千元，仿吾是無論如何做不到的。

「仿吾是個吝嗇鬼，向他要不到這許多。」

「那末各人向他要五百元吧。」

「儘管向他說，要得到二三百元都可以了喲。」

獨清露出他的當門那兩個大牙板來在嘻嘻地笑。於是我和獨清間成立了一個密約，決意不給伯奇知道，一個人向仿吾敲五百元的竹槓。

獨清走後，我的妻來問我，你們商量什麼事情，那樣笑得有味。我也當做一件趣事般地把這件事告訴了妻。但是妻表示反對。

「你不必去妄貪他人所有的，也莫把你所有的胡亂給人家用。要用自己的力量換來的飯才吃得甘美，也受之無愧。你還是向出版部算一算版稅，要一部分回來用。仿吾先生走後，知道他們給錢我們不給？到那時候，怕飯都沒有得吃了。自己有版稅不敢向他們要，還說敲他人竹槓！」

預想不到妻這樣地板起臉孔來罵我。我想，把這件有趣的事說給她聽，叫她開心開心的，反給她揩了一鼻子灰。但是過後一想，一般雖然說「婦人之言切不可聽」，不過妻這回的見解實在堂皇而冠冕。捨正當的版稅不顧，而貪圖非份之錢，的確不對。我便寫了一封長信去要求仿吾，在動身之前，和紹宗商量，在出版部存款分下撥五百元給我，作清我的一部分版稅。難得仿吾、紹宗都同意了。我只把圖章交給仿吾，第二天仿吾便送了一本界路上海銀行存款摺一扣來給我，將圖章交回來。我的五百元就算到了手。但不是敲仿吾的竹槓而是我應得的版稅。我這樣地要了五百元來，而每月又還向出版部要百元的生活費，把這五百元擱在銀行裡在生息，這不單激怒了獨清，並且激怒了出版部的小夥計吧。他們到現在還借用革命的口實來向我放冷箭，在小報上投稿誣陷我，都是起因於那時候對我的惡感所激；因為我並沒有得罪他們啊。

因為我姑妄求之，而仿吾竟姑妄與之的五百元拿過手後，和獨清所約的向仿吾敲竹槓當然不能實踐了。獨清天天來催我要趕快下共同的總攻擊，而我好像是給總經理買收了的，不肯向仿吾動手，又不敢向獨清說我已支了五百元的版稅。我在那時候真感著一種矛盾，精神上頗為痛苦。關於這點，我算對不住獨清了。然而，在道理上說，我是沒有什麼錯處啊。

獨清是盡催促我，要我像某軍閥要餉般地向仿吾先發難，他好跟著來。

「你先向他說吧。你說了後，我可以從旁幫忙。」

但是獨清無論怎樣絕不願意先向仿吾開口要錢。我也盡拖延不願意先說，以後有好幾天，獨清不來我家裡了。我又疑心獨清莫非獨向仿吾進行了麼。我想，如果是真的，那也好，讓仿吾也給他五百元吧。

仿吾動身的日期一天一天地迫近了來，獨清很殷勤地陪著他東奔西走，到公司裡去買旅行箱，買草帽，法國人的銀行裡去替他匯款往法國。因仿吾打算赴法國，而獨清是熟悉法國情形，並且會說法國話的。

「這位出版部的總座真有本領。獨清也給他撫摸得乖乖地聽命，替他奔走買辦物事了。」

我當下這麼感歎著對自己說。我疑心仿吾至少是出了兩百元把他買收了的！

仿吾動身的前兩晚，在北京路功德林請我們吃素菜，表示辭行。次晚，我們在愛多亞路都益處，為他餞行。大家把仿吾灌醉了。獨清忽然走到我面前來，拉了拉我的衣袖，要我到廳外去。

「什麼事？」

我低聲地問他。

「他們真糟！盡是這樣鬧！我們還要有重要的話沒有向他說。」

「五百元的話麼？」

「是呀，此刻不向他要，沒有時候了。」

這叫我真是無辦法了。假如仿吾肯給錢我們，但也是晚間十點多鐘了，怎麼能向銀行支款呢，而仿吾又是明早一早就要走了。但我只好聽命，作早散會，叫了汽車一同趕回永安里來，近十二點鐘了。我們三人之外，還有仿吾的哥哥，四個人，坐在永安里一百二十八號的三樓上，像討論軍國大事那樣地做鳩首會議。但是仿吾酒意還沒有清醒，瘋瘋癲癲地東扯西拉。獨清則是異常心焦的樣子，盡提出些出版部今後應當怎樣振作、怎樣擴充的話來說。他的用意是想由此促動仿吾聯想到準備金之尚未交下。

「你們要努力呀！」

仿吾擺了擺他的猴兒臉，說了後，又在狂笑，獨清向我做了一個手勢，意思是要我向仿吾要錢。但我盡坐著不動，不言也不笑。因為我實在疲倦了。

「要回去歇息了。」

我立起身來要走。

「不忙！不忙！」

獨清忙止住我。

仿吾還是瘋瘋癲癲地把一知半解的法國話說出來和獨清談，過了一忽，仿吾忽然向獨清說。

「你把夏亢龍君的住址寫下來給我吧。到法國後要找他。……」

仿吾拿出一張名片來，叫獨清寫了二三行我不認識的法文，他又把它塞進衣袋裡去了。獨清再向我做手勢，我無論怎樣不願先啟口，我只答覆了一個手勢給獨清，他登時表示出一種不高興的神氣。

因為他的哥哥還有話要向他說，仿吾回他哥哥的室內去了。我們看看鐘又快到十二點了。

「要鎖弄堂了。我要走了。」

我立起身來說。獨清無可奈何地跟著我下來。才下了扶梯，忽然聽見仿吾在樓上叫：

「獨清！獨清！」

獨清聽見推了一推我，臉上登時表現出一種喜色，忙跑上樓，到仿吾的哥哥房裡去。

「真的仿吾有幾百元給我們也說不定。」

這樣想著，也跟了上來。利益應當均沾啊。

「我叫你把夏君的住址寫下來，寫了沒有？」

仿吾坐在他哥哥的床沿上，醉眼朦朧地向著站在一邊的獨清問。我立在房門首，要笑出聲來了，忙極力忍住。

「剛才不是寫了，你擱在衣袋裡了？」

獨清的不高興的聲氣。仿吾探手進衣袋裡去，摸了一摸，果然有那張名片。

「好了，好了！有了，有了！你們滾蛋吧！」

仿吾猴子臉上又堆著笑，一面說一面向我們揮手。

「豈有此理！」

塔的一聲，獨清在仿吾的左頰上打了一掌。

「噫！……噫！……噫！」

仿吾努著嘴唇在苦笑。

「呵，呵，哈，哈，哈！」

我一面笑一面走下樓來了。

第二天，我、獨清、伯奇和仿吾的哥哥在滙山碼頭看著仿吾乘「長崎丸」走了後，我向獨清說：

「我們一路回去吧。」

「……」

獨清滿臉不高興地不理睬我，也不答應我。我只好一個人走回家來。

血歷史231　PC1043

新銳文創
INDEPENDENT & UNIQUE

回憶創造社

原　　著　張資平
主　　編　曾祥金
責任編輯　楊岱晴
圖文排版　蔡忠翰
封面設計　王嵩賀

出版策劃　新銳文創
發 行 人　宋政坤
法律顧問　毛國樑　律師
製作發行　秀威資訊科技股份有限公司
114 台北市內湖區瑞光路76巷65號1樓
電話：+886-2-2796-3638　傳真：+886-2-2796-1377
服務信箱：service@showwe.com.tw
http://www.showwe.com.tw
郵政劃撥　19563868　戶名：秀威資訊科技股份有限公司
展售門市　國家書店【松江門市】
104 台北市中山區松江路209號1樓
電話：+886-2-2518-0207　傳真：+886-2-2518-0778
網路訂購　秀威網路書店：https://store.showwe.tw
國家網路書店：https://www.govbooks.com.tw

出版日期　2022年8月　BOD一版
定　　價　350元

讀者回函卡

Printed in Taiwan

國家圖書館出版品預行編目

回憶創造社/張資平原著；曾祥金主編. -- 一
版. -- 臺北市：新銳文創, 2022.08
面； 公分
BOD版
ISBN 978-626-7128-37-4(平裝)

1.CST: 創造社 2.CST: 歷史

820.64 111011240